JN327728

八月のプレイボール

甲子園の蒼い瞬間《とき》

MICA

八月のプレイボール

甲子園の蒼い瞬間《とき》

目次

人物紹介

蒼《そう》真《ま》流《る》風《か》
幼い頃、父に連れて行かれた甲子園をきっかけに野球を始める。名門・湘央《しょうおう》高校野球部の入部テストに合格したものの、〝二軍〟から抜け出すことができない。

傀《かい》藤《とう》逸斗《はやと》
洛安《らくあん》高校のエース。ずば抜けた才能があるが、チームプレーを否定するようになる。リトルリーグ時代に流風とある約束を交わした。

樋渡《ひわたし》 司《つかさ》
湘央高校のエースで流風のライバル。少年時代のトラウマで、〝女〟が野球することを認めず、流風に冷淡な態度をとる。

森《もり》宮《みや》愛《え》乃《の》
湘央高校野球部のマネージャー。一人雑用をこなす流風を助けるために入部する。流風のよき理解者。

飯泉《いいずみ》 保《たもつ》
野球部の若き監督。湘央高校を甲子園へ導く。大雑把な性格に見えるが、熱心な指導で選手たちの信頼は厚い。

永《なが》澤《さわ》亜《あ》沙《さ》美《み》
湘央野球部の〝イケメン〟主将目当てで入部テストを受けるが……。合格した流風に嫉妬する。

序章

憧れの地は、ずっとずっと遠い。

だけどあたしは、そこに憧れてしまった。


(プールにすればよかったなー……)

焼けつくような真夏の陽射《ひざ》しの下。彼女はずっと後悔していた。大切な夏休みの一日を、従兄弟《いとこ》とではなく父と過ごすことにしてしまったことを。

六歳になった年の夏休み。母親の実家がある兵庫県西宮市に遊びに来た彼女は、普段仕事で忙しい父が一緒にいることがうれしかった。

「いいところに連れて行ってやる」

そう言ってくれたことも、彼女の心を躍《おど》らせた。

「どこ!? どこ!?」

「いいところだよ」

父の見たこともない笑顔に、彼女の期待は膨《ふく》らんだ。だから、従兄弟と行くはずだったプールを断り、父について行くことにした。

駅に着いても父は少年のようにもったいぶって行き先を言わない。蔦《つた》が絡まった重厚な建物に入る時には、彼女の歩幅も気にせず早足で彼女を引っ張った。

（いいところに連れて行ってやる、って言われたから来たのに……）

座らされたところは、日に熱された固いベンチ。ただでさえ暑い上に、周りは騒々しい人混みで、見えるものといえば、ただ大きいだけの運動場。こんなところの何が「いいところ」なんだろう……と、彼女はいじけるように口唇《くちびる》を突き出した。

「でっかいところだろう？　父さんもここで野球をやるのが夢だったんだ」

そんな彼女の様子には気づかず、父はまるで少年のように瞳を輝かせて言った。

「やきゅう？」

「ここは、甲子園っていうんだ」

「……こーしえん……？」

父に言われたままの、謎の言葉をただ繰り返した——その瞬間。

彼女は、まさに〝魔法〟にかけられた。

グラウンドをぐるりと囲む熱気あふれる大観衆。そこから沸き起こった、けたたましい声援と拍手が彼女の身体を包み込む。驚いた彼女は思わず両手で耳を塞《ふさ》いだ。しかし……開いたままのその目は見てしまった。広がる景色の、空気が変わる瞬間を。

音が空に突き抜けた。

その空は直視できないほど碧《あお》く深く、
そこから射す光はまっすぐ煌《きら》めいて、
自分を含めた観客たちが、この壮大な景色の一部になった気がした。

（……う、わぁ……）

ただ暑くて、だだっ広いだけの無機質な器だった建物が、熱く、雄々《おお》しく、生命が漲《みなぎ》る生き物のように鼓動している。

（……なに、これ……）

彼女は〝魔法〟に誘われるように、この大きな生き物の真ん中を覗《のぞ》き込んだ。

そこには、さらにきらきらと躍動する少年たちがいた。

白球を投げる、打つ、追いかける――。

ユニフォームを泥だらけにしながら必死でプレーするその表情の向こうに、彼女は何かが見えた気がした。チクッと胸が鳴り、彼女は思わず胸に手を当てる。それはきっと、ここへ辿《たど》り着くまでの想像を絶する険しい道程《みちのり》。それが球児たちの全身に、滲《にじ》み出ているのだ。

幼い彼女にはそれがなんなのかわからなかったが、ただ、ユニフォームを泥だらけにしながら必死でプレーする球児たちの姿を、心の底から「きれい……」と思った。

彼女のつま先から膝《ひざ》、そこに置かれた両手から脳天へ、感動がのぼっていく。剥《む》き出しの腕を焼く陽射しも、額から頬へと流れ落ちる汗も、今はすべてが心地よい。

「――すごいね、お父さん……」

たった数分で、〝甲子園〟という〝魔物〟は幼い彼女を虜《とりこ》にしてしまった。

「そうだろう!?」

「……あたしも……ここでやきゅーしたい……」

ぽつりとつぶやいた彼女の言葉に父は一瞬言葉を詰まらせたが、

「……そうだな。そんな日が来るといいな……」

そう言って優しく微笑《ほほ》んだ。

彼女は帰宅してすぐに、両親に頼み込んで、地元のリトルリーグに入団した。


その数年後……。

「――おまえのせいで負けたんだぞっ！」

人がいなくなったグラウンドの片隅で、悔しさの収まらない少年が彼女の肩を突き飛ばした。

はじめて先発投手としてマウンドに上がることができたリトルリーグの試合で、彼女は一つのアウトも取れず、逆に相手に7点も与えてしまったのだ。

「女のくせに投げるから」

苦痛に顔を歪《ゆが》ませる彼女に、容赦《ようしゃ》なく罵声は浴びせられた。

「おまえみたいなノーコンピッチャーは、邪魔なだけなんだよ！　わかってんのか!?」

「おまえのせいでオレたちまで弱いって思われるんだぞ」

（……だって……）

口唇を噛《か》みしめ、彼女は言い訳の言葉をのみ込んだ。その時――。

「――そのへんにしといてやれよ」

チーム内のリーダー的存在である背の高い少年が、ゆったりとした足取りで揉《も》め事の輪の中に割って入った。

「そいつは、女のくせに本気で甲子園へ行けるって信じてる、かわいそうなヤツなんだからさ」

その言葉が耳に入った瞬間、彼女の頭の中から、周囲の音が消えた。

「……どういう……意味……？」

「言葉通りの意味だよ」

少年はさらりと言って、鼻で笑った。

「女は甲子園には行けねぇって、気の毒なおまえに教えてやってんだ」

「……うそだっ！」

脳天に雷が落ちたような鋭く重い衝撃が、彼女の全身を駆け巡る。

「うそだっ！」

何度も叫びながら、彼女は少年の胸ぐらにつかみかかった。何度も叫びながら……。

一章　チェンジアップ

「あ、安曇《あずみ》先輩だ！」

「やー、こっち見たー！」

「せんぱーい！」

野球部主将の安曇は戸惑《とまど》いながら、帽子を深く被《かぶ》り直した。

体操着姿でグラウンドに集まったたくさんの女子生徒たちは、皆一様にざわざわと浮ついている。

「……まったく。高野連《こうやれん》も余計なことしてくれたもんだよなぁ……」

安曇の傍《そば》で、別の部員が吐き捨てるように言った。

〈女子選手の甲子園大会出場を正式に認める〉

日本高等学校野球連盟が今年設けた新たな規定のせいで、湘央《しょうおう》高校のグラウンドは騒然としていた。

湘央高校野球部は、化石のように古臭い伝統を重んじ、〝風紀を乱さない〟ために女子マネージャーを置かない方針だ。だが今春、選抜でベスト8《エイト》に入った湘央高校野球部の主将を務める安曇は、地元でもちょっとしたタレント並の人気で、憧れる女子生徒たちの数も多い。マネージャーのいない野球部でその〝タレント主将〟とお近づきになるには、彼女たちにとって入部するのが一番手っ取り早かったのだ。

というわけで、高野連の新規定を受け、もともと建前上は男女とも入部することができる野球部に、入部希望だと公言する数多《あまた》の女子生徒たちが押しかけていた。


「全員、揃《そろ》ってるな」

若いが威圧感のある湘央高校野球部の監督、飯泉保《いいずみたもつ》が現れた。部員たちは口々に監督に挨拶をする。その厳しい面持ちに、入部希望者たちは男子も含めて皆、静まり返った。

「よーし。これから入部テストを行う」

飯泉のその一言で静寂に包まれていたグラウンドに、ざわめきが戻る。入部希望者だけでなく、部員たちも驚きを隠せない。入部テストなど、これまで慣例がなかったからだ。

「ええ……。そんな話、聞いてないよ……」

「合格しなきゃ、入部できないのかなぁ?」

ざわめきの渦中で、一人の少女は、わくわくしていた。

(テストって、どんなことをするんだろう……)

「監督、テストって……？」

その真意がわからず、安曇は飯泉に小声で尋ねた。

「もっとも公平な部員の選び方だよ。来る者拒まずで入部させてたら、ハーレムになっちまうだろ？　おまえさんの」

ハーレムという心外な言葉に安曇は口をつぐんだ。だが、確かにこのまま全員を入部させてしまうことは考えられない。四十人近い女子部員と野球をする光景なんてまったく想像がつかなかった。

「テストって、どんなことをするんですか？」

体操着姿も絵になる美少女が沈黙を破った。

「おまえさん、名前は？」

「永澤《ながさわ》です」

「ナガサワ……ナガサワ……」

飯泉はつぶやきながら入部希望者の名簿をめくる。

「一年四組、永澤亜沙美《あさみ》」

「……はい」

「なぁに、たいしたことじゃない。一人アタマ三十秒ってトコか」

そう言って、飯泉は部員たちに何やら指示を与え始めた。

「今からオレがノックをする。一人につき一球、捕ったら一塁《ファースト》に投げる。たったそれだけのことだ。始めるぞ」

たったそれだけのこと——が、浮ついた気持ちでこの場にいる多くの女子生徒たちにはできなかった。飯泉は決して、意地悪で強い打球を飛ばしているわけではない。むしろ、かなりの手加減をしているというのに、女子生徒たちは白球をまともにグラブに収めるどころか、掠《かす》りもしないのが現状だった。

「この調子じゃ、女子は一人も残らねえな。監督もうまいこと考えたもんだ」

あまりの悲惨な状況に、部員たちはあきれ返った。高野連が規定を変えたところで自分たちには関係ない。湘央高校は何度も激戦をくぐり甲子園の常連校と呼ばれる名門なのだ。体力も根性もない、足手まといになる余計な女子部員はいらない。(野球をナメるな……)と、部員たちは厳しい視線を送っていた。


ファーストミットに一度も送られることのない白球を打ち続ける飯泉は、半ばうんざりとしていた。高野連は何を思って女子選手の参加を認めたのか。男女平等が声高に叫ばれている現代社会の波に屈しただけなら、きっと連盟はこの上なく後悔するだろう……。

女子入部希望者に対して打った、三十七球目の白球が外野に転がったところで、飯泉は小さく溜《た》め息《いき》を吐《つ》いた。

「次っ！」

「蒼真流風《そうまるか》です！　よろしくお願いします！」

それは、今までノックを受けた誰よりも力強く、澄んだ声だった。受け取った左利き用のグラブを慣れた手つきで装着し、腰を低く落として構える少女の姿は、ほかの女子生徒に比べ堂々たるもので……飯泉は、思わずバットを握る手に力をこめた。

ふわりと投げられた白球がバットの真芯に当たる鋭い音が、グラウンドに響いた。

（強い……っ！）

テストノックを見学していた部員全員が思わず拳《こぶし》を握る。その刹那《せつな》――彼女は左方向に飛んできた打球を逆シングルでなんなくつかみ、流れるように一塁へ送球した。わずか、五秒足らずの出来事だった。

「よし、合格だ」

飯泉は思わず相好《そうごう》を崩した。

「……ちょっと、待ってくださいっ！」

合格と言われなかった女子生徒たちが、立ち去ろうとする飯泉の背中を呼びとめた。

「なんだ？」

面倒くさそうに振り返る飯泉に対し、永澤亜沙美が先頭に立って切り出す。

「……テストって、あれだけですか？」

「そう言っただろ？」

「あれ一回捕れないくらいで、わたしたち入部させてもらえないんですか!?」

「一回、捕れないくらい……？」

聞き流そうとしていた飯泉は、その言葉に片眉を上げた。

「大体、たった一回くらいで何がわかるんですか？　一回失敗したくらいで入部できないなんて、おかしいです！」

「………」

「もう一度テストしてください。今度は、ちゃんと捕りますから」

「今度は、ちゃんと……」

飯泉の顔から、笑みが消えた。

「その言い訳が試合で通用すると思うか？　一回失敗したからもう一回……なんて、やり直しのきく世界じゃねぇんだよ」

第一印象で受けた威圧感が、再び彼女たちを支配する。

「その〝たった一回くらい〟で勝敗が決まることもある、シビアな世界なんだ」

飯泉は容赦なく続けた。

「それがわからねぇ人間は、オレの野球部には必要ない」

そこまで言い放たれては、いくら気の強い亜沙美でも反論の言葉が出なかった。亜沙美は、同様のテストに合格した男子の隣に並ぶたった一人の女子、蒼真流風の横顔をじっと睨《にら》み据《す》えた。

幼い頃甲子園に連れられ、その魅力に取り憑《つ》かれた少女、蒼真流風は晴れて名門・湘央高校の野球部に入部した。

（……お父さん、また甲子園に近づいたよ）

心の中で、流風は今は亡き父に話しかける。

「女は甲子園に行けない――」チームメイトの同級生にそう言われた日から、一か月も経《た》たないある日、大好きだった父は交通事故で他界してしまった。軒先《のきさき》に吊《つ》るした風鈴がいっこうに鳴らない、うだるように暑い日のことだった。

父はけっして、「甲子園に行けない」とは言わなかった。何度聞いても、「大丈夫。必ず行ける」と力強く励ましてくれた。

まだ子供だった流風を傷つけたくないという思いからそう言っていたのだということは、流風にもわかっていた。だが、父からあたえてもらった大いなる夢と希望の言葉は誓って忘れなかった。

流風は頑《かたく》なまでに夢への道を突き進んだ。ただ一心不乱に白球を追い続けた。父の三回忌を過ぎても、さらに血の滲《にじ》む努力を重ねた。

毎日、近くの砂浜を走って下半身を鍛え、チューブトレーニングで肩を鍛えた。男子と同等の練習では追いつけないとわかっていたから、彼女は少なくともその何倍も練習に励んだ。甲子園に行けない事実が変えられなくても、チームメイトに「女のくせに」と思われたまま終わりにしたくないという、小さな胸に芽生えたプライドもまた、彼女と野球を繋《つな》ぎ続けた。

だから高野連が新規定を発表した時、流風の心の中で父が鮮《あざ》やかに甦《よみがえ》った。

（お父さんはこの奇蹟《きせき》を予想していたのかもしれない）

本当はただ娘を思って言い出せなかっただけだったとしても、流風にとってはこれが、自分から野球を遠ざけなかった父の答えに相応《ふさわ》しかった。

（あたし、絶対叶《かな》えるから……）

湘央高校野球部に入部できた彼女は、夢に一歩近づけた喜びで拳を握りしめた。


テスト後すぐ、流風を含め合格した二十二人は練習に参加した。自己紹介もそのほかの詳しい説明も何もなく、有無を言わせず十五キロのロードワークに放り出される。フラフラになってグラウンドに戻るとすぐ、腕立て伏せ、腹筋、背筋、スクワットを各百回ずつ課せられ、それが終わると球拾いに回される。上級生が練習を終えた後、新入部員は素振り三百回のノルマをこなし、グラウンド整備をしてようやく帰路に就く。そんな苛《か》酷《こく》な練習が休みなく続き、三週間が過ぎた頃には、二十二人いた新入部員も八人にまで減っていた。

そんな中でも流風は、甲子園を目指して野球ができる喜びにあふれていた。

「新入部員を紹介する」

飯泉がそう切り出した瞬間、八人はようやく自分たちが置かれている状況を理解した。

篩《ふるい》にかけられていたのだ。

「蒼真流風です！　投手《ピッチャー》希望です！　よろしくお願いします！」

順に名前と希望ポジションを宣言していった一年生の自己紹介は、流風の番でざわめきが起こった。異例の女子部員が、こともあろうか投手希望とは――。

向けられる冷たい眼差《まなざ》しに、流風は小さく溜め息を吐いた。


「……蒼真サン、ユニフォームの注文用紙もらった？」

新入部員の中でなんとなく浮いている流風に最初に声をかけたのは、捕手《キャッチャー》希望の逢葉勇樹《あいばゆうき》だった。

「すぐ辞めていくヤツに、そんなもん必要ないだろ」

低く冷たい声が割って入った。流風と同じ〝投手希望〟と宣言していた樋渡司《ひわたしつかさ》だ。

「おまえ……そんな言い方……」

「善人ぶるな」

樋渡は、不敵な笑みを浮かべながら言い放った。

「おまえらだって、そう思ってんだろ？」

――誰も、何も言わなかった。苦しい練習に共に耐えたにもかかわらず、正直、彼女に対しては仲間意識を持てずにいたからだ。

「……お疲れさまでした」

自分の存在が揉《も》め事の原因になるのは、今に始まったことではない。流風はなんでもないような顔で、その場を離れた。

だが、一人きりになった帰り道、流風は家までの長い距離を走りながら涙を抑えることができなかった。その堪《こら》えた末に頬をつたう淋《さび》しい涙は、湘央高校野球部での流風の行く先を暗示するかのようだった……。


「蒼真っ！　球拾いに回れ！」

遠くから三年生部員が流風を呼んだ。

「は、はいっ」

「蒼真っ！　こっち、ボールがねぇぞ」

「すみませんっ」

「蒼真っ……」

新入生担当のコーチのもと、レギュラー候補を目指す〝二軍〟として新しい練習を始めた同級生七人を横目に、流風は上級生に雑用ばかり命じられていた。

特に、三年間一度もレギュラーになっていない佐久間《さくま》、土居《どい》、河野《こうの》は、個人的な用事も些細《ささい》な用事も、すべて流風に押し付けた。

名門の野球は男だけのものだったのに。苦しい練習に耐えられるのは男だけのはずだったのに。〝厳しい湘央で野球をしている〟それが男としてのプライドの一つだったのに。

そこに女が入ってきて、同じ練習メニューをこなしている。その上、もし自分たちを差し置いて、女がレギュラーの証《あかし》である背番号をもらうような事態になったら……。振り払おうとしても消え去らない嫌な妄想に突き動かされるように、彼らは流風に雑用を押し付けた。野球をさせたくない。そしてあわよくばここから出ていって欲しい……。

他の部員たちも何も言わなかった。男でも苦痛な練習に耐える彼女が理解できなかったからかもしれない。泥だらけになり苦しくて嘔吐《おうと》し、それでもまだ走る女の子なんか見たこともない。声をかけて、他の部員たちに好奇の目で見られるのも避けたかった。

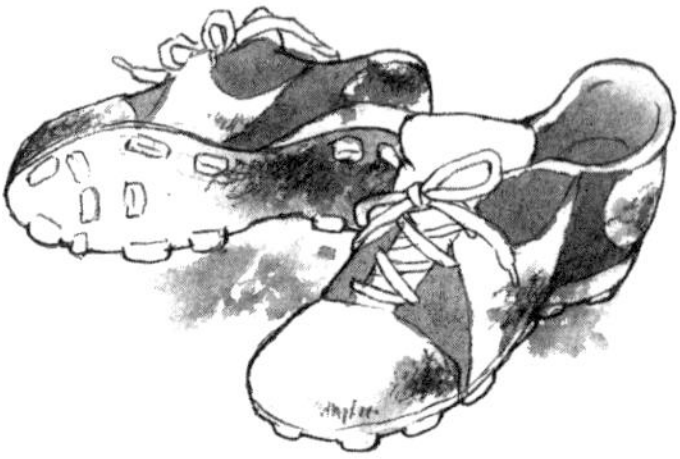

誰も、手伝わない。何も、言わない。そんな中、樋渡は紅白戦で結果を出し、一人早々と〝二軍〟の練習から抜け出していった。続いて捕手希望の逢葉が抜け、〝二軍〟は六人になった。流風はまだ、まともに練習にさえ参加できていなかった。

熱いシャワーが、流風の疲れた身体に沁《し》みた。規定が変わっても、人の心はそう簡単には変わらない。つらい時、彼女には想い出す光景がある。

それは、リトルリーグ時代の夏――。

「おまえのせいで負けたんだぞっ！」

あの日と同じ言葉が、数年経って再び球場の片隅に響いた。

チームメイトに、そう責められている流風を、右腕にギプスをはめた少年が恨めしそうに睨《にら》みつけている。ある選抜大会の決勝を前に不運にもホテルの階段から転落し、利き腕を骨折したチームのエースは、銀色のメダルをきつく握りしめていた。

「おまえの腕が折れたらよかったんだ」

少年は厳しい口調で言い放った。流風の瞳から、耐え忍んでいた涙が一粒こぼれ落ちた。その場から動けなくなった流風に、チームメイトたちは声もかけず去って行った。一人きりになった球場の片隅でそれでも気丈に面《おもて》を上げていた流風は、やがてゆっくりとうな垂れた。

その時――。

「失礼なヤツらやな」

温かみのある関西訛《なま》りが、背後から声をかけてきた。

「オレから1点も取られへんかったくせに、ピッチャー代わったくらいで優勝なんかできるかい」

決勝の対戦相手のエース、傀藤《かいとう》逸斗《はやと》だった。

「オレらを3点に抑えたんは、おまえがはじめてや」

「…………」

「おまえ、女やのになかなかやるやん」

できないことを「女のくせに」と責められることはあっても、がんばったことを「女なのに」と誉められたことなどなかった。西陽《にしび》で煌めく少年の顔を、流風は潤んだ瞳で見つめた。

「な、そのメダル見せてーや」

傀藤は流風の手に包まれた準優勝の銀メダルを指さした。優勝した相手に向かっておずおずと差し出した流風の手から、銀色はさっと取り上げられた。そしてその代わりに、ずっしり重い金色が乗せられた。

「こっちの方がかっこええやん」

自分の金メダルを流風の手に乗せて、傀藤は銀色のメダルをうれしそうに眺めている。

「で、でも、こっちは大切な優勝の……」

「なあ。交換せえへん？　また次対戦するまで」

慌てて金メダルを返そうとした流風を、傀藤の言葉が遮《さえぎ》った。

「えっ……？」

「そん時また交換や。約束な。絶対なくしたらあかんで」

「また……対戦？」

流風は自分の手の中に収められた金色のメダルに目を落とした。輝く金色は、流風に野球を続けろ、と励ましているように思えた。

　再戦の約束に交換した少年の優勝メダル。あの日から何度も手に取った金色のメダルを、流風は今また愛《いと》おしい思いで眺めた。

（覚えて、くれてるかな、約束……）

流風は、傀藤の許《もと》にある自分の銀メダルに想いを馳《は》せた。今度は互角に対戦してみせる。その試合はきっと、どんな言葉を交わすよりも熱く愛おしい時間になる。そう考えると、流風の心は躍った。

（それが、甲子園……だったら……）

流風は金色のメダルを握りしめ、甲子園へ行くための厳しい試練に耐える決意を新たにしたのだった。


「あの、監督……。蒼真さんのことなんですが……」

ある日、見かねたように、〝二軍監督〟を任されている二年生の梶《かじ》が飯泉に切り出した。

「しょうがねぇわな。雑用は誰かがやんねぇと練習が回んねぇし」

「そうなんですが……。それでしたら、女子マネを募集してみてはどうでしょうか？　規定も変わったことですし……」

「当てはあんのか？」

「……特にはありません」

「じゃ、雑用の件は放っておけ。一人でやるのが嫌なら、蒼真が自分の口で言わなきゃなんねぇ。たったその程度のことを遠慮してるようじゃ、女一人、野球部で生き残れねぇからな」

普段飯泉のことを尊敬してやまない梶はあらためてハッとした。監督は何があっても天秤《てんびん》の中央に立たなくてはならない存在なのだ。それに見過ごしているように見せかけて、流風のことをちゃんと考えている。

「出すぎたことを言いました。すみません……」

飯泉は笑いながら言葉を投げた。

「おまえさんは、いい〝二軍監督〟だよ。梶」

梶は、照れくさそうに、帽子を取って深々と一礼した。


ただただ雑用をするために部活へ行く……。体育館横のトイレで着替えを済ませた流風は、足取り重くグラウンドへ向かっていた。

「あんた、ちょっと男子に優しくされてるからって調子に乗ってんじゃないの!?」

聞き覚えのあるその声は、飯泉に質問をぶつけていた永澤亜沙美のものだった。数人の女子と共に、小柄でおとなしそうな女子を取り囲んでいる。

人形のようにかわいらしいその女子生徒は、今にも泣き出しそうな顔でうつむいた。

「何してるの？」

こんな状況を見過ごせない性分の流風は、少し咎《とが》めるような口調で尋ねた。

「かっ……関係ないでしょ」

突然声をかけられた亜沙美たちは、明らかに動揺している。

「そうよっ……あっち行きなさいよ！」

「こんなとこ見たら素通りできないよ……」

「……何よ」

亜沙美は輪から離れ、頭半分大きい流風を睨み上げた。

「何って……」

「野球部に入れなかったわたしたちのことバカにしてんの？」

「え？」

突然の言い分に流風は一瞬、何を言われているのかわからなかった。

「そっちこそバカじゃないの？　よかったのよ、野球部なんかに合格しなくて。だって野球部に入ったらあんたみたいになっちゃうんでしょ？　日焼けして真っ黒。筋肉もりもり。爪なんか深爪で土詰まってて、男みたいに。あ！　あんた、本当は男なんじゃないの？」

「…………」

「だって普通、女に野球なんかできるわけないでしょう？」

「…………」

「行くわよ」

何も言わない流風に満足そうな笑みを向け、亜沙美は身を翻《ひるがえ》した。流風はその場から動けず、ただ首を垂れた。取り巻きの女子たちはそんな流風をちらちら見ながら亜沙美を追いかけて行った。

「あの……」

ようやく解放された人形のような少女が、立ち尽くす流風の背中に声をかけた。

「……あ、大丈夫?」

流風は無理やり笑顔を作って向ける。

「はい……。あ、わたし……一年三組の森宮愛乃《もりみやえの》です」

少女は女の子らしい、ふわふわした髪を揺らして頭を下げた。

「……蒼真流風です」

「野球部に入った女の子って、あなたなんだ……。どんな人だろうって思ってたから……」

愛乃は、助けてくれた流風の顔を覗《のぞ》き込む。

「普通……だよ?」

流風は愛乃の白い肌が眩しくて目を逸《そ》らせた。

男子には「女子が男の領域に来るな」と言われ、女子には「本当は男なんじゃないの」と言われ、どこにも所属できずに宙ぶらりんの存在の自分。ずっと好奇の目で見られ、異質なもののようにどこか敬遠されていた流風は、（普通……、なんかじゃないかもしれない……）と心の中でつぶやいた。

「えっと……」

「あの、森宮サンは部活やってる？」

愛乃の次に続く言葉が恐ろしくて、流風は話題を変えた。

「え？　わたしは運動苦手だし、これといってやりたいこともないから……」

「そ、そうなんだ……」

視線を上げると、サッカー部がボールを出しているのが見えた。

「あっ！　練習行かなきゃ！　ごめんねっ。サヨナラ」

愛乃の挨拶を聞く間もなく、流風はつむじ風のように走り去った。


「蒼真っ！　ネットの位置はここじゃねぇだろ!?」

「すみませんっ……すぐに直します」

「蒼真っ！　バットケースが出てねぇぞ」

「すみませんっ……すぐに出します」

流風の姿は、少し離れた場所からもすぐに見つけられた。背が高くがっちりとした男子部員の中で、頭半分ほど小さく華奢《きゃしゃ》な彼女は逆に目立つ。それに、たった一人小間使いのように雑用をこなしているので、なおさらだった。亜沙美にあんなふうに罵《のの》られても、部内でこんなふうに扱われても、彼女は野球部を辞めないのだろうか。つらくはないのだろうか……。愛乃は走り回る流風をただじっと見つめた。


「蒼真っ！　昨日倉庫の掃除しとけって言っただろ!?　汚れてるぞ！」

「すみませんっ……すぐにやります」

「蒼真っ――」

今日も愛乃はグラウンドに来ていた。フェンスの向こうでは相変わらず流風が怒鳴られている。昔から周囲に受け入れてもらえないことが多かった愛乃にはよくわかる。彼女は、嫌がらせを受けている。だが、わかっていても愛乃にはどうにもできない。

「あっ……！」

流風の手が滑って荷物が地面に散乱しても、ただ、フェンスのこちら側で、声を上げて心配するぐらいのことしか……。

「何を見てるんだ？」

突然背後から声をかけられ、背筋を伸ばした愛乃は恐る恐る振り返った。その声の主は野球部の監督、飯泉だった。

「……あ……あの……」

地面に視線を落としたまま、口ごもる愛乃。飯泉は構わず言葉を続けた。

「昨日も来てたよな？　野球に興味があんのか？」

「……あの……」

「興味があんのは……蒼真か？」

愛乃の頬が真っ赤に染まる。

「責めてるわけじゃねぇよ。もしそうなら、ちょっと頼みたいことがあってな……」


昼下がりのグラウンドは、入部テストが行われたあの日以上のざわめきに包まれていた。

流風も目を丸くして、飯泉の隣に立つ愛乃の姿を凝視していた。

「誰だ？」

「結構かわいい子じゃん」

「まさか〝蒼真二号〟じゃねぇだろうな」

部員たちが各々臆測を口にする中、飯泉が静かに口を開いた。

「急な話だが、今日からマネージャーをやってもらうことになった森宮だ」

「……森宮愛乃です……よろしくお願いします」

愛乃が緊張のあまり震えているのに気づいた流風は、ますます頭の中の疑問が増した。

どうしてこんな子が男子しかいない野球部のマネージャーなんか？　今も男子たちの醸す雰囲気にすっかり脅《おび》えているというのに……。

「マネージャーだって？　うちの部、女子マネ置かないんじゃなかったっけ？」

「だよな。オレの彼女もやりたがってたけど、断られたって言ってたし」

異例の出来事に先輩部員たちにも動揺が広がっていた。

「おいっ、それは蒼真の仕事だ！」

「手伝うなよ森宮！」

「別の仕事あるだろ！」

流風に押し付けられていた洗濯物に手を伸ばした愛乃は、先輩たちに大声で止められた。

「そ、それもやります。でも……」

「口答えするな！」

「言われたことだけやってろ！」

今まで男にそんな言われ方をしたことがなかった愛乃の全身は、すっかり硬直していた。身体の力を抜くと胸が詰まって涙があふれそうになる。それを堪えるために愛乃はうつむき、両手をぐっと握りしめた。

「森宮サン、何かあった？」

ハッと振り向くと、通りがかった荷物を抱える流風が心配そうに自分を見つめていた。

「な、なんでもないから……」

愛乃は逃げるようにその場を立ち去った。

「…………」

愛乃に避けられた流風は、ふうっと溜め息をついて帽子を深く被《かぶ》り直した。

その後も愛乃は何か仕事をしようとするたびに先輩たちに罵声を浴びせられた。流風が庇《かば》おうとしても愛乃はさっと逃げてしまう。愛乃に避けられることが寂しい流風は、それ以上愛乃を追うことができなかった。

野球部で雑用をこなす女子二人という状況がしばらく続いたある日。

「おい、蒼真。ボール直しておけよ」

「はい……」

いつも通り先輩に命じられるがまま部室に戻り、破れたボールの入った籠《かご》を引っ張り出した流風は目を疑った。

「あれ……?」

籠の中には、きれいに修繕され磨かれたボールが入っていた。確かに昨日まではぼろぼろになってしまったボールばかりだったのに……。ハッとして部室を見渡すと以前より明らかに整頓され、埃《ほこり》がきれいになくなっている。

「森宮サン……」

こんなことをするのは愛乃しかいなかった。やることがなくなった流風はグラウンドに戻り、二軍コーチの梶のもと練習を始めた。今やるべき雑用がないなら、練習に集中できる……。

休憩に入り、流風は愛乃を探した。一言感謝したかった。なぜ避けられるのかわからず、なぜ野球部に入部したのかもわからないけど、愛乃がマネージャーとして雑用をこなしてくれたおかげで、自分は野球の練習ができるのだ。

「森宮サン！」

愛乃の後ろ姿を見つけた流風は大きな声で呼んで駆け寄った。

「あ……」

愛乃はいつも通りオドオドした態度で流風が来るのを待った。

「森宮サン、野球部に来てくれてありがとう！」

「蒼真サン……」

困ったような愛乃の顔に喜びの表情が広がっていく。顔が赤くなっていくのが恥ずかしくて愛乃はうつむいた。

途端。愛乃の身体が傾き、流風にもたれかかって倒れた。

「森宮サンっ!?」

流風の腕の中で、真っ白い顔の愛乃が少しだけ微笑《ほほえ》んだ。

「大丈夫。ちょっと貧血……。今日暑かったから……」

「で、でも……」

「……よかった、蒼真さんが雑用をしなくて済むようになって」

その言葉で、流風はやっとわかった。愛乃が野球部のマネージャーになったのは、雑用を押し付けられて練習ができないでいる流風を助けるためだった。だから手伝われないように、流風を避けていたのだ。そうやって、毎日やってくる日々の雑用に加えて、今まで溜まっていた命じられるかもしれないすべてを、一人で片づけてくれていた……。

保健室に愛乃を運んだ足で、流風は飯泉のもとにやってきた。

「監督」

「あ？」

流風の表情を見た飯泉は、やっと来たか、と思った。


翌日の練習後、流風、愛乃を含め野球部員全員がグラウンドに残された。

「揃ったな」

飯泉が全員の顔を確かめて言う。

「一体、なんの集まりなんです？」

「この先、蒼真が本当に野球部でやっていけるか、実戦形式で見極めたいんだよ」

「は？　なんでそんなこと」

「蒼真は雑用ばかりは嫌だそうだ。おまえらと同じように練習がしたいと。だがおまえらはそうはさせたくないようだ」

「…………」

「おまえらの見る目が正しいのか間違ってるのか、オレは自分で判断したいんだよ。で、蒼真のテストをしたくてな」

「そういうことなら、喜んで協力しますよ」

流風を野球部から追い出したがっているのは先輩部員だけではない。同学年の樋渡も、そのうちの一人だ。どんな小さなことでも、それが流風を追い出せるチャンスなら協力は惜しまない。

「安曇は遊撃手《ショート》、逢葉は捕手《キャッチャー》、小岩井《こいわい》は二塁手《セカンド》、三塁手《サード》は北見《きたみ》……。左翼手《レフト》、中堅手《センター》、右翼手《ライト》は、笹原《ささはら》、片桐《かたぎり》、星野《ほしの》。一塁手《ファースト》は樋渡がやってくれ」

守備位置の指示を出した飯泉は、つけ加えるように言った。

「蒼真の実力を見極めるためのテストだが、同時におまえらの腕前も見せてもらうぞ。エラーしやがったら球拾いに降格だからな。安曇、おまえもだぞ」

冗談だか本気だかわからない飯泉の言葉に、主将・安曇は帽子を取って一礼した。

「佐久間。土居。河野」

そして飯泉は三年生の三人を呼んだ。

「おまえらはオレの目から見ても、蒼真に不満そうだな」

「えっ……！」

「そそそ、そんなオレたちは……」

「勝負はおまえらにしてもらおう」

「へ？　勝負……？」

「投手《ピッチャー》は蒼真、打者《バッター》は、おまえら三人だ」

「一人一打席の勝負だ。三人を抑えたら蒼真の勝ち。おまえらも、部の雑用を率先して手伝う」

「ええ……」

「ヒット、エラー、四死球……とにかく、三人のうち一人でも出塁したら、おまえらの勝ち。蒼真に退部届を出させる」

「えっ！」

あまりの差に、愛乃は思わず声を上げた。三年生の佐久間たちは互いに顔を見合わせ、余裕の笑みをこぼした。

「どうする？　乗るか？」

「……もちろんです。そんな条件でよければやりますよ」

三人はそれぞれバット片手にグラウンドへ向かった。

「蒼真は？　どうする？」

飯泉は真剣な眼差しを向け、尋ねる。

「……不利じゃないですか。わたしにだって、そのくらいのことはわかります」

答えない流風の代わりに、愛乃が涙声でつぶやいた。

「……仕方ないな。もともと蒼真に特別なテストなんだ。少しくらい不利な条件でないとあいつらだって納得しない。どうだ、蒼真？」

「――もちろん、勝負します」

流風はきっぱりと言って、微笑みを浮かべた。

「勝たなきゃ、森宮サンががんばってくれたこと無駄にしちゃうから」

「蒼真サン……」

「チャンスをくださってありがとうございます、監督」


飯泉を相手に軽く肩を作った流風は、小走りでマウンドへ上がった。久々に味わう勝負の緊張感、マウンドの感触……。

だが、ふと流風は恐ろしくなった。レギュラーになれないとはいっても、相手は三年生だ。野球経験も、実戦経験も、おそらく流風より上だろう。ここで負ければ自分は退部届を提出させられる。膝が震える。嫌な汗が噴き出す。流風は帽子を取り、額の汗を拭った。

その時、彼女の異変に気づいた飯泉がマウンドへ駆け寄ってきた。

「監督……」

か細い声で自分を呼ぶ流風の瞳から、強い光は失《う》せていた。緊張で青ざめている。自分で課した勝負とはいえ、無理もないと飯泉は思った。

「想像しろ」

飯泉は目を閉じた。

「県大会決勝、勝てば甲子園の切符が手に入る試合だ」

流風も、飯泉に合わせてゆっくりと目を閉じる。

「九回裏、ノーアウト満塁。試合は1対0で湘央高校がリードしている」

流風は言われるまま、その場面を思い描いた。

「うちにはもう、控え投手はいない。おまえも、この回が限界だ。延長になったら勝ち目はない。どうする？」

「……スクイズを警戒しながら内野ゴロを打たせてホームゲッツーを取るか……三振を狙います」

「じゃあ、一人目は三振だ」

「はい……」

「ワンアウト満塁。次の打者は当たっている三番だ。スクイズはまずない。どうする？」

「内野へ打たせて、確実にアウトを一つ取ります」

「よし。これでツーアウト満塁。最後の打者は、超高校級のスラッガーだ。どう攻める？」

「……渾身《こんしん》のストレートで、三振を取ります」

迷いはなかった。どんな相手だろうと、自分を信じて投げてこそエースの本領発揮というものだ。流風は静かに瞳を開けた。不思議と、震えも恐怖も消えていた。

ロージンバッグを左手で二度、軽く跳ね上げた。粉白《こな》が霞《かすみ》のように漂う。足許の土をならし、右足の踏み込む位置を何度も確かめる流風。マウンドに立つのは、傀藤と投げ合ったあの夏以来だ。こんなに遠かっただろうか……。河原で積み重ねたピッチング練習――ストライクゾーンに見立てた空き缶までの距離も、ぴったり十八・四四メートルなのに、ここに立つと逢葉のミットが遠く感じられた。

最初のバッターは土居。バットの先でホームベースを叩《たた》き、マウンドの流風に嘲笑を投げた。（オレで決めてやるよ）かすかに動いた土居の口唇が、そう言っているように見えた。流風は暮れかかる茜空《あかねぞら》を仰ぎ、深呼吸を繰り返す。瞳を閉じ、飯泉に言われ思い描いた光景を甦らせた。

「――集中してるとこ、ごめんね」

瞑想《めいそう》から戻った流風の目の前に、逢葉の姿があった。彼の手で磨かれた白球が差し出されている。

「あっ……逢葉くん。こっちこそ、ごめんなさい」

「蒼真さんの球種、教えてもらえるかな？　じゃないとリードできないから」

「ストレートと、カーブと……チェンジアップ」

流風は受け取った白球を自らの掌《てのひら》に馴染《なじ》ませながら答えた。

「チェンジアップ、投げられるんだ」

そう言った逢葉は、一瞬、しまった、という顔を見せた。

「といっても、自信があるわけじゃないんだけど……」

流風は、グラブで口許を覆いながら言った。逢葉もミットで口許を隠す。

「そっか。……じゃあ、とりあえず指一本がストレート、二本がカーブ、三本がチェンジアップ。サインは、それでいいかな？」

「うん。……よろしくお願いします」

「こちらこそよろしく」

マウンドから降りてゆく逢葉の広い背中は、流風に大いなる勇気を与えた。この人は信頼できる……。孤独なマウンドだと思っていた流風は、逢葉の存在をとても頼もしく感じていた。

（ストレート、カーブ、自信のないチェンジアップ……）

逢葉は頭の中で投球を組み立てた。どんな優れた投手でも、無茶苦茶なリードをしていたのでは輝きも色褪《いろあ》せるというもの。

（ストレート、カーブ、自信のないチェンジアップ……）

まずは、彼女のチェンジアップがどこまで活《い》かせるか知る必要がある。土居への初球、逢葉は迷わずストレートを要求した。

彼女の想定では、ワインドアップからの投球はできない。両肩をぐるりと回し、セットポジションから逢葉のサイン通りストレートを投げた。白球は癖のない素直な軌道で、逢葉が構えたミットより少し甘めの位置へ吸い込まれる。

「ストライク！」

球審を務める飯泉の右手が勢いよく挙がった。土居は甘い初球を見逃した自分に対し、舌打ちで苛立《いらだ》ちを表した。

樋渡の球を受けた時のような衝撃はないが、ミットを打ち鳴らす想像以上の軽快な音に、逢葉はマスクの下で人知れず感嘆の声をもらした。連日の走り込みと彼女の努力が実を結び、１３０㎞／h後半は出ている。球自体に重みはないが、走っている感じはある。

二球目。逢葉は打者の打ち気を逸らそうと、外角へカーブを要求した。意外と球速のあったストレートの後に見せられた変化球は、打者の打ち気を逸らすには十分の働きをしたが、流風が投じた白球はボール一個分外へはずれた。次はストレート。内角低めを要求。だが、明らかにボールとわかる球筋に、土居は手を出さなかった。

カウント２‐１。彼女が自信がないと言ったチェンジアップを試すなら、このカウントしかない。すかさずサインを出す逢葉。流風は首をひねりながらも、覚悟を決めたように頷《うなず》いた。


「おまえ、ストレートとカーブしか投げられへんのか？」

はじめて手にした銀色のメダルを眺め回していた傀藤が、唐突な質問を流風にぶつけた。

「うん……」

「なんで？」

「女の子なんだから、それで十分だって監督が……」

「あっほくさ。そないじだいさくごなこと言うてるから勝たれへんねや。まぁ、相手がオレらのチームやったってとこで、勝負は見えとったけどな」

ところどころ自讃《じさん》する面も嫌味に感じないのは、彼の人柄ゆえのものだろうか。流風は朗《ほが》らかな傀藤の仕種《しぐさ》を眩しそうに見つめた。

「やろうか？　オレのチェンジアップ」

傀藤は、またしても唐突に言った。

「……ちぇんじ……あっぷ？」

「そ、チェンジアップや。欲しいか？」

「……あなたは？　……いらないの？」

的《まと》外《はず》れな答えに、傀藤は思わず噴き出した。

「その前に、あなたってのやめてくれへん？　こそばーてかなんわ」

「……ごめんなさい」

「傀藤逸斗。上でも下でも好きな方で呼んで」

そう言って彼は爽やかに笑う。流風もつられて笑った。

再度尋ねる傀藤に、流風は大きく頷いてみせた。

「欲しい？」

「手、出して」

傀藤の言葉に、流風は大切なものを受け取るように両の掌を差し出す。

「ほんまに知らんのやな。チェンジアップ」

傀藤は噴き出したくなるのを堪《こら》え、自分の左手を突き出した。

「またの名をOK《オーケー》ボール」

そう説明しながら、傀藤は親指と人差し指でざっくりとしたOKサインを作ってみせた。

「やってみ」

促され、流風も同じようにざっくりとOKサインを作る。

「オレの手をボールや思て握ってみ」

傀藤は右の拳を突き出し、左手で流風の利き手を取った。

「ここを縫い目に引っかけて、あまった指は軽く添える」

チェンジアップが変化球の名前だと知らなかった恥ずかしさと、男の子の手に触れている緊張とが合わさり、流風は耳まで真っ赤に染めた。

「握りを覚えたら、あとは練習あるのみや」

「あ……。ありがとう……」

「こんなところにいたのかぁー、蒼真ぁー」

ちょうどその時、流風を探していたのであろう彼女のチームの監督が遠くから走って来る姿が見えた。

「あれがさくごクンか?」

茶目っ気たっぷりの表情で冗談を飛ばす傀藤。そんな彼が眩しくて……流風は、今まで出逢《であ》ったどんな人間より信頼できる男の子だと、傀藤の横顔を見つめながら高鳴る鼓動《こどう》を感じていた。

「ホントによかったの？　大切なものもらって……」

別れ際、そう尋ねた流風に、傀藤は得意満面の笑みを浮かべながら答えた。

「オレ、スライダー極めよ思てんねん」

「すらいだぁ……？」

「これはやらへんで？　おまえも欲しがんなや？」

流風は無言で頷いた。

「蒼真ぁー！　集合時間はとっくに過ぎてるぞぉー」

途中で走るのをあきらめた監督が大声で叫んでいる。

「ほな、またな。蒼真……えーっと……」

「流風……蒼真流風！」

「金メダル、大事に持っとけよ、ソウマルカ！」

傀藤は吹き抜ける一陣の風の中、颯爽《さっそう》と駆けて行った。流風の心に、鮮やかな色彩を残して――……。

グラブの中で、ざっくりとしたＯＫサインを作る。残りの指を、白球に軽く添える。河原の空き缶相手に、何球も何球も投げたチェンジアップ。知っているのは〝握り〟だけ。

球筋もイメージの中にしか存在しないが、練習を重ね、今では十投に五回は空き缶をへこませるまでに成長している。だが、打者相手に投げるのは今日がはじめてだ。逢葉に告げたように自信はないが、流風は傀藤を強く信じ、渾身の一投を放った。

「────っ……!?」

思わず出したバットは、勢いよく空を切る。はずみで土居のヘルメットが地面に落ち、くるくると回った。

（……今のは……なんだ……？）

ストレートでもない、カーブでもない、第三の球種──。

「……チェンジアップか？」

土居がヘルメットを被り直している隙《すき》に、飯泉は彼に聞こえぬよう逢葉に耳打ちした。

逢葉は明らかに動揺している土居の様子を窺《うかが》いながら、軽く頷いた。

「おもしれぇ落ち方だな」

独学で修得したのが功を奏したのか、流風のチェンジアップはサークルチェンジに近い独特の軌道を描き、逢葉のミットに収まった。土居からスイングを奪ったこの瞬間、たった一球だが、流風はチェンジアップがはじめて自分の持ち球になった気がしていた。

土居への勝負球、逢葉はカーブを要求した。うまくいけば、この打者を三振に取れる──その逢葉の読み通り、土居は明らかにボールとわかる変化球に手を出し三振に倒れた。

悔しそうにバットを地面に叩きつける土居。その姿を見て、飯泉は満足そうに高々とアウトコールをした。続く河野は少し甘めに入ったストレートを捉えたが、流風の意図通り遊撃《ショート》ゴロに打ち取った。

あと一人——佐久間は、ふがいない二人に一瞥《いちべつ》をくれ、ゆっくりと右バッターボックスへ入った。

（打てない球じゃねぇ……）

佐久間は左手に持ったバットで弧を描き、威嚇するようにバットの先をマウンド上の流風に向けた。流風は持っていたロージンバッグを足許に置き、帽子を被り直した。

一投目、逢葉はカーブのサインを示し、流風はゆっくりと投球モーションに入る。左手から放たれた白球は弧の軌道を描き、逢葉のミットに吸い込まれた。

「ストライク！」

見逃した佐久間は憎々しげに逢葉のミットを睨みつけ、舌打ちをした。佐久間の苛立ちを察知した逢葉は、次の勝負、低めのチェンジアップを選択する。打ち気に逸《はや》る佐久間のバットは大きく空を切った。

「くそっ……！」

追い込まれた佐久間は思わず声を張り上げる。流風は、自分を落ち着かせるように肩で大きく息をした。三投目、投手に有利なカウントのまま勝ち名乗りを挙げたい逢葉は、決め球にもう一度チェンジアップを選んだ。

逢葉のサインに、流風ははじめて首を横に振った。次に出されたカーブのサインも嫌う。

もう一度チェンジアップのサインを試みた逢葉だが、やはり流風は頭を振った。残る持ち球は一つ――。逢葉はすっと人差し指を立て、マウンド上の流風に見せる。待ってましたと言わんばかり、彼女は深く頷いた。流風の気質は投手向きだと、逢葉は瞬時に悟《さと》った。普段の彼女からは想像もつかない意外な一面を垣間《かいま》見た逢葉は、どのコースへ来ても捕球できるよう、ど真ん中にキャッチャーミットを構えた。

佐久間は、グリップを握る手に力をこめた。三年間、一度もレギュラーになれなかったこの野球部にさしたる思い入れはない。だが、あれほど小馬鹿にした女との対決に敗れて雑用を手伝う事態は情けなさすぎる。この一球、何がなんでも打つ――。

流風は、ただ逢葉のミットに全神経を集中させていた。

(渾身のストレートで三振を取る……!)

愛乃のことも、退部届のことも、すべての感情を無にして、流風は勝負の一球を投じた。

(甘い――……)

逢葉がそう思った瞬間、鋭く振り降ろされた佐久間のバットが、高めに入った白球を捉えた。弾《はじ》き返された白球は、大きな放物線を描いて中堅《センター》方向へ伸びて行った。片桐が白球の落下点目指して歩を進める。

「捕るなっ!」

凡退した土居が、白球を追う片桐に向かって叫んだ。

「落とすんだっ、片桐……!」

今度は河野が叫んだ。右翼《ライト》を守る星野が、中堅へ向かって全力で走り出す。逢葉は脱いだマスクを放り投げ、小さくなる白球を目で追った。流風もただ、打たれた白球を見守るしかなかった。

「片……」

安曇が指示を出そうとした刹那、少し躊躇《ちゅうちょ》していた片桐の足がそのスピードを取り戻した。フェンス際、ぎりぎりの落下点に着いた片桐は、グラブを高々と突き上げ、落ちてくる白球をしっかりと包み込んだ。

「アウト！」

飯泉が最後のコールをする。打った佐久間はその場に頽《くずお》れ、一蓮《いちれん》托生《たくしょう》の土居、河野もがっくりと膝を落とした。

「片桐くん……ありがとう」

守備位置から戻ってきた片桐に、流風は安堵《あんど》の表情で礼を述べた。

「勘違いすんな」

そんな流風に、片桐は鋭い一瞥《いちべつ》をくれる。

「球拾いはゴメンなんだよ。くだらねぇ」

片桐は言い捨てた言葉同様、勝負を分けた白球を流風の足許に投げ捨てた。

「ナイスピッチングだったよ、蒼真サン」

逢葉は淋《さび》しく転がるウイニングボールを拾い上げ、流風に手渡した。

「チェンジアップ、よかったよ。リードしてて楽しかった」

「ありがとう……」

流風の心は最後の一球を弾き返された悔しさに揺れていたが、逢葉の言葉は素直にうれしかった。

同じ一年の北見と笹原も、会話に入ってきた。

「すっげぇじゃん、蒼真！　オレ、おまえのこと誤解してたよ」

北見はグラブを叩きながら、心底《しんそこ》感心した様子で言った。

「うん。守ってて安心感があった」

笹原は穏やかな笑みを浮かべた。

「蒼真サン。おめでとう」

愛乃も流風に駆け寄ってきた。

「ううん……こっちこそ……」

「すっごく、かっこよかった」

「森宮サン……」

「どんな女の子より、どんな男の子より、かっこよかった」

女の子らしい、はにかんだ笑顔がとても似合う。色白の華奢な手が、流風の手をやさしく握った。

「マネージャーがんばるから、なんでも言ってね」

愛乃の笑顔につられて、流風も笑顔になった。女の子の〝友達〟の手は少し冷たく、その柔らかさに流風の胸が詰まった。

二章　涙の枯れた果てに

甲子園はあの夏と変わらず、雄大な姿を見せていた。

瞳に映える翠《みどり》の蔦《つた》。爽やかに馨《かお》る浜風……。一年生の樋渡《ひわたし》、逢葉《あいば》を含めた湘央《しょうおう》高校のレギュラーは、流風《るか》を再びこの地へ招いた。あの夏より深く大きな感動に包まれながら、流風はアルプススタンドから黒土《くろつち》と天然芝のコントラストが美しいグラウンドへ想《おも》いを馳《は》せた。

（あたしもいつか、あのマウンドに立つからね。お父さん――……）

湘央高校は一年生ながらにレギュラーを勝ち取った樋渡の快投で、甲子園出場を決めた。エースナンバーを与えられなかった樋渡は、その悔しさを晴らすべく、エースの座を事実上奪うかのような投球を見せつけたのだった。

並み居る強豪を一人で抑えた一年生の登場に、予選大会は大いに沸いた。

「蒼真《そうま》、スポーツドリンクが足りない。悪いが、買ってきてくれ」

応援団のない湘央高校は、控えの野球部員が応援を仕切る慣習になっている。先輩部員が指揮を執り、一年生はドリンクの準備や、メガホン・帽子の管理など、細々《こまごま》とした仕事をこなす。

「はいっ。何本ですか？」

「二リットルのを五本頼む。もうすぐ試合が始まるから急いでな」

「はいっ。行ってきます」

流風は大急ぎで売店へ向かった。


「……こいつ、一年のくせに激戦区、ほとんどの試合で投げたらしいで」

三塁側ブルペン前の内野席に、樋渡を品定めする関西訛《なま》りの一団が陣取っていた。

「湘央いうたら春ベスト8《エイト》やろ？　そんなかでメンバー入ってしかも今日、先発も任されるいうんは相当なモンちゃうか？」

「……見たらわかる」

一団の中でも際だって人目を惹《ひ》く青年が、鬱陶《うっとう》しげに言った。

「せやな。おっ、始まるで」

球場内に、試合開始を告げるサイレンが高らかに鳴り響いた。

「あっ、試合始まっちゃった。急がなきゃ」

売店のおばさんがどう見ても小さい袋に無理やりペットボトルを押し込もうとするのをやんわりと制し、入りきらなかった二本を小脇に抱え、流風は大急ぎでその場を後にした。

「どないした？　便所か？」

一回表、樋渡が最初の一球を投じた直後、人目を惹く関西訛りの青年はゆっくりと立ち上がった。長めのTシャツの左袖から少しだけ、真っ白な包帯が顔を覗《のぞ》かせる。

「帰るわ」

「もうか？　まだ、始まったトコやで？」

連れの青年が目を瞬かせて尋ねると、人目を惹く青年はかすかに口角を上げた。

「一球で十分や」

青年はそう言うと、まるで試合そのものの価値がないかのように、内野席のチケットを指で弾《はじ》き飛ばし、そのまま歩き出した。

「あーあ……。あの怪我《けが》さえなかったらなぁ……。今頃、甲子園沸かせとるんはあいつやったのに」

打ち捨てられたチケットを拾いながら、連れの青年はぽつりとつぶやいた。

「ほんまに、気の毒なヤツやで、傀藤《かいとう》は――……」

増える一方の人混みの中、流風は重いペットボトルを抱え、必死にアルプススタンドを目指していた。だが、人波を避《よ》けきれなかった流風は、正面から来た中学生の男の子と肩がぶつかり、小脇に抱えたペットボトルを落としてしまった。滑稽《こっけい》な音を立て薄暗い通路に転がるペットボトル。慌ててそれを拾い上げる流風。その横を、かすかな風と共に、傀藤がすり抜けてゆく。誰も知らない、刹那《せつな》の再会だった――。

その日の甲子園上空は、雲一つない晴天だった。

順調に勝ち上がり迎えた相手は、関西の雄《ゆう》・坂之宮《さかのみや》高校。試合は両者譲らず、スコアボードに真っ白な〝0《ゼロ》〟が刻まれてゆく。最終回も、湘央高校は無得点。スコアボードに九個目の〝0〟が刻まれた。

その裏の守備に散った湘央高校ナインの肩に、重いプレッシャーが降り注いだ。抑えて延長に持ち込まなければ、そのまま夏が終わる。1点もやれぬ局面は、樋渡の指先を微妙に狂わせた。ストライクが入らない。攻撃側の応援に負けない声援が、湘央側のスタンドから轟《とどろ》く。その声援がさらなる負荷を呼ぶのか、樋渡の投じる球は立て続けにストライクゾーンをはずした。

ノーアウト一塁。樋渡は少し乱暴に足許《あしもと》をならし、肩で大きく息をした。

次の打者は三塁ゴロに仕留めたが、その間に一塁走者《ランナー》は二塁に進塁した。続いて今試合ノーヒットの三番への三球目、当たり損ねの一塁ゴロの間に二塁走者が進塁し、ツーアウト三塁となった。ネクストバッターズサークルから、四番・元橋《もとはし》が堂々たる風貌《ふうぼう》で打席に入る。坂之宮高校の応援スタンドから割れんばかりの歓声が上がり、グラウンドを流れる空気がかすかに震えた。一年生投手を威圧する元橋。屈指のスラッガーを睨《ね》めつける樋渡。今大会最高の対決を、甲子園全体が固唾《かたず》を呑《の》んで見守った。

捕手のサインに何度も首を振り、ようやく投じた初球。鋭く振り抜いた元橋のバットは、樋渡の百十六球目のストレートをきれいに捉えた。打球は、三遊間方向に弾き返される。球足《たまあし》の速い打球に飛びつく遊撃手の安曇。だが……。

白球は無情にも安曇のグラブの先を掠《かす》め、外野へと転がった。流風の向かい側のスタンドで色とりどりのメガホンが乱舞する。花畑のような光景が視覚を支配した瞬間——湘央高校野球部は短い夏の終わりを思い知った——……。

湘央高校野球部の新チームは、安曇たち三年生が抜けた穴を埋められず、秋季大会は二回戦で敗退。春の選抜《せんばつ》は絶望的となった。一年生ながら甲子園出場を果たし、坂之宮高校との投手戦でその存在を全国に知らしめた樋渡は希望通りのエースナンバーを手に入れたが、皮肉にも〝背番号1〟を背負って選抜のマウンドに立つことは叶《かな》わなかった。

グラウンドの脇の銀杏《いちょう》が黄色くなってきても、相変わらず流風は二軍で一人、二軍監督の梶《かじ》の指導を受けていた。だが他の同級生部員は皆、レギュラー予備軍である〝一軍〟に昇格していた。そして、飯泉《いいずみ》の提案により流風は、投手としての練習より内野の守備練習に時間を費やしていた。

秋が去り、冬が過ぎても、その練習スタイルは変わらなかった。


「……梶さん……」

梅の花がほころび始める頃、流風は思いきって指導係の梶に胸の内を打ち明けた。

「……もう少し、投球練習に力を入れたいんですけど……ダメですか？」

「今の練習内容じゃ不満？」

「…………」

梶はしばらく何事か考えていたが、肩で小さく息をし、話を続けた。

「そうだよね。蒼真さんは投手希望だもんね……。あ、そうだ。今度の日曜、紅白戦をやるんだって」

梶はいいことを思いついたように顔を輝かせた。

「紅白戦ですか？」

「そこでがんばれば、投手としての練習に重点を置けるんじゃないかな」

梶の優しい口調に、流風は顔をほころばせる。打者に対して投げるのは、佐久間《さくま》たちと対決したあの時以来だが、試合となるとシニアリーグ以来である。流風の心は逸《はや》った。ここで登板の機会が与えられ、結果を出せれば、ほかの部員と同じ練習をさせてもらえるかもしれない……。

「試合開始は十時だから、遅れないようにね」
「はいっ！」

紅白戦が行われる日曜までは、今までと同じ守備練習も違ったものに感じられた。梶との軽いキャッチボールも、そのほかの雑用も、大袈裟《おおげさ》にいえばはじめて白球を手にした幼い頃のような新鮮さをもって取り組めた。

そして迎えた日曜日――今や日課となった自宅から学校までのロードワーク中、流風は頭の中で自分なりに投球を組み立てていた。樋渡のように球速も球種もない分、自分は打たせて取るスタイルで臨む必要がある。プロ野球界でも、驚くほど緩い球を駆使して白星を量産する投手がいるのだから、〝緩い球イコール打たれる〟という図式ばかりではないのだ。球速を増してノーコンになっては意味がない。球速が足りないなら、コーナーを衝《つ》く投球で丁寧に確実にアウトを取ればよい。走りながら、流風はチェンジアップの握りを何度も確認する。今日はこの〈OK《オーケー》ボール〉で勝負しよう……。

試合開始時刻より四十分早い、九時二十分にグラウンドに着いた流風は、フェンスの向こうに見えた光景に思わず足を止めた。

金属バットが硬球を叩《たた》く鋭い音、スパイクが土を咬《か》む軽快な音。試合は……始まっていた……。

「す、すみません……監督……」

大慌てでダッグアウトに駆け込んだ流風は、ちらりと壁の時計に目をやった。針は九時二十二分を指している。飯泉は容赦なくその胸ぐらをつかんだ。

「……湘央高校野球部をナメんなよ？」

怯《ひる》む流風の胸ぐらを、さらに捩《ねじ》り上げる飯泉。

「監督……」

どうしてよいかわからずおろおろする愛乃のすぐ横を、飯泉に突き放された流風の細い身体《からだ》が掠めて堕《お》ちた。

「森宮《もりみや》とマネージャーの仕事でもやってろ。オレの腹の虫が収まるまでな」

流風と目も合わそうとせず、飯泉はただ辛辣《しんらつ》な言葉を吐き出してグラウンドへ歩き去った。残された流風は、茫然《ぼうぜん》とその背中を見送ることしかできなかった。


「……ごめんね、蒼真さん……！」

為《な》す術《すべ》なく紅白戦を眺めていた流風の許へ、梶は走って来るなり深々と頭を下げて彼女に詫《わ》びを入れた。

「僕が悪かったんだ。紅白戦の開始時間、本当は九時だったのに、十時だって伝え間違えたから……」

「梶さん……」

「本当にごめん……僕、監督に謝ってくるよ」

「いいんですっ！」

グラウンドへ駆け出そうとする梶を制し、流風は哀《かな》しく微笑《ほほえ》んでみせた。

「ちゃんと確認しなかったあたしが悪いんです。だから……」

「でも、それじゃあ……」

「監督に許してもらえるまで、マネージャーの仕事をがんばります」

流風は、自分が立てるはずだったマウンドを名残惜しげに見つめたまま、人知れず拳を握りしめた。


彼女の練習は、朝夕の自宅と学校の往復ロードワークと、孤独な河原での投球――そんな日々に逆戻りしてしまった。失った信頼を取り戻すのは、一から始めるよりも難しい……。流風は、その現実を痛感していた。

そんな傷心の流風に、追い討ちをかけるような事件が起こったのは、それから三日後のことだった。

英語の授業が少し押したため、いつもより遅れてグラウンドへ着いた流風は、部室前が騒然としていることに気づいた。人だかりに向かい歩を進めると、その気配を感じ、人山を作っている部員たちが一斉に彼女へ視線を走らせた。

「蒼真さん……」

その人山の中で唯一彼女を案じている愛乃《えの》が、流風を部室に近づけまいと歩み寄る。だが、それは徒《あだ》となった。愛乃のその様子から何かを察した流風は、人だかりを割って部室内へ踏み込む。窓ガラスの破片や道具が散乱する床……。シューズの底でガラスの破片を砕《くだ》いた耳障《みみざわ》りな音が、その場の沈黙を破った。

「おまえのせいだぞ」

頼りない二年生を差し置いて、背後から樋渡が〝口撃《こうげき》〟の口火を切った。

「見てみろよ。おまえ宛てのプ、レ、ゼ、ン、ト、みたいだぜ」

小岩井《こいわい》が嘲笑を交えた口調で言う。躊躇《ちゅうちょ》する流風の背中を、室内に入ってきた片桐《かたぎり》が押した。

床に転がる古びた白球……。それがカッターか何かで無惨に切り裂かれ、中の繊維が哀しく飛び出している。よく見ると、黒いマジックで文字が殴り書きされている。戸惑う左手で拾い上げ、流風は文字が見えるように掌中で白球を回す。

「ここに女の居場所はない！」

流風は、愕然《がくぜん》とした――……。

「……酷いことをする人間もいるもんですね」

紅白戦の遅刻で〝教え子〟がいなくなり、レギュラー予備軍の守備練習を見ていた梶が、渋い表情の飯泉に話しかけた。

「ボールを投げつけて部室の窓ガラスを割るなんて……。一体、誰がそんな……」

「その話は二度と口にするな」

梶の言葉を遮り、飯泉はぴしゃりと言った。

「……割れた窓ガラスは取り換えりゃ済むことだ。幸い、怪我人もいねぇ。犯人探しなんて不毛だよ」

「すみません……。出すぎたことを言って……」

その瞳に並々ならぬ何かを感じた梶は、それ以上は口をつぐんだ。


彼女は、これも試練だと乗り越えられるだろうか？　それとも……。飯泉は、愛乃と共に雑用をこなす流風の細い背中を、暗澹《あんたん》たる思いで見つめた。

紅白戦の後、流風の遅刻は、梶が時間を伝え間違えたのが原因だと、梶本人から告げられた。だが飯泉は流風の罰を解かなかった。流風がよく確認しなかったことは事実だし、これも流風にとってよい機会になると思ったからだ。肉体《からだ》は鍛えられても、精神《こころ》はそう簡単にはいかない。それに男に比べ、女は精神の不安定さが表れやすい。この先、公式戦に出場し、流風が万に一つも甲子園の土を踏むことになった時、彼女に対する羨望《せんぼう》や嫉妬……風当たりは相当なものだろう。今から悔しさや苦痛を乗り越える経験をして欲しい。

そう思ってのことだったが、まだ流風の精神が不安定な状態で起こったこの事件……。

飯泉は流風の心境を慮《おもんぱか》って気が滅入《めい》った。だがこのくらいの嫌がらせで潰《つぶ》れるようでは、甲子園はおろか、地区予選にだって出られはしない。彼女がレギュラーを取る現実は、甲子園で優勝するより難しく、確率の低いことなのかもしれない。

しかし、と飯泉は、思いを巡らせた。彼女が野球部に入部する、この年に高野連《こうやれん》が新規定を出したのだ。彼女に舞い降りたこの〝奇蹟《きせき》〟を無にしたくない。

そして飯泉は、一つの決心を固めた。蒼真流風を、自らの手で育て上げる決意を……。

飯泉は流風を呼び出し、誰もいない朝の三十分と、練習後の一時間だけ誰にも知られないよう直接彼女の投球練習を指導すると宣言した。

飯泉は厳しかったが、流風は弱音を吐くことなく食らいつく。河原での練習がほんのお遊びだったと感じるほど、その内容は高度で斬新だった。名スラッガーだったからこそわかる、優れた投手の技術。流風は、スタートラインが男子部員より後ろであることを承知しているから努力を惜しまないし、どんな小さなことでも貪欲《どんよく》に吸収しようとする。汗まみれ、泥まみれの彼女を飯泉は誇らしい眼差《まなざ》しで見つめていた。

桜花の季節――大学に進学し、卒業した安曇《あずみ》に代わり、今年は樋渡目当ての女子生徒が昨年より幾分多く野球部のグラウンドに集結した。同じ光景を見ている部員たちは今さら驚きはしなかったが、少しうんざりしていた。

「今年は、バッティングテストにしませんか?」

そう提案したのは樋渡だった。

「オレがやりますよ。バッティングピッチャー」

それはおもしろそうだと部員たちが色めき立つ中、飯泉は少々困ったような笑みを浮かべた。

「それじゃあ、男子部員も今年はゼロになっちまうよ」

「じゃあ、女子の方だけバッティングテストにするってのはどうっすか?」

どうしてもそのテストを見たいのか、小岩井が強く勧める。飯泉はちらりと入部希望者の人山を見た。そして……。

「そうだな。男子はともかく女子はおまえの球、弾き返すとは言わなくても、掠るくれぇの選手じゃないと無理かもな」

そう言って飯泉は、樋渡の申し出を受けた。樋渡は目を伏せて微笑む。手入れの行き届いたグラブを手に馴染《なじ》ませ、黄色い声の群衆に嘲笑《ちょうしょう》を一つ送る。そして、昨年に同様のテストが実施されていたなら、間違いなく入部させなかったという含みのある一瞥《いちべつ》を流風に差し向け、樋渡は整備されたマウンドへ上がった。

圧巻だった。不純な動機で入部を希望する女子に、樋渡の球がど真ん中に来ても打てるはずもない。中には〝憧れの君《きみ》〟のあまりの球速に一球でリタイアする者、泣き出してしまう者もいた。滞りなく進んだ入部テストは三十分ほどで終了し、結局残ったのは男子生徒十四人だけだった。晴れて野球部の一員となった十四人が、次々と自己紹介をする。今年は、野手希望者が多い。中には、イチローのような外野手になりたいと大きく出た新入部員もいた。そして、十四人目――。

「鳴海皓介《なるみこうすけ》。投手希望《ピッチャー》です」

いったん言葉を区切り、鳴海皓介は現部員の列に眼差しを向ける。同じく投手の樋渡とかち合う視線。そして、どちらからともなく笑みをこぼす。より満面の笑みを湛えた鳴海がうれしそうに続けた。

「樋渡さんを追いかけて来ました。よろしくお願いします」

「おまえら、知り合いか?」

テストノックで一際軽快なキャッチ&《アンド》スローを見せた鳴海の人懐っこい笑顔と、いつもより少し柔和な樋渡の顔を興味深げに眺めながら尋ねる飯泉。樋渡はそっと目を伏せ、微笑みを浮かべた。

「そいつは使えますよ。実力はオレが保証します」

そう言った後、樋渡は流風に向けて嘲笑を投げつけた。

「自分ら、シニアリーグで一緒だったんっすよねー、樋渡さん」

鳴海は全幅《ぜんぷく》の敬意を隠そうともせず、破顔を樋渡に向ける。樋渡の方も、そんな彼がかわいいのか、普段は絶対に見せない温顔を返した。

一通りの顔合わせが済み、二軍監督の梶が、新入部員十四人と流風を前に、あらためて自己紹介をした。十四人の新入部員は落ち着かない様子で、まだ〝二軍〟にいる流風の横顔に視線を走らせていた。

それは飯泉の考えだった。彼女を育てるにあたり重要なのは、種を蒔《ま》き、大輪の花を咲かせるまでその土壌を荒らさせないこと。彼女が投手として開花するまでは、その心を折らせるわけにはいかない。だから今まで通り〝二軍〟で守備練習を続けさせようとしているのだった。


「樋渡さんから聞いてますよ」

梶の話が終わりグラウンドへ駆け出そうとする流風の背中を、抑揚《よくよう》のない鳴海の声が捉えた。ゆっくりと振り返り、先ほどからずっと感じていた視線を正面から受け止める流風。

「湘央高校の野球部が変わってるって」

真意がわからず戸惑う流風に、鳴海はすっと右手を差し出した。ふいに握手を求める鳴海の、急《せ》かすように広げられた指に吸い込まれて右手を合わせた瞬間――鳴海は獲物を捕らえた鷹《たか》のように、一回り小さい流風の掌《てのひら》を強くつかんだ。

「女がいるせいで、妙な雰囲気だって」

「え……」

「野球部に女の居場所なんてあるんすかねえ?」

「……っ!?」

思わず流風は手を振り払った。そして、にこりともしていない鳴海の目の奥を見つめる。

(その言葉……)

まるであの、部室に投げ込まれたボールに書かれていたような……。鳴海はそれ以上何も言わず、じっと流風から視線を逸《そ》らさない。流風はその威圧的な視線から逃げるように鳴海の前から走り去った。

流風への高圧的な態度の反面、他の部員への人当たりのよさは見事で、部内での鳴海の評判はすこぶるよかった。加えてモデルのような痩躯《そうく》、役者のように端正な面立ちからは想像もつかない重く鋭い球は、樋渡のそれとなんら遜色《そんしょく》がない。さらに牽制《けんせい》のうまさを携えた鳴海は、早くも〝ポスト樋渡〟の呼び声が高かった。

ただ流風だけが、他の部員に聞かれないように刺してくる棘《とげ》のある言葉や、冷たい眼差しを受け、彼のことを恐ろしく感じていた……。

そして、また一つ事件が勃発《ぼっぱつ》した。

年季の入ったスコアボード。そこに、容赦なく書き殴られた白い文字——流風はただ、茫然《ぼうぜん》と見つめていた。雨がそぼ降る、月曜日の朝……。物言いの辛辣《しんらつ》さは、部室に投げ込まれた白球に書かれたものと大差ない。

「女は野球部から出ていけ!」

スコアボードいっぱいに書き殴られたその文字には、生々しい憎悪が含まれている気がした。流風の脳裏に、はじめて会った時の鳴海の言葉が思い出される。

「野球部に女の居場所なんてあるんすかねえ?」

流風は頭を思いっきり振って、脳を支配している考えを追い出そうとした。

（あの子は入部してきたばっかりなんだから、そんなわけない……！）

なかなか消え去ってくれない思考から気を逸らせるために、流風は重い足を踏み出し、固めた拳で白い文字をこすり始めた。とにかく飯泉が、皆が来る前に消さなければ、余計な心配をかけてしまう……。

降り注ぐ雨――昨夕のうちに書かれたのか、ペンキは流れることなく、その辛辣な言葉を留《とど》めている。拳に力をこめる流風。だが、剥《は》がれ落ちるのは「白」ではなく、古びた合板のスコアボードを染め抜いた深い翠《みどり》色だけだった。

いつもより早めにグラウンドに赴いた飯泉は、雨に煙《けむ》る景色の中、哀しい流風の背中を見つけた。視力のよい飯泉は、スコアボードに浮かぶ文面を瞬時に認め、思わず眉を顰《ひそ》める。

「女は野球部から出ていけ！」

白球に書き殴られていた言い回しと共通するのは、野球部が自分のものであるかのような言い草。ますます深まる怒りと疑念。嫌がらせの犯人は、野球部内にいる……。

「どいてろ、蒼真――……」

凄《すご》みのあるその声に、ぴくりと肩を竦《すく》ませる流風。汚れた拳を握りしめたまま振り向くと、そこにはマスコットバットを携えた飯泉の姿があった。

「監……督……」

流風を右腕で押し退《の》け、飯泉は雨粒が滴るマスコットバットを握りしめた。

「監督………っ!?」

現役時代さながらに振り抜いたバットの先が、合板にめり込む。水飛沫《みずしぶき》が散る。木片が飛ぶ。飯泉はもう一度バットを振り回す。そして、「女」という字を打ち抜いた。

「負けるなよ……」

マスコットバットを握る左手を怒りで震わせながら、飯泉は喉《のど》の奥から声を絞り出した。

「こんな卑怯《ひきょう》な真似《まね》しかできない畜生なんかに……絶対……絶対……負けるなよ、蒼真あぁぁ！」

飯泉は、沸騰する血液中の怒気を拳にこめ、スコアボードに渾身《こんしん》の右ストレートを見舞った。その凄《すさ》まじい形相は、まるで鬼のようだった。弾けた木片が飯泉の頬を掠める。うっすらと滲《にじ》む緋《あか》い血が、雨と混《ま》ざり流れ落ちてゆく。その様は、心優しき鬼が流す〝血の涙〟のように見えた。この人はきっと……どんな地獄からも自分を救い出してくれる……その身を削り、その骨を砕いても、きっと……きっと……。

「……は……い…………はいっ！」

流風は仄《ほの》暗い空に向けて咆哮《ほうこう》した。舞い落ちる無数の雨粒が、瞳にあふれる涙を中和し、グラウンドの土へと還《かえ》ってゆく。この人が自分を認めてくれる限り、どんな逆境でも撥《は》ね返してみせる――流風は冷たい雨の中、己の心にそう強く誓った。

「蒼真サンって、守備練習しかしないんっすね」

二軍の皆が集まるグラウンドへ急ぐ流風に、鳴海が立ちはだかった。鳴海は潜在能力の高さが認められ、異例の速さで一軍昇格を果たしていた。流風は、ニヤニヤしながら見下ろす鳴海を無視して、走り去ろうとした。だがその背中に、さらなる言葉が突き刺さった。

「ピッチャーは樋渡さんと僕がいるんで、安心してくださいねえ」

安心して辞めろと言うような、その言葉が流風の心に侵入してくる。

(飯泉監督と、負けないって約束した……)

流風はこぼれそうになる涙を堪《こら》え、全力で走り出した。


六月に入り、梅雨入り前の雨が続いた。

レギュラー選抜テスト当日の日曜日。午前の練習は休み、午後を丸々使って投手と野手の選抜がされる。今年もテストを受ける流風は、飯泉の厳しい特訓に耐え、ある種の自信を携えていた。今年のテストは行ける——彼女は密《ひそ》かにそう感じていた。

まだ朝靄《あさもや》の煙る道を、誰もいないグラウンドへ向かい流風は走った。テストに向けて一人で最後の調整をしようと思っていた。そして、グラウンドへ抜ける道の途中で、流風は何かが激しく砕ける音を聞いた。

ガシャーン………。

驚いて足を止めた流風に追い討ちをかけるように、再び響く鋭い音。その音は、野球部の部室の方から……。

流風はすぐに思い至った。部室に白球を投げ込んだ人物ではないか？　スコアボードに中傷を刻んだ人物ではないか？　流風は一瞬、躊躇《ちゅうちょ》する。自分に対する嫌がらせを繰り返す〝誰か〟がそこにいる。そしてそこに行けば、それが誰かということを知ってしまう……。

ガシャーン…………。

急かすように響く音に背中を押され、流風の足は走り出していた。

男は三枚目のガラスに金属バットをぶち込んだ。破片がダイヤモンド・ダストのようにきらきらと降り注ぐ。まだだ……まだ足りない……。この程度では、テストを中止させることはできないだろう……。

「ふーーんふんふんふんふーーんふーーん」

残るガラスはあと一枚……。男は、鼻唄混じりにバットを振り上げた。

「ふーーんふんふーー」

一瞬、切れた視界に飛び込む、驚愕《きょうがく》の表情。小面憎《こづらにく》いその女の目が、潤いを帯びたその目が、見つめている。バットの先、割れた窓ガラス、そして……。

開けたのは〝禁断の扉〟だった。

（どうして……？）

その疑問詞だけが、ぐるぐると回る。何も問えず、何も言えず、流風はただ、あふれる涙で滲むその顔を見つめることしかできない。部室に白球を投げ込んだのは……。スコアボードに中傷を刻んだのは……。

「そうだよ」

流風の心を見透かしたのか、男はあっさりとそう答えた。そして、まるでその証拠を見せつけるかのように、一度止めたバットで最後の窓ガラスを打ち抜いた。

ガシャーン………。

それは、彼女の心を砕く音のように甲高《かんだか》く、鋭く、朝靄《あさもや》のグラウンドに響いた。

「……どう……して………」

打ち震わせた瞳から、光る涙が一つこぼれる。

「……どう……し……て………？　梶さん――……」

この顔だ。この表情《かお》が見たかったのだ。梶はこの状況で、微笑んだ。

「……どうして？　それ、聞いちゃう？」

他人事《ひとごと》のような語り口で、梶は金属バットを肩に担いだ。そしてゆっくりと流風に歩み寄る。

「……僕はね、飯泉監督に憧れて湘央高校に入学したんだ。監督の高校時代のプレーについてなら、朝までだって語れるよ？」

満面の笑みの中に、飯泉に対する強い尊敬の念が窺《うかが》える。荒い呼吸と同時に、流風の瞳からまた一粒涙がこぼれた。

「憧れの飯泉選手が母校の監督に就任したって知った時の興奮がわかる？　まさに、人生最良の時だったよ。憧れの監督がいる野球部に入ったあの瞬間はね……」

梶は遠い目を見せる。流風は、その瞳の行き場を探した。

「……一年の冬、春に入学してくる新入部員の指導係を打診された時——最初はショックだったけど、僕の野球に対する情熱や知識を買ってくれてのことだってわかったから、選手への道が絶たれても素直に受け入れられた」

途端、梶は金属バットの先を地面に叩きつけた。そして流風に鋭い眼光を放つ。

「……君が、僕の目の前に現れるまではね」

湿った空気の中、梶の瞳だけが急速に凍りついてゆく。

「ずっとね、自分に言い聞かせてたんだよ？　この子は、飯泉監督から託《たく》された大切な投手なんだ……ってね」

優しかった梶の笑顔が、流風の記憶に一瞬甦《よみがえ》る。

「僕の心のダムがあふれたのは、君のあの一言のせいだよ」

金属バットのグリップを握る梶の手は、激しく震えていた。

「覚えてるかな？『投球練習に力を入れたい』……君が僕にそう

言ったこと」

梶はかっと目を見開き、流風を見据えた。

「ふざけた悩みだと思ったよ。飯泉監督の気持ちも考えずにさ……」

この場で返す言葉など到底見つけられない流風は、息を吐くことも忘れて梶を見つめた。

「……お仕置きが必要だと思ったね」

梶は、一つ一つ暴露してゆく。

「テストを中止させようと思ったんだけどなぁ。蒼真さん、遅刻してくればよかったのに。紅白戦の時みたいに……」

冗談めかして梶は笑った。梶はわざと間違った時間を流風に伝えたのだ。

「君とのキャッチボール、苦痛だったな。上達していく守備練習、憂鬱《ゆううつ》だったな。飯泉監督と君の秘密の投球練習、地獄だったよ――……」

もはや〝優しい二軍監督〟の面影はどこにも存在しなかった。あるのはただ、激しいまでの怨念《おんねん》……。

「君は本当に飯泉監督に大事にされてるんだね。僕には、よくわかるよ。ずっと監督を見てきたから……」

嫉妬の蒼白《あおじろ》い炎が、梶の背中から立ち昇っている気がした。

突然、梶は金属バットを放り投げて走り出した。

「梶さんっ……!?」

反射的に駆け出す流風。その背中を追って校外を走る。ポプラ並木を抜け、橋を渡り、コンビニの角を左折し、走り続ける。走って、走って……踏切の手前で、梶はその足を止めた。一定の間隔をあけて、流風も立ち止まる。梶は、上気させた顔をゆっくりと流風に向けた。

「君には、僕の気持ちなんて一生わからないっ！」

先ほどまでとは打って変わって興奮した声で、梶は言い放った。

「本当なら持てるはずのないものを手に入れた君に、ずっと持っていたものを失《な》くした僕の気持ちが理解できるはずないんだっ！」

「……梶……さん……」

「どうして……どうして湘央に来たの？　どうして僕の場所に踏み込んで来たんだよっ!?」

流風は何も答えられない。何を言っても、梶の心を逆撫《さかな》でする凶器になってしまう気がした。

「……僕は……君が——」

カンカンカンカン————……。

（うらやましかった…………）

梶の最後の一言は、動き出した遮断機の音に掻《か》き消された。彼は、何もかもを終わらせる覚悟ですべてを明かしたのだ。黒と黄の遮断桿《しゃだんかん》がゆっくりと降りてくる。遠くで、警笛の音が轟《とどろ》く。

カンカンカンカン――……。

赤いランプが、ウインクするように左右交互に点滅する。

カンカンカンカン――……。

梶は、穏やかに微笑んだ。細めたその瞳から、一筋の涙がこぼれる。そして――。

「梶さんっ……！」

最初から、こうすればよかったのだ。テストを中止させられる。彼女の心に、深い傷と後悔を刻んでやれるのだ……。梶は遮断桿をくぐり、踏切の中へ三歩踏み込んだ。そして、近づいてくる鉄の塊と差し向かい、そっと目を閉じた。

カンカンカンカン――……。

電車の警笛が近づいてくる。これで終わりだ。きっと、痛みも、何も、感じない。心を静めてその時を待つ梶の頬を、空気を切る風が駆け抜けた――。

同時に、鈍い衝撃が梶の身体にのしかかった。一瞬、ふわりと身体が宙に浮き、次の瞬間、さらに強い衝撃が背中全体に襲いかかった。

砂袋を叩きつけるような音が響いた。そして、全身に戻ってきた感覚が、自分の身体を押さえつけている柔らかいものを感じた。

梶は、ゆっくりと目を開けた。隣で、アスファルトの隙間から生えた雑草が風に揺れている。そして目の前には、苦痛に歪《ゆが》む女の顔……。

「……なん……で……？」

梶は、自分を包む流風の腕を振り払い、信じられないといった表情で何度も首を振った。

「……間違ってる……」

流風はアスファルトに転がったまま、群青色《ぐんじょう》の空を仰いだ。

「こんなことで命を粗末にするなんて間違ってるっ！」

大好きな父親を事故で亡くした流風は、命の尊さを身をもって知っている。自分に対する嫌がらせより何より、己の命をぞんざいに扱う梶の心根が許せなかった。

逝き損ねた梶は、ふらりと立ち上がり、よろめきながら歩き出した。瞳に映る碧《あお》い空が眩《まぶ》しい。行き場を失くした涙が風に揺れる。喉が、熱い……。

「梶さんっ……」

流風も立ち上がり、その背中を呼びとめる。だが梶は、歩みを止めることも、振り返ることもなかった。


ふらり、ふらりと、来た道を戻る流風。辞めたいと思ったことはない。いや……辞めたいと思ったことはなかった。今までは……。自分の存在が梶をあんなにも追い詰めていたなんて……他人につけた傷の治し方がわからない。それでも行かなきゃ……どこへ？　グラウンドへ……なんのために？　テストを受けるために……。

（梶さんをあんなに傷つけておいて、自分だけのうのうとテストを受けるの……？）

（あの人のは、ただの八つ当たり。あの人が選手としての道を閉ざされたのは、あたしのせいじゃない……）

心の中で葛藤《かっとう》が続く。何度でも這《は》い上がれると思っていた。信じてくれる人がいる限り。でも……信じてくれる人……、その一人が、「梶」だった……。

朦朧《もうろう》としながら歩き続け、いつの間にか戻ってきた野球部の部室。そこにはすでに、飯泉の姿があった。

「……大変だったな、蒼真……」

割れた窓ガラスを枠ごとはずしながら、飯泉は苦渋《くじゅう》の表情を浮かべていた。

「……梶から……電話があったんだ」

自分が思い描いたシナリオより遥かに酷いストーリーに、飯泉は悄然《しょうぜん》としていた。

「全部……話してくれたよ。今までのこと……」

飯泉は本当につらそうだった。

「……あいつのこと、恨まないでやってくれ……あいつがやったことは正当化できるもんじゃないが、そのきっかけを作ったのはオレだ。恨むならオレを……」

「……誰も……恨んだりしません。誰も……」

あんなことを繰り返した梶も、梶に二軍監督を打診した飯泉も、きっと自分以上に苦しんでいる——流風には、そう思えた。誰かを恨むことですべてを「無」に帰することができるなら、迷わずそうする。だが、恨みでは誰も救われない気がした。自分自身のことも……。

「すまんな、蒼真……」

傷ついていた。飯泉も流風も梶もみんな、傷ついていた……。

レギュラー選抜テストは予定通り——サッカー部の部室からこっそり借りてきた窓ガラスでその場を凌《しの》ぎ、予定通り行われる。流風の精神状態が心配だったが、飯泉は下手にテストを中止して梶の所業が知れ渡ることを懸念していたのだ。死のうとまでした梶の心を慮ると、そうしないわけにはいかなかった。

試合形式で進行するレギュラー選抜テスト。まずは、樋渡がマウンドへ上がり、三イニングを一安打無失点に抑えるほぼ完璧な内容。続く鳴海は三イニング三安打一失点と、一年生にしてはまずまずの内容だった。

残り三イニングの投球権利は流風に与えられた。雑念を振り払い、集中力を高める流風。彼女が迎える最初のバッターは小岩井。昨年夏にあったレギュラー選抜テストではヒットを打たれた相手だ。スイッチヒッターの彼は、右打席からマウンド上の流風を睨《にら》み据えた。

（オンナの……ロクに投球練習もしてないヤツの球打ったところでなんの自慢にもならないが、こいつをレギュラーにするわけにはいかねぇもんな）

バットの先で軽くホームベースを叩き、ぐるりと輪を描いて構える小岩井。肩で息をして、ゆっくりと振りかぶる流風。第一球、捕手逢葉のサインはストレート。オーバースローから繰り出された白球は、流風の左手を離れ、伸びる。伸びる――。

「ストライクっ！」

球審を務める飯泉の右腕が挙がる。小岩井は白球が吸い込まれた逢葉のミットに茫然とした視線を送り、比べるようにマウンド上の流風に視線を戻す。内角でもない、外角でもない、ど真ん中のストレート……。見送ったのではない。手が出なかったのだ。小岩井はごくりと唾《つば》を飲み、一度ボックスをはずした。今のストレートは、昨年とは別人のようだ。球の出所はわかるのに、距離感がつかめない。よく見れば、身体も一回り大きくなったような気がする……。

（つくしょー、抑えられてたまるかよ）

小岩井は再び打席に入り、ふっと息を吐いた。

第二球、逢葉のサインは再びストレート。だが、今度は内角に構える。頷《うなず》き、同じようにゆっくりと振りかぶる流風。その指先から目を逸らさない小岩井。

（来たっ……またストレートかっ……）

「ストライクっ！」

再び、飯泉の右腕が高々と挙がる。勢いよく振り抜いた小岩井のバットはただ、空《くう》を切っただけだった。

「……っ」

周囲のざわめきが、小岩井の耳にも届く。

（冗談じゃねぇぞ……三振なんて……）

小岩井は流風を思いきり睨みつける。それを堂々と正面切って受け止める流風。今日の彼女には、今までにない雰囲気がある。鬼気迫る何か――小岩井は頭を振り、浮かぶ雑念を振り払う。

（次の一球はカーブか？　チェンジアップか？）

グリップを強く握り、構える小岩井。サインを送る逢葉。頷く流風。第三球、振りかぶる。投げる――。

（チェンジアップ……！）

前の二球と違う腕の振りで、今、自分に向かってくる勝負球がチェンジアップであると小岩井はすぐに分析した。少し短めに持ったバットのグリップを強く握り、自身の中でタイミングを計る。だが……。

「ストライクっ！」

飯泉が小岩井に最後のジャッジを投げた。思わず口を開け、茫然と立ち尽くす小岩井。ストレートと同様に、切れ味の増したチェンジアップは小岩井のバットからわずかにずれてミットに収まっていた。

……そもそも、自分はなぜ、「蒼真流風」を目の敵《かたき》にしているんだ……？　樋渡がそういう絶対的な空気を醸し出しているから……。女に野球は無理だから……。無理か……？もしそうなら、今、三振に取られた自分はどうなる？　無理なのか？　思考が回る。小岩井の脳裏を、主《あるじ》を失くした馬車馬のように当てもなく、ぐるぐる……ぐるぐる……。わからない。ただ、言えること、それは――「蒼真流風」は、紛れもなく「投手」だった……。

一足先にテストを終えた鳴海は、彼女の投球をずっと見ていた。これが……自分が、尊敬する樋渡が目の敵にしている「蒼真流風」その人なのか……？　二軍では、ほとんど守備練習しかしていないはずなのに、いつの間にこんな……。

その後、四人連続ノーヒットに抑えた流風。続く、五人目の打者《バッター》は片桐。こちらも、昨夏のテストで打たれた相手。逢葉が流風に要求した片桐への初球は、外角低めのストレート。強打者の片桐が当てても、ファウルになるようなコースを衝《つ》かせる。

「……？」

振りかぶった流風の肩に、違和感が走る。はじめての感覚……。

（大丈夫。気のせい……）

今さら、モーションは止められない。流風はそのまま、左腕をしならせる。白球が指先から離れた瞬間、今度は違和感などではなく、その肩に確かな痛みが走った。

「ボール！」

逢葉は立ち上がり、ウエストボール気味に放たれた流風の初球を捕球した。別段、めずらしくないのかもしれないが、コントロールにさほど難のなかった彼女にしては明らかにおかしい。確認するため、逢葉はもう一球同じコースへストレートを要求。自信なさげに頷く流風。振りかぶる。再び走る違和感。しならせる。再び襲う痛み。

「ボール！」

今度は逢葉が捕れない軌道を描き、彷徨《さまよ》う白球はバックネットが受け止めた。

だらりと垂れた流風の左腕を、生ぬるい感触が伝う。静寂が支配していたグラウンドに、ざわめきが起こる。皆、感じていた。何かが、おかしい……。

鳴海は目を凝らし、マウンド上の流風を窺う。

「…………！」

誰よりも早くその明らかな異変に気づいたが、鳴海は声も出せず、ただ息を呑んだ。

逢葉に返された球を右手のグラブで受け取り、サインを待つ流風。逢葉は悩んだ末、カーブを選んだ。左肩を襲った違和感を無視できない流風だったが、逢葉のサインに頷き、大きく振りかぶる。

「…………っ」

先ほどより激しい痛みが、肩から指先へ抜ける。

放たれた白球と共に、流風のユニフォームの袖口から、ガラスの破片が飛び出す。それを彩るように、赤い飛沫《しぶき》が舞う。

「蒼真サンっ！」

鳴海は叫んでいた。ダッグアウトから飛び出し、マウンドへ走る。逢葉のミットまで届かなかった血染めの白球が、力なく地面を転がりその場の視線を一身に集める。飯泉も駆け寄る。逢葉も駆け寄った。立ち尽くす流風の力なく垂れた左手を伝い、赤い鮮血がぽとり、ぽとりとマウンドの土に落ちた。

「おまえ……」

梶にすべてを打ち明けられていた飯泉は、すぐに思い当たった。自分を命懸けで追い堕《お》とそうとした梶を、それでも命懸けで救った流風。足許に転がるガラスの破片は、その証《あかし》ではないのか……？　彼女は気が張り詰めていて、左腕のどこかに刺さっていた破片にも痛みにも気づいていなかったのかもしれない……。

「森宮サンっ！　早くっ……早く手当てをっ！」

大声で叫ぶ鳴海に呼応するように駆け寄った愛乃が、大きいタオルで流風の左腕を丸々包み込む。

「蒼真さんっ、早くっ……保健室へ……」

動こうとしない流風の背中を押す愛乃。流風は二、三歩出した足を止め、振り返る。

「……血が止まったら……テストを……続けさせてくださいっ……」

そんな彼女の悲壮な様は、鳴海の胸を激しく揺さぶった。

「……大丈夫かなぁ……蒼真さん……」

中断した選抜テスト——木製のトンボでマウンドをならしながら、一年生の有馬駿汰《ありましゅんた》は心配そうに二人が消えていった校舎の陰を見つめた。

付着した彼女の血を洗い流した掌を見つめ、鳴海は思い巡らせるように目を閉じた。しなやかな投球フォーム。凛《りん》とした横顔。放たれた血飛沫さえも、美しい絵画のように一齣《こま》思い出される。どうして、あそこまで必死になれるのだろう……。あんなに嫌がらせを受けて……怪我を押して……彼女はどうしてあそこまで……。

「鳴海？　顔赤いけど……大丈夫か？」

有馬の声に遮断される思考。鳴海は戸惑い、そして天を仰いだ。

（なんだろう……。この気持ち…………）

恋……？　愛……？　憧れ……？　そう、憧れだ。樋渡に対する尊敬の念とよく似た感情を彼女に対して抱いている……。よきライバルになれたらと思っている……。

「……蒼真……サン………」

鳴海は帽子を脱ぎ、校舎の陰を見つめた。

結局その日、彼女がマウンドへ戻ってくることはなかった。

三日後、梶は退学届を出した……。


流風の左腕の傷は、出血量の割に軽く、全治一週間程度の裂傷ですぐに完治した。だが、結局テストのやり直しは行われなかった。梶の退学で不安定に陥った流風の精神状態を考慮してのことだった。梶の事件とその後の彼の退学は、流風の心を癒すのに確かに長い時間を必要とした。しかし、甲子園に馳《は》せる想いがかろうじて勝《まさ》り、流風が部活を休む日はなかった。鳴海はあれ以来、ほかの一年生部員たちと同じ……いや、それ以上の接し方をするようになったし、対戦した小岩井も、どことなく友好的な気がした。樋渡と片桐は相変わらずだったが、以前のように明け透けにものを言うことはなくなった。そして練習を続けることで流風は、野球へ向かう気持ちを取り戻していった。

そんな中で始まった夏の地区予選――湘央高校はベスト4《フォー》まで勝ち上がった。季節はずれの長雨に泣かされ三日順延となっていた準決勝の対戦相手は、名門・湘央高校と双璧を成す鎌倉共栄《かまくらきょうえい》高校。地元紙では〝事実上の決勝戦〟と謳《うた》われた。

「……なんだおまえ……こんなところに紛れ込んでたのか」

球場入りする際に鉢《はち》合わせした鎌倉共栄の団体。その中の一人から、心の奥深くの一番繊細な部分を雑に撫でるかのような、冷たい声が投げられた。体調不良で来られなかったマネージャーの森宮愛乃に代わり重いクーラーボックスと格闘していた流風は、声の方へゆっくりと振り返った。その、全身から醸し出す雰囲気は、流風の記憶の引き出しを強引にこじ開けた。

（……女は、甲子園には行けねぇんだよ…………）

あの頃よりもさらに威圧感を増している目の前の彼は、幼い日、非情な真実を浴びせた同じチームの長身の少年――橘柊平《たちばなしゅうへい》だった。

「……橘……くん……？」

「相変わらず、似合ってねぇな、そのカッコ」

橘は練習着姿の流風を憎々しげに見据え、相変わらず冷淡な言葉をぶつける。その声音は、流風の心胆《しんたん》を震《ふる》え上がらせた。

「おまえ、まさかまだ甲子園へ行ける、なんて幻想を持ってんじゃねぇだろうな」

さらに身長差の開いた流風を、侮蔑《ぶべつ》的な眼差しで睨み降ろす橘。蛇に睨まれた蛙《かえる》のように身体を竦ませる流風は、ただ口唇を震わせた。

「いくら規定が変わったって、根本的なことは何も変わらねぇってのに」

じわじわとグラウンドの片隅でのやり取りが甦る。この人は……九年の時を経て、またしても非情な言葉を浴びせようとしている。あの片方の口角だけを不自然に歪めた口唇からは、自分を傷つける台詞《せりふ》しか出てこない。それがわかりすぎる流風は、右足を退《ひ》く。

「その目――〝自分はか弱い女の子です。でも、男の子に交じって野球をがんばってます。だから、いじめないでください……〟ガキの頃のまんま、変わんねぇのな。逃げ道を作ってから闘う、そんな目」

変声期を経て低く太くなった分、その声が形作る言葉は辛辣さを増していた。当時、そんなふうに見られていたこと、そして少なくない年月を経てもまだ、そんなふうに思われていること。すべてが相俟《あいま》って、流風の心はざっくりと抉《えぐ》り取られた。泣いたら負け……。涙は、見せてはいけない……。そうは思っても、流風は虚勢を張り切れなかった。その声が届かないところまで逃げることも叶《かな》わず、久しぶりに対峙《たいじ》した橘柊平の前で大粒の涙をこぼした流風は、哀しいほどに脆弱《ぜいじゃく》だった……。弱った獲物をみすみす見逃す橘ではなかった。頭上から、とどめの口撃《こうげき》を加える。

「湘央なら、甲子園へ行けるとでも思ったか?」

「………」

反撃の糸口を探すこともできず、流風はもう半歩足を退いた。

「まあなんにせよ、チームごと潰してやるよ。蒼真」

中傷には、いくらでも晒《さら》されてきた。それを力に変える術《すべ》も身につけたと思っていた。

だが、年月を経て熟成された橘の言霊《ことだま》に対抗できるほど、彼女の心は鍛えられてはいなかった。チームメイトに呼ばれ、立ち去る橘の広い背中を、そこに堂々と背負われた「背番号5」を、ただ茫然と見送るだけの流風。

『チームごと潰してやるよ』その言葉通り、地区予選の準決勝——橘は、湘央のエース・樋渡から二本の本塁打を放ち、怪物の片鱗《へんりん》を見せつけた。片手を天に突き上げ、悠々とダイヤモンドを回る橘。流風はその誇らしげな横顔を、三塁側のスタンドから見つめることしかできなかった。

9対2。思わぬ大差で、湘央高校の短い夏は終わった——。

この夏の甲子園で、鎌倉共栄はベスト8《エイト》目前の三回戦で敗れたが、二年生の主砲・橘は一試合二ホーマーを含む本塁打三本という鮮烈な印象を残し、甲子園を去った。

湘央高校野球部の夏が終わり、三年生が引退した。残された一、二年生は春の選抜に向けてすぐさま練習を開始する。二年生の流風の甲子園出場のチャンスはあと二回。まだレギュラーでもない流風は焦っていた。そして少しの時間も惜しんでブルペンにこもり、白球を投げた。

そしてその白球は、今日も土を食らう音を響かせていた。

夏前のレギュラー選抜テスト、流風と小岩井との対戦で、飯泉は気づいたことがある。ストレートとチェンジアップの腕の振りを同じにしたら……それが、彼女の武器になる。少なくとも、飯泉は高校野球界でその投球を用いる投手を見たことがなかった。そんな難しいであろう投球法が、果たして、彼女に修得できるだろうか？　だが蒼真の野球への情熱と執念は男子部員に決して負けない。飯泉は蒼真流風の可能性に賭けたのだった。

飯泉は梶の後釜《あとがま》と流風の育成を同じ学年の星野《ほしの》に任命した。選手としてあまり目立たなかった星野は、当然、彼なりに葛藤があったものの、最終的には自身に相応《ふさわ》しい仕事を〝コーチャー兼トレーナー〟だと認めた。

「蒼真を甲子園のマウンドに上げてやってくれ」

飯泉は星野に一任した。

「星野くん、よろしくお願いします」

「蒼真サン、一緒にがんばろう！」

二人は日々、試行錯誤を繰り返す地道な投球練習を始めた。いつしか陽射《ひざ》しは和らぎ、夕闇の帳《とばり》は早くなったが、ブルペンに響き渡る音が途切れることはなかった。

八月下旬の高校野球選手権大会決勝の日、湘央高校野球部専用グラウンドでは、選抜へのステップとなる秋季大会のレギュラーを決めるテストが行われた。
部員十九人――地方大会では、全員ベンチに入ってもまだ足りない人数だが、選抜出場を決めた瞬間、たった一人はずされてしまうというシビアな人数でもある。今回のテストは試合そのもので行うことになっている。飯泉は流風をはずした十八人をあらかじめ紅白に分けておいた。星野から受けていた報告と、自身の目で確認した流風の「チェンジアップ」は、武器と呼べるどころか、到底打者相手に投げさせられる代物《しろもの》ではなかったからだ。現状では、樋渡・鳴海を差し置いて流風を先発投手に据えることはできなかった。飯泉は流風をセットアッパー、中継ぎで起用する心づもりでいる。今日の試合では、樋渡と鳴海の投球とコンディションを見て、どちらかのリリーフに充てるつもりだった。テストは実施するが、必ずしもそれが背番号を決めるすべての材料ではない。

	投手	捕手	一塁手	二塁手	三塁手	遊撃手	左翼手	中堅手	右翼手
紅	樋渡(2)	逢葉(2)	岡倉(1)	平井(1)	北見(2)	弓削(1)	吉野(1)	池辺(1)	花村(1)
白	鳴海(1)	柴田(1)	木戸(1)	小岩井(2)	堀(1)	関矢(1)	笹原(2)	片桐(2)	有馬(1)

※カッコの数字は学年

貼り出されたチーム表を前に流風は、衝撃のあまり溜《た》め息を吐《つ》くことさえ忘れた。どこをどう見ても、自分の名前がない……。

「……ごめんね……星野くん……」

「ううん」

一日の休みもなく続けた特訓の成果は出なかったが、気を持ち直してブルペンへと向かおうとした。刹那、地面を這《は》うように吹き上げた熱風が、流風の帽子を弄《もてあそ》んだ。ふわりと宙を滑るように逃げる帽子を追いかける流風。その流風の背中を追いかけるように、飯泉のよく通る声が響いた。

二人を呼び止めた飯泉が言ったのは、今から投球練習をしようとする二人には思いがけない要求だった。

「悪いんだが、蒼真、弓削《ゆげ》がな、家の事情で来られなくなってチーム紅の遊撃手《ショート》が足りないんだ。おまえ、やれるか?」

遊撃手のポジションで投手用のグラブを右手で貝のように開閉させている流風を、同じチーム紅の投手・樋渡が苦虫《にがむし》を噛《か》み潰したような表情で睨みつけた。

ベンチ前で味方の攻撃を見守りながら、小岩井がぼそりと言った。

「……なんで蒼真に遊撃手やらせんだ?」

それは、紅白関係なく、この場にいる人間すべての疑問であった。

「……弓削が休みだから、じゃないっすかね?」

独り言のような小岩井のつぶやきに、一年生でチーム白の有馬が答えを返す。試合開始直前に飯泉から、チーム紅の遊撃手・弓削が家庭の事情で来られなくなったことを告げられたばかりだった。

「……左利きだぜ? 内野やらせんなら、一塁の方がいいだろ?」

「いやぁ……。監督が決めたことですから……」

小岩井の愚痴《ぐち》に有馬は肩を竦ませた。だが、周囲の心配をよそに、当の本人はやる気満々だった。遊撃手としてでもグラウンドでプレーできる喜びが流風の中にあふれていた。

「……あれだな。監督はただ、ポジションの組み換えが面倒だっただけなんだ……」

的を射たような独り言を吐き出して、小岩井はグラウンドを見つめた。


試合開始の合図に、樋渡は内・外野陣に軽く手を挙げコミュニケーションを図る。しかし流風には一瞥もくれず、その存在をスルーした。その様子をマスク越しに見ていた逢葉は、ブルペンでの二人の作戦会議で樋渡が放った第一声を思い返していた。

「遊撃《ショート》には打たせるな」

樋渡はそれを念頭に置いた配球を逢葉に要求した。

逢葉は、流風がエラーをしても遊撃に打たせた樋渡の落ち度にはならないという飯泉の考えを伝えたが、彼は聞く耳を持たなかった。だが遊撃に打たせない配球など、途方もない試みのように思われた。

「それなら、アウト二十七個、全部三振で取る気で投げるしかないんじゃないのか？」

逢葉が思わずそう言うと、樋渡はそれは妙案だと言わんばかりの笑みを浮かべた。実際、そんな快投ができるはずもないが――樋渡は三イニング、打者一巡するまで、その通りの投球を披露した。

流風は、樋渡の大きな背中を複雑な想いで見つめていた。自分が彼と同じポジションでなかったら、これほど頼もしいエースはいない。だが、彼女は投手希望だ。チームメイトとはいえ、好敵手《ライバル》なのだ。目の前でこんな投球を見せつけられた流風の矜持《プライド》は鋭く切り裂かれた。星野と始めたチェンジアップの改造もままならない自分……いや、たとえ完璧なチェンジアップが投げられたとしても、仮に自分が男だったとしても、今日の樋渡には勝てない……。四イニング目の守りに就いた時、流風は樋渡の背中に、あるはずのない「背番号1」を見た気がした。彼とエースナンバーは相思相愛で、自分が割り込む隙などないのかもしれない。いや、エースナンバーどころかあのマウンドに立つこともなく、野球生活を終えてしまうのかもしれない……。そんな妄想が彼女の心で吹き乱れ、流風はグラウンドの中で涙を堪えることができなかった。

（泣いてる……？）

ちらりと視線を送った三塁手《サード》・北見《きたみ》が、流風の異変に気づいた。見間違いかと思い、もう一度流風に送った目を凝らす。汗を拭《ふ》いているのではない……。彼女は……確かに……

涙を拭《ぬぐ》っていた。

「さあ、来――――いっ！」

考えた挙げ句、北見は大音声《だいおんじょう》をグラウンド内に響かせた。驚いた流風が視線を送ると、それを受け止めた北見は微笑みながら頷いた。

そんな単純なことが、流風の弱った心を勇気づけた。そう、今は野球ができる喜びにすべてを委ねればよいのだ。上を見ればきりがない。いつの間にか贅沢《ぜいたく》になってしまった自身の高慢な心を戒《いまし》めるように濡《ぬ》れた頬を叩き、流風は曲げた膝に手を置いた。

「さあ、来――――いっ！」

そして、その膝を軽く伸縮させながら、流風は北見と同じく大声を上げた。

「さあ、来――――いっ！」

「さあ、来――――いっ！」

その声は連鎖する。二塁手《セカンド》、一塁手《ファースト》、外野陣。樋渡のバックを守る野手全員が、同じ掛け声で気合いを入れた。

五回表――ここまで、樋渡はチーム白の打者を力で捩《ね》じ伏せ、十二連続三振を奪っていた。非の打ち所のない、完璧な投球。だがこの回、二巡目に回った四番・片桐は樋渡以上に燃えていた。片桐は長距離ヒッターだが、器用さも兼ね備えている。そして、樋渡同様、流風の存在を疎《うと》ましく思っている。片桐は右手に持ったバットを足許で振り子のように揺らし、流風を見据えた。「蒼真流風」本人が嫌いなわけではない。ただ、〝女〟が同じ土俵に上がるのが気にいらないだけ。なぜ高野連が規定を変えたのか知らないが、女は女だけで野球をやればいい。だから片桐は流風に、彼女を支持する人間に見せつけてやりたかった。彼女と男——自分との違いを。樋渡は自分の苦手である内角を攻めてくるだろうが、外角へ見せ球を投げてきたら、そこが狙い目だ。流して三遊間を狙う。マウンドであろうが遊撃《ショート》のポジションであろうが、同じグラウンドに〝女〟の居場所はない——。

第四球目、逢葉はストレートを要求。片桐がバットに当てても、ファウルになるような外角低めのコースにミットを構えた。ダイナミックなフォームから、鞭《むち》のように右腕をしならせる樋渡。その完璧な手許から放たれた白球は逢葉が構えたミットよりも少し高め、それこそ片桐が待っていたコースへと走ってきた。

快音が、グラウンドを渡る。鋭く振り出された片桐のバットに、樋渡が投じた白球がめり込んだのだ。片桐は素直に手首を滑らせ、最後は右手一本で白球を三遊間へと押し出した。樋渡は反射的に、自分の右横を掠めるよう弾き返された白球へ視線を送る。遊撃《ショート》へ打たせたくなかった投手と、遊撃へ打ち返したかった打者。軍配は、後者・片桐に上がった。

抜ける。誰もが、チーム白の初ヒットを予想した。だが、次の瞬間——華奢な遊撃手が、右手を思いきり伸ばし、宙を舞っていた。右利きの遊撃手だったら逆シングルキャッチになるため、片桐の打球はそのグラブの先を掠めて左翼《レフト》に抜けていただろう。だが、左利きの流風は身体を開いたまま三遊間の打球に飛びつけるため、グラブ一つ分捕球範囲が伸びる。それが功を奏した。片桐の速い打球は流風のグラブ内で暴れたが、彼女は柔らかい手首をしならせ、白球を逃がさなかった。だが左利きの遊撃手のネックは、捕球後の送球だ。たとえ打球に追いついても、内野安打になるのが関の山。誰もが、そう思った刹那、

「蒼真っ！　グラブトスだっ！」

三塁手《サード》・北見が叫んだ。流風は地面に腹這《はらば》いになったまま右手に勢いをつけ、グラブの中から白球を放り出す。ふわりと弧を描き、飛び出した白球を右手で直《じか》につかみ、北見はノンステップで一塁《ファースト》に送球した。地肩《じがた》の強い北見が投げた球は、高すぎず低すぎず、岡倉《おかくら》のファーストミット目がけて一直線に宙を走った。

「………セーフ！」

しばし訪れた静寂ののち、ボランティアで審判を務めてくれている湘央高校野球部ＯＢ会の男性が、まるでそう宣告するのをためらうかのように両手を水平に広げながら言った。

瞬間、各所でどよめきが起こる。内野から、外野から、ベンチから……。タッチの差でセーフにはなったが、片桐がもし右打者だったなら、流風が自発的に北見にグラブトスを上げていたなら〝アウト〟になっていた……。誰もが、打った片桐さえ、そう思った。

試合は、０対３でチーム紅が勝利した。結局、流風が守る遊撃《ショート》へ飛んだ打球はその一球だけだったが、その〝一球〟がもたらした光景はあまりにも鮮烈《せんれつ》すぎた。

「秋季大会のメンバーは明日発表する」

そう言った飯泉は、終始笑いを堪えているように見えた。

その翌日、練習前に秋季大会のメンバーが発表された。

背番号	名前
1	樋渡
2	逢葉
3	岡倉
4	小岩井
5	北見
6	
7	笹原
8	片桐
9	花村
10	鳴海
11	柴田
12	平井
13	堀
14	関矢
15	吉野
16	池辺
17	木戸
18	有馬
19	

口頭でもなく、貼り紙でもなく、そう印刷されたプリントがマネージャーである愛乃の手で配られた。ところどころ、悔しげな面持ちの者も見られたが、大体皆、妥当な選抜だと感じていた。ただ、一部分を除いては。部員全員、不自然な二つの空欄を交互に見つめていた。名前がないのは、蒼真と弓削……。

「遊撃手《ショート》は、弓削のテストを行った後に決める」

誰かが質問の口を開く前に、飯泉はそう言い放つ。だが、その言葉に、飯泉に咬みついた人間がいた。

「だったら、名前がないのは弓削と関矢《せきや》のはずでしょう?」

樋渡だ。

「蒼真は、弓削の代役だったはずです。それに」

樋渡はなんとも形容し難い一瞥を流風に投げ、話を続けた。

「蒼真は投手のテストも受けていないんです。問答無用でこいつの背番号は〝19〟――そうじゃないんですか？」

誰もが心のどこかで思い、それでも口に出さなかったことを、樋渡はいともたやすく口の端《は》に上げた。

「確かにな。おまえと鳴海の調子がよすぎて、蒼真と交代させせんの忘れてたよ。けど、代役とはいえ、蒼真は遊撃《ショート》を守った。それは事実だ」

「ですが」

「関矢より、蒼真の動きの方がよかった。だから遊撃手《ショート》は蒼真か弓削のどちらかに決める。それだけのことだよ」

飯泉の言葉に、グラウンド内は妙な静けさに陥《おち》いる。引き合いに出された関矢は居心地が悪そうにうつむき、樋渡は苛立《いらだ》ちいっぱいの眼差しを地面へと逃がした。

二日後、弓削のテストが行われたが……。たった〝一球〟の鮮烈を色褪《いろあ》せさせる動きを、彼は見せることができなかった。

「背番号6、蒼真」

一抹の迷いもなく、飯泉はそう高らかに発表した。部員の中からは、様々な感情の入り交じった息がもれる。感嘆、諦観、嫉妬、憤怒……。流風に割と友好的な部員でさえ、経験のない人間が遊撃手という難しいポジションのレギュラーをこなせるのか強く疑問に思った。そのざわめきの中、名前を呼ばれた流風だけは、ただ無言のまま、信じられないといった表情を浮かべていた。

なんとも不穏な空気の中、部員たちはいつもの練習を始める。遊撃手《ショート》として選抜された流風は、何をどうしてよいのかわからず、答えを求めるように星野を見つめた。

「なんで……こんなことになっちゃったんだろうね……」

星野は星野で戸惑いを隠せなかった。投手でないのなら、あんな苦労をして「チェンジアップ」の腕の振りを改善する必要などないのではないか……。

「監督っ……」

二人の傍《そば》を通りがかった飯泉を呼びとめたのは流風だった。

「あたしは……遊撃手《ショート》希望じゃありません。そんなあたしが、弓削くんや関矢くんを差し置いて……無理です。撤回《てっかい》してください……」

振り向いた時には穏やかだった飯泉の顔が、みるみる険しくなってゆく。

「おまえ……何様のつもりだよ」

そして、冷たい眼差しで流風を見据えた。

「オレのやり方が気に食わないんだったら、さっさと退部届出すんだな。はっきりいって今のおまえが辞めたところで、野球部は痛くも痒《かゆ》くもねぇからよ」

「監督、それは……」

茫然とする流風に代わり飯泉に食ってかかろうとする星野を右手を挙げて制し、飯泉は言葉を続けた。

「たとえばの話、たまたま蕎麦屋《そば》で出されたカレーが、カレー専門店のカレーより旨《うま》かったら……おまえらだったら、どっちのカレーが食いたい？」

「……蕎麦屋のカレー？　……です」

飯泉のたとえ話に、真意がわからぬまま真剣に答える流風と星野。

「同じことだよ。畑違いでも、蒼真、おまえの方がいいと思ったから、オレはおまえを遊撃手《ショート》に選んだ。それだけのことだ。だからって、蕎麦屋にカレー一本で行け、とは言わない。その蕎麦屋は本職の蕎麦も旨くなる予定なんだからな。わかるか？　星野」

「はいっ……！」

話を振られた星野は、力強く返事をした。やっぱり……この人は奥が深い……。言うこと、やること、破天荒な感じだが、決して適当にやっているわけではないのだ。

「だから投球練習は続けろ。〝チェンジアップ〟だ。あれを早く完成させるんだ」

「………………はい」

去っていく飯泉の背中に小さく返事をしたものの、流風は遊撃手《ショート》に選ばれたことに、まだ納得できなかった。テストの時は代役だという頭があったから、遊撃を守っていて楽しかった。しかし、樋渡に指摘された通り、投手としてテストを受けさせてもらえなかったことが、流風のあってないようなちっぽけな矜恃《プライド》を傷つけていた。

ブルペンに入っても、流風は鬱屈《うっくつ》した表情を崩《くず》さなかった。練習好きな彼女……その彼女がただ、左手に握った白球を見つめたまま動こうとしない。十分……十五分……そうしている流風を無言で見つめていた星野が、長い溜め息の後、口を開いた。

「自信、ないの?」

いつもと違う口調の星野に、流風は白球に留めていた視線を素早く送る。

「それとも……ああ、投手のプライドってやつ? 傷ついちゃったんだ」

流風は、温顔を消した星野に返り討ちにされた。

「星野くん……」

「ふうん……」

冷たく言い放ち、星野はブルペンから出ていってしまった。

「…………」

図星を衝かれた流風は、追いかけることも呼びとめることもできなかった。

翌日、星野は練習に来なかった。思えば、選手時代も含めて真面目《まじめ》な彼が練習を休んだのははじめてのことだ。流風はその理由を飯泉に聞けなかった。自分のせいで星野が呆《あき》れて、流風の強化練習を放棄したのだとはっきり言われたら……。きっと耐えられないと流風は思った。

一人きりのブルペンは、こんなに広かったかと思うほど無意味な空間を醸し出していた。扱う人のいないトンボは淋《さび》しげに佇《たたず》み、捕手代わりのネットは風の力を借りてただゆらゆらと無気力に動く。流風はただ一人で投球練習を始めた。

もう聞き飽きた、白球が土を擦《こす》る味気のない音が続く。

「リリースポイントを変えてみようか？」

いないはずの星野の声が、時折荒れる旋風《かぜ》の音を破り聞こえる気がした。一人頷き、流風は〝頭〟ではなく、〝本能〟で身体を動かす。何度も失敗を繰り返し、そのたびに彼女は〝頭〟で考えていた。だが、それでは正解は導き出せなかった。だから今度は〝本能〟で正解を導き出す。万人にとっての正解ではなく、自分一人の正解を……。

そう悟った瞬間、流風の心に自分の声が聞こえた。

自分は、傲《おご》っていた。すべてのポジションに於《お》いて、投手が一番だ、と……。だから、自分は遊撃手《ショート》に選ばれて――レギュラーナンバーをもらえたのに、こんなふうにいじけていたのだ。馬鹿だ。自分は大馬鹿だ。投手は、野手がいないと成り立たないのに……。野球は九人でやるもので、どのポジションにも優劣などつけられるはずもないのに……。今はたった一人のブルペン。捕手役を任された緑のネットまで、ダイレクトでチェンジアップを投げなければならない。

（できる……）

流風は星野のアドバイスをその胸に叩き込み、〝本能〟を呼び起こす。スパイクにマウンドの土をぐっと咬ませ、しなやかに筋肉を動かし、染みついた投球動作へと移行させた。最後に鎖《くさり》を断ち切り――。

（ここだ！）

そう感じたポイントで、柔順な白球を押し出した。

高く、乾いた音がした。力を出し切った左手が思わず拳を握る。新しい〝チェンジアップ〟が、はじめてネットを揺らしたのだ。

「……やっ……た…………」

握った拳を下から突き上げ、流風は顔の手前で広げた掌に歓喜のキスをした。

「やった……やったよ、星野く…………」

いつも彼が立っている場所へ視線を移し、流風は声を詰まらせた。きっと共に喜んでくれたであろう星野は、そこにはいない……。

「一人じゃないよ……。あたし、がんばるから……。遊撃《ショート》の守備も、投球練習も……」

だから……許して欲しい……。流風はブルペンを飛び出した。まずはすぐに星野に謝りたい……。星野の家も知らないし、家にいるのかどうかもわからないが、それでもその一心で流風の足は動いた。

「どこ行くの？」

中庭を突き進む流風の片脇から、穏やかな声が届いた。走りながら声がした方に視線を送る流風。

「……星野……くん……」

声の主を認識した流風はゆっくりと足を止め、通りすぎた身体ごと前触れもなく現れた星野に向けた。

「遅れてごめんね。これ……」

「星野くんっ！」

流風は星野に駆け寄り、思わずその身体に抱きついた。

「そっ……蒼真サン……!?」

突然のことに、星野は驚き身体を強張《こわば》らせる。

「ごめんねっ……。あたし……自分のことばかり考えて……。本当にごめんなさい……」

自分が遅れて来たことが流風の心に余計な負担をかけていたと知り、星野は申し訳なく思った。

「ごめん……怒って、ないから……」

星野は左手で流風の背中を二回軽く叩き、右手に持っていた小さな紙袋を顔の高さまで上げた。

「監督には言っておいたんだけど……これ」

星野は、自分に抱きついたままの流風の耳許でそう言った。

「あっ……ごめんなさいっ、あたし……」

少し冷静になった流風は自分の行為に羞恥《しゅうち》し、飛び退《の》くように身体を離した。

「これ、蒼真さんに」

星野は、やり場に困っていた左手で耳の辺りを掻《か》きながら、右手の紙袋を差し出した。

「……あたしに……?」

「うん。開けてみて」

星野の手からためらいがちに受け取った紙袋をそっと開ける流風。

「……っ」

息を呑み、流風は下げた頭を思いきり振り上げ、星野を見つめた。

「僕の父さん、昔、プロ野球の選手だったんだ……。その父さんに蒼真さんのこと話したら、女の子が甲子園に立つ日は本当にすぐなのかもしれない、なんてなんだか張り切っちゃって。それで遊撃手《ショート》用のグラブが必要だろうって……」

紙袋の中身は、しっかりと使い込まれ、きっちりと手入れされた遊撃手用のグラブだったという。星野の話を聞いた彼の父親が、あらゆる伝《つて》を使ってその日のうちに探してくれたのだ。星野が、流風の右手の大きさまで把握している星野が、左利きの遊撃手用グラブの持ち主に逢いに行き、こうして譲り受けてきてくれたのだった。

「もうすぐ秋季大会だから、十分使い込まれたグラブの方が、手に馴染むんじゃないかって」

グラブの持ち主は、この春、怪我を理由に引退を決意した社会人野球の選手とのことだった。星野の父の友人の知り合いだそうで、流風のことを話したら大喜びで、星野の父と盛り上がったらしい。そして、快く愛用していたグラブを譲ってくれたというのだ。

「その人ね、自分はホームランバッタ―じゃないし、身体も小さいけど、遊撃《ショート》の守備力のおかげでずっとレギュラーでやっていけてたんだって言ってたよ。最初はやっぱり、左利きの遊撃手ってことに違和感があったらしいんだけど、向き不向きはあるにしても、どのポジションもやってやれないことはないんだって。だから、蒼真さんもがんばれって伝えてくれって。投手の夢もあるけど、なくなってしまったわけじゃないんだし。遊撃手だって必要なんだから」

話を聞いた瞬間、手の中のグラブがずしりと重みを増した気がした。

一人じゃない……本当にそうだ。自分にも、こんなにも温かい手を差しのべてくれる人たちがいるのだ……。

「星野くん、あたし……投げれたんだ……。新しいチェンジアップ……たった一球だけど……。星野くんのおかげ。本当にありがとう……」

流風はブルペンでの奇蹟の一球のことを星野に話した。

「すごいっ……ホントに!?　やった……やったじゃん、蒼真さんっ！」

星野は流風の双肩に両手を置き、何度も何度も噛みしめるように頷いた。

「だから……投球練習は、少しお休みする」

「え……？」

星野は流風の肩にある手に思わず力をこめた。

「あたし、遊撃手になる。今のままじゃすごく中途半端だから……。秋季大会が終わるまで、守備練習に全力を注ぎたい」

ブルペンでいじけていた彼女の姿はもう、どこにもなかった。

「……わかった。いつでも、自分を信じてがんばろう！　蒼真さん」

星野は流風の肩をつかんだまま彼女の身体を反転させ、放した両手でその背中を強く押し出した。流風は前を向いたまま大きく強く頷き、振り返ることなくゆっくりと走り出した。きっと、想像以上につらい世界への旅立ちとなるだろう。だが逃げないと決めた。彼女の背中も、その影さえも強い意志を放っている――。遠ざかる流風の姿を見送る星野の目には、そんなふうに映った。

三章　遠い夏

　広く澄み渡る空にはまだ、夏の色が残っていた。頬を撫《な》でる風も、照りつける太陽に暖められ、心地よさとはほど遠い熱を帯びている。

　そんな中、秋季大会が普段通りの幕を開けた。いや、〝普段通り〟という表現には語弊《ごへい》があるかもしれない。開会式を控えた球場の外――集まった各校の選手たちの好奇の視線は、ただ一点を捉えていた。

「マジ、ありえねー」

　ひそひそとざわめく集団の中から、そんな声が聞こえた。

　それは、レギュラーを勝ち取った女子選手、流風《るか》に対する言葉だった。好奇の視線と、密《ひそ》やかな陰口が、湘央《しょうおう》高校を取り囲んでいた。

「タッチプレーってセクハラにならねぇかな」

「打球でも当てちまったら、責任取れってか?」

　慣れている。自分は……なんと言われても、それはすべて自分のことだから、自分の中で消化できる。だが、流風は自分と同じユニフォームを着ていることで混同されるチームメイトたちを想《おも》い、悔しい気持ちでいっぱいだった。

その〝チームメイト〟たちは、流風が一人ロードワークに出ている時に、飯泉《いいずみ》からこう言われていた。

「蒼真《そうま》はこれから、酷《ひど》い中傷に晒《さら》されるかもしれない。人間ってヤツは、異質なモンには反応が過剰だからな。もちろん蒼真だけじゃなく、おまえらも不愉快な思いをするだろう」

深刻な顔で話す飯泉。そして彼は帽子を取り――。

「味方になってやってくれとは言わない。ただ、おまえらだけは『敵』にならないでやってくれ。腹が立っても、中傷する人間を相手にしないでくれ。この通りだ……」

そう言って、居並ぶ部員に頭を下げていた。だから、北見《きたみ》は今にも大声を上げたい自分を必死に抑えている。彼だけではない。逢葉《あいば》も、笹原《ささはら》も、鳴海《なるみ》も……。

「女のくせに本気で甲子園目指してるなんてイタいよな」

声を潜めたざわめきの中でつぶやかれたその言葉が、流風を含めた部員たちの耳に飛び込んできた。

「イ……」

「イタくて悪いかよ」

思わず言い返そうとして遮られた北見は、自分の胸中を代弁する形となった声の主を見て驚いた。

「選手に男も女も関係ねぇだろ？　そんなこともわかんねぇおまえの方がよっぽどイテぇよ」

流風も、驚いた。

「……小岩井《こいわい》……くん……」

滞った空気が波打とうとした瞬間、その場を鎮《しず》めるアナウンスが響いた。澱《よど》みが残る空間にぴりっと走る緊張感。開会式直後に試合を控えた湘央高校は、その色をより濃く醸していた。

心がおいてけぼりを食らった流風は、開会式の行進の最中、さっきの出来事を思い返していた。まさか小岩井が、流風を庇《かば》うとは……。部員一同、思いもしなかったことだった。そして流風も、込み上げてきた涙を堪《こら》える。最初は認めてもらえなくても、偽りなく、一生懸命やっていれば、こんなふうに理解してくれる人が増える。それがうれしくて、ありがたくて……。あらためて、心に沁《し》みた。

取材陣の数は、秋季大会にしては異例の多さだった。その仰々しいカメラたちが狙うのは——遊撃手《ショート》・蒼真流風。シャッターを切る音が、けたたましく響いた。観客より取材陣の方が多いのではないかと錯覚するその音に、流風は自分が浮き足立っていることにも気づかぬほどの緊張を覚えていた。先に守る湘央高校。球場内に存在するすべてのカメラの被写体となっている流風は、守備位置で肩を震わせている。

「蒼真」

そんな彼女に一番に駆け寄ったのは、二塁《セカンド》を守る小岩井だった。その様子を見た三塁手《サード》の北見も流風の許《もと》に駆け寄る。

「そんな顔すんなよ。うるせぇヤツらはカボチャかなんかと思やぁいいんだ」

そう言って小岩井が悪戯《いたずら》っぽく笑うと、北見もつられて笑った。

「だったら、おまえも樋渡《ひわたし》もカボチャだな」

「おまえなー」

二人のそんなやり取りに、流風はようやく表情を緩ませた。

「ありがとう……。小岩井くん、北見くん」

先に守備位置に戻る北見。小岩井は真面目《まじめ》な顔を流風に向けた。

「アリだと思うぜ？　おまえが遊撃手《ショート》ってのも」

最初は、飯泉の考えがまるで理解できなかった小岩井。遊撃手を左利きにすることに、なんのメリットも見出《みいだ》せなかった。むしろリスクの方が、二塁手《セカンド》の自分への負担ばかりが大きいと思った。だが、飯泉はきちんと考えていたのだ。樋渡が滅多《めった》に中堅《センター》返しを打たれないこと、小岩井の守備範囲が広いということ、そして、樋渡は右投手でありながら右打者と相性が悪いこと……。それらを考えた上での〝遊撃手《ショート》・蒼真流風〟だったのだ。

「あれだけ練習したんだ。自信持て」

小岩井は胸許《むなもと》に拳を作った。力強く頷《うなず》いた流風も、彼を真似《まね》て胸許に拳を作った。

湘央高校の初戦はコールド勝ち。流風が守る遊撃には無難な打球しか飛んでこず、実戦での彼女の緊張をほぐすにはベストな試合展開となったのだった。

順当に勝ち上がった湘央高校。決勝の相手は、やはりというべきか鎌倉共栄《かまくらきょうえい》高校に決まった。決勝に残ったことで、関東地区大会の出場権は得た湘央高校だが、夏のリベンジに燃える樋渡は、特に鎌倉共栄に勝って地区大会に名乗りを上げたいと強く思っていた。秋晴れの空の下、県予選の決勝が静かに幕を開ける。ある程度の規制はされているものの、注目選手の揃《そろ》い踏みとあって、取材陣も観客も初戦の比にならないほどの数だった。独特の緊張感、雰囲気の中、決勝の時を告げるサイレンが澄んだ空気を震わせた。

初回は両者とも、完璧な守りを見せ、場内の空気は緊張を持続させた。二回表。湘央高校四番・片桐《かたぎり》からの攻撃で試合は動いた。一球目——投じられたストレートが甘く入る。鋭く振り抜いた片桐のバットが、白球を捉えた。響く快音。滞空時間の長い彼独特の打球が、空色のキャンバスに白い放物線を描くよう宙を走る。全力で走る片桐が二塁ベースを回った時、彼の放った打球はようやくスタンドへ舞い降りた。二塁塁審の右手が高々と挙がり、ぐるりぐるりと弧を描く。そのジャッジを認めた片桐は控えめに拳を握り、悠々とホームベースを踏んだ。

ベンチ前では、先制本塁打を放った片桐を迎える歓喜の列ができていた。もちろん、その中に流風の姿もある。皆、広げた両手を挙げ、片桐のタッチを待つ。同級生は大袈裟《おおげさ》に、下級生は少し控えめに、片桐は居並ぶ選手と次々ハイタッチを交わす。最後に流風の前で立ち止まった片桐。〝女〟が同じ土俵に上がるのが気にいらない――その気持ちはまだある。だが、中堅《センター》から見える蒼真流風の背中は、頼もしかった。大会に入り、試合に集中すればするほど、躍動する〝背番号6〟に違和感を持たなくなった片桐。今では、男とか女とか関係なく、チームメイトとして彼女を認めている自分が存在していた。

中途半端に挙げた両手を持てあます、グラウンド内の彼女とはまるで別人の頼りないその姿に、片桐はかすかに頬を緩めた。片桐が促すように両手をかざすと、流風は驚きと喜びの入り交じる、なんとも言えぬ表情で挙げた両手を広げた。片桐は流風の両の掌《てのひら》に勢いよく自分の掌を叩《たた》きつけた。じんじんと喜びの痛みに痺《しび》れる両手を見つめながら、流風は心底うれしそうに微笑《ほほえ》んでいた。

このすぐ後の二回裏。ゆっくりと右打席に入った四番橘《たちばな》は、余裕しか感じられない眼差《まなざ》しで樋渡を見据え、左手で持ったバットの先をすっと流風の方へ差し向けた。そして、にやりと不敵な笑みを浮かべたかと思うと、橘はそのバットを上へ滑らせ、スタンド方向を差す恰好《かっこう》で止めた。

予告ホームラン――。

客席からどよめきが起こる。

昔からその気質・実力を知る流風は思わず身震いした。彼は冗談半分で大きく出る人間ではない。成し得る自信があるからこその〝予告ホームラン〟なのだ。

この挑発に怒り心頭なのは樋渡だった。こんな屈辱ははじめてだ。樋渡は、ロージンバッグを足許に投げつけた。粉白《こな》がたなびくように舞い上がる。樋渡はその白い空気を掻《か》き消すようにマウンドを蹴った。

樋渡の苛立《いらだ》ちを十分察知している逢葉は、瞬時に配球を組み換えた。データ上、橘に弱点らしい弱点は見当たらない。内を攻めれば三塁線に引っ張り、外を攻めれば一塁線に流してくる。くさい球はうまくカットしてファウルで逃げるし、高めを叩く力も、低めを抄《すく》い上げる技術もずば抜けている。ど真ん中に入ろうものなら、柵越《さくご》えは必至だ。とはいっても、同じ高校生。橘が超高校級スラッガーなら、樋渡だって超高校級投手だ。サインを出し、右打者・橘の外角低めにミットを構える逢葉。軽く頷き、振りかぶる樋渡。樋渡の投じた白球は、逢葉のサイン通り橘の外角を衝《つ》く絶妙なコースへ吸い込まれる。見逃せばボールだろう。バットに当てたとしても、ファウルか内野ゴロで凌《しの》げるかもしれない——そんな球筋だった。

前触れなく訪れる〝竜巻《たつまき》〟の如《ごと》く——逢葉のマスク越しに起こる、刃音《はおと》に似た鋭い風。橘のバットが繰り出すその風音はやがて、甲高い金属音に変わる。逢葉の鼓膜を不愉快に刺激する無機質な音色。弾《はじ》き返す、というより、バットに乗せた白球を上体の力すべてで押し出すような、そんな打球が逢葉の眼前で放たれる。橘はすぐには走り出そうとせず、バットを振り抜いたままの恰好で、伸びてゆく打球を眩《まぶ》しそうに見遣《みや》った。打った瞬間、それとわかる打球。片桐とは異なる、橘の滞空時間の短いライナー性の打球は、レフトスタンドに突き刺さるように落ちた。

一瞬、水を打ったように静まり返る場内。だがすぐに、鎌倉共栄の応援スタンドから割れんばかりの拍手と歓声が沸き起こった。それを堪能《たんのう》しながらバットを放り投げ、橘はゆっくりとベースランニングの旅に出る。流風の眼前を悠々と走る彼は、嘲笑を帯びた一瞥《いちべつ》を彼女にくれ、そこではじめて大きなガッツポーズを作った。橘はまるで凱旋《がいせん》する英雄のように華々しくホームベースを踏んだ。

樋渡はその後、駆け寄ってきた逢葉になだめられ落ち着きを取り戻し、六回まで三者凡退の山を築いた。そして七回裏。ワンアウト一塁の場面で、四番・橘を迎える。

瞬間、球場内は特異な空気に包まれた。前の打席、凡退こそしたものの、橘の打った当たりは右翼フェンスぎりぎりの大飛球だったからだ。風向きによってはスタンドに入っていたかもしれない……。そんな打球と、二回裏の予告ホームランの余韻《よいん》が、敵・味方関係なく漂っていた。ゆっくりと余裕の表情で右打席に入る橘。その時、流風が突然二塁塁審に「タイム」を要求し、一人マウンドへ駆け寄った。

「樋渡くん……」

呼びかけられた樋渡は、流風の行動に苛立ちと戸惑いを感じながら振り向いた。

「……橘くんは……内角の球をホームランにしたことはなかったと思う。だから……」

だが、樋渡はそれ以上聞く耳を持たなかった。右打者・橘の内角に投げるということは、三遊間への当たりをより警戒する必要を伴うからだ。遊撃《ショート》には、打たせたくない——樋渡は乱暴にマウンドを蹴り、タイム解除の意思を示した。

「樋渡くん……」

それ以上声をかけることができず、流風は為《な》す術《すべ》なく守備位置へ戻った。

その結末は――碧《あお》い空に、本日二本目のアーチが架かる。またしても余裕綽々《しゃくしゃく》でベースを回る橘を、流風も湘央ナインも、悔しい想いで見送る……。この回の2点が、両チームの勝敗を分けた。

3対1。湘央高校は追加点を奪えず、結局そのまま試合は終わった。夏に続き、橘に二本の本塁打を浴びた樋渡は、表現の方法がわからぬほどの屈辱に見舞われていた。

「言ったろ？」

試合後の挨拶を交わす、本来なら感動的な場面《シーン》で、橘は素早く流風の右手を取り、囁《ささや》くように言った。

「『チームごとおまえを潰してやる』って」

握手を装いつかまれた右手を退《ひ》こうとする流風。橘は容赦なく、繋《つな》ぐその手に力をこめた。

「ベンチだろうが、スタメンだろうが同じことだよ。オレはおまえを潰す。それだけだ」

「……どうして……？」

放そうとする橘の右手を、今度は流風の手が力強く捉えた。

「どうして……どうしてそんなふうに思うの？『潰す』だなんて……。どうして……？」

予想外の流風の行動に、橘は動揺するどころか、むしろ愉快げに微笑む。

「『どうして？』――オレはおまえが嫌いだからだよ」

酷い言葉を吐き出しているのに、その口許は緩み、表情は笑顔そのものである橘。

「おまえのこと、生理的に受けつけないんだわ」

さらりと言い放ち、橘は今度こそ右手を放した。流風はただ、肩を震わせ、その衝撃に耐えることしかできなかった……。


「あいつ……オレと似てんのな。考え方……」

帰りのスクールバスの中、最後尾の窓際に座る流風の隣に腰を落ち着けた片桐が、ぼんやりとつぶやいた。

「……悪い。おまえと橘の話、聞いちまったんだわ」

驚く流風に、片桐はそう説明を加える。

「まあ、オレとは根本的に違うけどな」

片桐は照れくさそうに頭を掻く。

「オレは嫌いじゃないぜ？　おまえのこと……」

陽《ひ》に焼けた頬を赤く染めながら、片桐は帽子を深く被《かぶ》り直した。

「……片桐く……ん……」

彼の言葉は、橘の非情な台詞《せりふ》を中和する大きな力を持っていた。感激のあまり、橘の台詞も、試合に負けたことも、しばし忘れて涙ぐむ流風。彼女もまた、片桐と同じように帽子を深く被り直した。それでも隠しきれぬ涙が、流風の頬を伝う。これは、強くなるための汗……。流風の闘いの軌跡の、ほんの序章にすぎなかった――……。

夏の名残が消え、銀杏の色づきとともに深まりゆく秋――チームは関東地区大会開幕の日を迎えた。流風たち来年三年生に残された甲子園へのチャンスはあと二回。どうしても勝ち取りたいが、各県で勝ち抜いた強豪校ばかり十五校が参加する、地区予選。与えられた五枚の選抜切符を巡る闘いの熾烈《しれつ》さは、県予選の比ではない。この、たった五枚の選抜切符を巡った戦いが始まった。

神奈川二位の湘央高校初戦の相手は、群馬二位の桐山《きりやま》工業高校。打力に定評のあるチームだが、樋渡・鳴海の投手リレーで6対0と快勝した。順調と思われた湘央高校だったが、落とし穴は巧妙にその存在を隠し、流風たちを待ち構えていた。一つ勝った湘央は準々決勝に挑む。相手は栃木一位の南原《なんばら》高校。前評判はさほど高くはなかったが、樋渡のことを十分に研究していた。九人中八人を右打者で揃えた打順――そして、樋渡が右打者の内角にほとんど投げないことから、打者は全員外角に的を絞っていた。それでも、樋渡なら抑えられるはずだった。

六回表。勝負を、急いだわけではない。だが、前の二打席三振を奪っている相手に対する樋渡の警戒心は薄かった。相手打者が揃って外角狙いであることもとうに見抜いていた樋渡は、外角低めを指示する逢葉のサインに首を振り、ど真ん中の直球を投げた。だが……外角に定めていた狙いを真ん中に変えることはたやすい。不振の三番打者は強くグリップを握り、白球を弾き返した。叩きつけた打球は、三遊間、遊撃《ショート》寄りに向かって飛んでゆく。樋渡は凄《すさ》まじい形相で遊撃方面へ振り返った。絶妙のポジション取りをしていた流風は、速い打球を身体の正面で捕るタイミングを計る。だが、次の瞬間――。

「……っ!?」

流風のグラブに届く一歩手前で、白球は思わぬ動きを見せた。

イレギュラーバウンド――砂地を踏みゆく足音のような一定のリズムを刻み流風の許へ近づいていた打球は、最後にざくっと勢いよく黒土を食《は》んだ。予測と違う高さに変則的に弾む打球。流風は咄嗟《とっさ》に構えたグラブを反応させたが――。

「……っ」

激しい擦過音と、流風の小さな呻《うめ》き声が上がる。悪戯な打球はグラブを掠《かす》め、流風の左頬をも掠めて跳ねた。その時。

「…………っ！」

樋渡が、大声で叫んだ。

……だが、その言葉は場内の喧噪《けんそう》に掻き消された。

ワンアウト一塁――そこでいったん、試合が止まる。星野はまっ青な顔でベンチから飛び出し、ナインも流風の許へ駆け寄る。ただ、樋渡だけはマウンドに立ち尽くしていた。打球が掠めた場所が流風の左目の近くだったこともあり、駆け寄った二塁塁審が手当てを促した。これには従うしかなく、流風は星野に連れられいったんベンチへと引き揚げた。一人少なくなり、半ば異様な空気に包まれる場内。そんな中、逢葉は樋渡の異変に気づいた。樋渡は流風が運ばれていくのを凝視したまま、マウンドでぴくりとも動かなかった。

ほどなくして、左頬に大きめの絆創膏《ばんそうこう》を貼った流風がベンチから元気よく飛び出した。試合は再開したが、場内の雰囲気は相変わらず異様なままだった。逢葉はこの息詰まる空気を払拭《ふっしょく》しようと、あえて内角低めのサインを出す。遊撃《ショート》ゴロで併殺が取れればいうことなしというわけだ。だが当然、樋渡は激しく首を振る。何度同じサインを出しても、ことごとく樋渡に撥《は》ね返された。仕方なく、逢葉は当初の作戦通り外角低めの変化球を要求する。樋渡はようやく力なく頷き、セットポジションからカーブを投げた。

「ボール」

樋渡の投球は大きくはずれた。明らかに、今までとは何かが違う……。そう感じた逢葉は、もう一度内角低めのサインを出した。やはり、反応は同じ……。樋渡はどうしても首を縦には振らなかった。またしても逢葉が折れる形となり、二球目も外角低めのサインを出す。今度はストレート。樋渡は頷き、ゆっくりと投球フォームに入った。

「ボール」

先ほどの変化球よりさらに大きくはずれた樋渡のストレートは、危うく逢葉のミットを逸《そ》れるところだった。逢葉はタイムを要求し、マウンドへ駆け寄る。

「どうした……？」

声をかけると、

「遊撃《ショート》には……打たせたくない……」

樋渡はもどかしそうにつぶやいた。

「まだそんなこと言ってるのか!?」

さすがの逢葉も、これにはキレた。

「これは練習じゃない。試合なんだぞ!? おまえ一人の感情を通せると思ってるのか!?」

「見ただろ!? さっきの――……」

樋渡も負けじと食ってかかるが、途中で言葉を詰まらせた。

「あれはエラーじゃない。途中でバウンドが変わったの、見てただろ?」

諭すように話す逢葉。

「そうじゃない……」

だが樋渡は、反論の途中で再び口をつぐんだ。

「……。わかったよ……。おまえのサイン通り投げる……」

しばしの沈黙の後、樋渡は溜め息と共にそう吐き出した。逢葉は何か胸に引っかかるものを感じながらも、自身を納得させるように頷いた。

カウント2-0――逢葉のサインは内角低め。ああは言ったものの、樋渡は渋々《しぶしぶ》頷いたといった感じだった。グラブを脇に手挟み、捏《こ》ねるように両手で白球を磨いた樋渡は、帽子を被り直し、投球モーションに入った。

樋渡の投じた速球は、思わぬ軌道を描いた。上がる苦痛の声。投げたコースは内も内——樋渡のストレートは右打者の脇腹を見事に抉《えぐ》る暴投だった。死球。直撃部位を押さえ、悶《もだ》える打者。場内は再び、異様な雰囲気を増殖させた。

「ピッチャー、仇討《あだう》ちのつもりかよ！」

ぶつけられたのが主砲ということも相俟《あいま》って、相手側スタンドから激しい野次《やじ》が飛ぶ。プロ野球なら、乱闘必至という場面だ。両者の間にはぴりぴりとした空気が漂った。

ワンアウト一、二塁——続く五番も右打者。樋渡の手から繰り出されるのはサイン通りに収まらないボール……。明らかにはずれたストレートの四球を与え、湘央高校はたちまちワンアウト満塁というピンチに陥った。完投ペースだった樋渡の突然の乱調に、湘央ベンチは俄《にわ》かに慌ただしくなった。伝令を出す飯泉。肩を作り直す鳴海。だが、樋渡の乱調で狂った勝負の歯車はもう、元には戻らなかった。結局点差が縮まることはなく、試合は終わった。

勝ってベスト4《フォー》に残っていれば、五枚ある選抜切符の一枚をほぼ確実に手にすることができたのに……。関東地区大会を制したのは、湘央高校最大の好敵手《ライバル》、鎌倉共栄高校だった。そして五枚目の切符は、準々決勝でその鎌倉共栄と延長まで縺《もつ》れ込む激闘を演じた茨城一位の取手芸大附属《とりでげいだいふぞく》高校に渡るのではないかと思われた。

流風は練習でくたくたになっても、一人河原での投球練習を続けていた。

樋渡がいる。鳴海がいる。だが三番手でもマウンドに立てる日が来るかもしれない……。その日を夢みて、流風は投げる。秋が過ぎ、冬の訪れを告げる冷たい風が指先をいじめても、流風はたった一人の投球練習を続けていた。

そんなある日のこと。いつもの河原に、思いがけぬ人物が現れた。

「……相変わらず、そんなだっせぇことやってんのかよ」

橘柊平《しゅうへい》だった。わかっていて来たくせに、そんな嫌味を一つ放り投げ、橘はゆっくりと流風に歩み寄る。

「……橘……くん……」

彼を見ると、苦手意識ばかりが先に立ち、いつも逃げ腰の流風。そんな彼女の反応を半ば楽しみながら、橘は徐々に距離を縮めた。

「『おめでとう』って、言ってくんね？」

突然、脈絡《みゃくらく》のない台詞を吐く橘。流風は肩を竦《すく》ませ、探るように橘を見つめた。

「あー、『ありがとう』って言ってもらう方が先か」

またしても脈絡のない要求を投げる橘は、見下ろすように流風の瞳を捉え、口の端を歪《ゆが》めた。

「オレらが神宮大会で優勝したおかげで枠が増えたんだよ。甲子園へ行ける神宮大会枠ってのがな。おまえもそのくらいのこと、知ってんだろ？」

得意げに、橘は言った。

もちろん流風は知っている。神宮大会枠は、神宮大会で優勝した学校がある地区に、選抜出場の枠が一つプラスされるというものだ。その上で橘が何を言おうとしているのか、推し量ろうと努める流風。だが、そんな彼女の言葉を待たず、橘は言った。

「六校目に選ばれるのは、おまえらだ」

「え……？」

思いがけぬ言葉に、流風は大きく見開いた瞳を橘に向けた。

「オレらが増やしてやった六校目の枠に入るのは、おまえらだって言ってんだよ」

言っていることはわかる。だが流風には、橘がそう断言する理由がわからなかった。困惑に揺れる流風を爽快な面持ちで見つめていた橘は、大きな掌で彼女の右肩を二度、大仰《おおぎょう》に叩いた。

「よかったなぁ、おまえ、オンナで」

明らかな嫌味をこめた——それは、酷く侮蔑的な語調だった。

「もともとの枠、五校目まではすんなりと決まるもんなんだよ。けど、そこに枠が一つ増えたら、いい意味でも、逆でも、世論を納得させる学校を選ぶ必要性が出てくる。おまえらなら、ある意味世論を納得させられるからな」

「……っ」

流風は、愕然《がくぜん》とした。橘は、そんなことを言うためにわざわざやってきたのだろうか……？　もし、そうだとしたら自分はどれほどまで、橘に憎まれているのだろう……。思わず流風の目から涙がこぼれる。

「……甲子園で待ってる現実を、自分の目で確かめたらいい」

橘は流風の涙を目にしても眉根一つ動かさず、冷たい棘《とげ》を残し、悠然と立ち去っていった。

流風は、その場にへたり込んだ。そして、小刻みに肺に酸素を送り込む。甲子園へ行ける——そう言われたのに、ずっと暗い水の中でもがいていたような、そんな息苦しさで胸が詰まっている。

呼吸を整えても、流風の瞳からあふれる涙はいっこうに止まらなかった。


「甲子園で待ってる現実を、自分の目で確かめたらいい」その言葉の意味を痛感する出来事が起こったのは、橘の予言通り選抜出場が決まった直後のことだった。ものすごい数の報道陣が湘央高校に押し寄せてきたのだ。無理もない。女子選手が「甲子園」の土を踏む。これは、史上初の出来事なのだから……。起こり得る結果に対する配慮など一切なく、大人たちは皆、揃って流風を〝シンデレラガール〟と称し、煽《あお》り立てた。

飯泉は、その報道が及ぼす影響を憂えていた。

流風を〝努力を実らせた奇蹟《きせき》の少女〟と持ち上げていても、そこに嫌悪感を抱く者が必ず現れる。人間とはそういうものだ。ましてやずっと男の世界だった甲子園。ここは、古い考えを凝り固まらせている者や、神聖視している者、強い思い入れを持っている者がたくさんいる。この聖地に、〝女〟が足を踏み入れるのがどういうことになるのか……。

流風は狭い所に閉じ込められたような息苦しさを感じていた。

自分に向けられる様々な悪感情に慣れているつもりの彼女も、その量が増えるとさすがに応える。何より、橘が残した不気味な言葉が不安を孕《はら》んで日々大きくなるようで……。あるいは自分だけが大きな渦《うず》の只中《ただなか》に取り残されたような、そんな感覚が拭えぬまま時間だけが流れ——湘央高校野球部は甲子園へ向けて出発した。


選ばれた三十二校が一堂に会する、組み合わせ抽選会が行われるホールでも、異様な雰囲気が支配していた。各校の選手たちは、高い位置からものめずらしそうに〝女子選手〟に視線を落とす。上から下まで、流風の全身を眺め回す者、何を思ってか、噴き出し笑いする者、嫌悪を隠さず、乱暴に息を吐き捨てる者……。上げると捕まる目線——行き場を失《な》くした流風の瞳は、そうするよりほかなく無機質な床を映していた。

刹那の、出来事だった。床を見つめながら歩いていた流風は、右肩にある温もりと衝撃を感じた。

「すっ……すみませんっ……」

誰かにぶつかったのだと認識した流風は、反射的に言葉を発し、視線を上げた。右肩に感じた温もりの持ち主と視線がかち合う。

「………」

思わず、流風は息を呑んだ。樋渡のそれより、橘のそれよりも冷たく比べものにならない、切れるような眼差し――。だが、流風は本能的に感じた。自分を見据える青年の瞳、これは女だからという理由で向けられたものではない……と。そして、その本能が告げる。呼び醒《さ》ました記憶の中から……。

「……傀藤《かいとう》……くん……？」

温かな面影はない。だが、チェンジアップを教えてくれたあの時と同じ強い力を持った瞳は、当時と変わっていなかった。

「なんや傀藤、知り合いか？」

青年の隣にいた少し小柄な男子が声をかける。カ、イ、ト、ウ――確かにそう呼ばれた青年は、流風に留めた視線をそのままに、素っ気なく応えた。

「……知らん」

人違い？　でも……流風の胸は激しく騒ぐ。

「流風……、蒼真流風！」

あの時と同じように、流風は自分の名を眼前の青年に告げた。だが、青年は思い出そうとする素振りも、思い出した素振りも見せない。

「チェンジアップ、教えてくれた傀藤逸斗《はやと》くん……でしょ？」

流風は再度言葉をぶつけた。その時だった。

「ごめんな？　こいつ、自分のことにしか興味ないから」

傀藤に負けぬ長身の青年が、優しい口調でフォローを入れた。傀藤はぴくりとも表情を変えず、そのまま歩き去る。一人残された流風は、ただ茫然《ぼうぜん》とその背中を見送ることしかできなかった。

「さっきの彼女、これに載っててんで」

抽選会場を後にし宿舎へ戻るバスの中、傀藤の隣にいた小柄な男子・奥貫《おくぬき》が、湘央高校と流風の記事が載った雑誌を前の席から傀藤にかざして見せた。だが腕を組み、帽子を目深に被ったまま動かない傀藤は、いささかの反応も示さない。（やめとけ……）声にこそ出さないが、傀藤の隣に座っていた長身の青年・楠本《くすもと》が、そういった意味合いを含み静かに頭を振った。

開会式当日。緊張と興奮に包まれた室内練習場で行進の時を待つ選手たちの中で、流風は一人傀藤の姿を探した。昨日知った彼の高校、洛安《らくあん》のユニフォームを着た選手たちを見つけたが、その中に彼の姿はない。流れゆくその音が克明に聞こえるのではないかと錯覚するほど、足早に時間は過ぎていく。それほど広い空間ではない。そんな中、姿が見えないのだから、ここにはいないと結論づけるしかない……。流風がそう、あきらめかけた時——視界からはずれた扉がゆっくりと開き、無表情の傀藤が現れた。彷徨《さまよ》っていた流風の目が、その姿を捉える。

「傀……」

「間もなく入場の時間です。各校三列に並んでください」

だが、拡声器越しに響く係員の声に、流風の想いは遮《さえぎ》られた。

仕方なく行列に従った流風だったが、一歩球場に踏み出した途端、逡巡《しゅんじゅん》していた思考が止まった。まるでそこは別世界だった。憧れの球場を流れる風は清々《すがすが》しく、見上げた空は海のように碧《あお》く、降り注ぐ光はダイヤモンドのように煌《きら》めき……。父に連れられ、スタンドから見下ろしたその時の球場とは比べものにならぬ……いや、比べてはならぬほど、その姿は神々《こうごう》しさを惜し気もなく放っていた。

これが甲子園……。これが憧れの場所……。

流風の全身を駆け巡っていた熱い血液が、我先にと心臓へ舞い戻り、力強く鼓動を打つ。この球場で野球ができる。その喜びは、大きく、強く……流風は、自分の目頭が熱くなる瞬間を感じていた。だが……。

「女子マネが一人交じってんで！」

周囲のスタンドから、非情な野次が聞こえた気がした。流風の沸き立つ血汐《ちしお》は、一気に凍りついていく。

他校の選手たちの陰口のような心ない野次が、異様なほどはっきりと聞こえる。流風は思わず耳を塞《ふさ》いだ。スタンドからの声などこんなにはっきりと聞こえるはずがない。耳を塞いだ流風に、流風の内部から湧き出る声は収まらない。

開会式は段取り通りに進んでゆくが、ただ一人流風は、心に深い澱《おり》を沈めていた……。

「傀藤くんっ！」

開会式が終わってからすぐに、流風は気持ちを無理やり切り換えて、傀藤の姿を探した。眼前を流れる幾多の〝背番号1〟の中に、ついに見つけて、流風は大声で呼びかけた。と同時に右手を伸ばす。つかまえなければ……その姿はどんどん遠く離れてゆく気がした。突然背後からユニフォームの袖をつかまれた傀藤は、驚いた様子も見せず立ち止まる。そして、その手を見据え、その手の持ち主の顔を見据えた。

「あっ……あの……」

流風は慌てて、ズボンの後ろポケットからあの日の優勝メダルを取り出した。『またいつか、対戦できたらええな』――あの時、約束の証《あかし》に交換した、傀藤の優勝メダル。彼はただ、忘れているだけなのだ。なら、このメダルを見れば思い出してくれるはず。そう望みを懸けて、流風は傀藤を探していたのだ。

「これ……覚えてないかな……？」

そのメダルを、探るように差し出す流風。しばらく流風の掌中にあるメダルを見つめていた傀藤の口唇が動いた。

「……なんやねん」

無機質で抑揚《よくよう》のないその声は、流風の体温をすべて奪い去ってゆくかのように冷たく響いた。

「あんた、何？」

高い所から吐き捨てるように声を降らす傀藤。

「……っ」

流風はますます、言葉を失くした。

「そないガラクタ見せて……オレになんて言うて欲しい？」

自分が何も語れなくした相手に、容赦のない言葉を投げる傀藤。ガラクタと言われた大切な想い出のメダルを持つ流風の手は、小さく震えていた。人違いだった方がよかったかもしれない……。勝手に思い描いていた感動の再会と現実とのギャップに、為す術なく立ち尽くす流風。だが、流風は勇気を振り絞る。

「……あなたの……メダル…………だよね？」

自分にチェンジアップを教えてくれたあの夏の〝彼〟に逢《あ》いたい想いが流風を突き動かした。空に近い傀藤の顔を見上げ、不安と希望の入り交じる表情で問う流風。実際に流れた時間はわずかだっただろう。だが、流風には酷く長い時間だった。

「……蒼真流風」

ふいに名前を呼ばれ、流風は驚きの眼差しで傀藤の口唇を見つめる。ゆっくりと視線を上げ、捉えたその瞳は――かすかに、微笑んでいるように見えた。

『傀藤逸斗。上でも下でも、好きな方で呼んで』

温かみのある関西訛《なま》り……。

『またの名をOK《オーケー》ボール』

彼の手の温もり……。

「傀藤……くん……」

甘く、流風の胸に甦《よみがえ》った。


「あたしね、あれからずっと……」

「忘れたんやない」

傀藤の言葉が、流風の心に沁み渡る。

(あの約束を、覚えてくれてる……)

流風の左目から、喜びの涙がこぼれ落ちた。ずっと夢みていた、約束が果たされる瞬間……。『またいつか、対戦できたらええな』――それが〝甲子園〟であれば……。そう想い、そう願い続けた日々が、今まさに叶《かな》う瞬間……。

「あのね、あたし……」

「捨てたんや」

耳許で囁かれた傀藤の言葉は、流風の思考を停止させた。

そして次の瞬間、それは嵐のように流風の全身を駆け巡り、あらゆるものを薙《な》ぎ倒していった。

声もかけられず固まっている流風に、傀藤は背中を向ける。

「捨てたんや」

その〝棘〟だけを残して立ち去る傀藤の背中が大きく歪《ゆが》んでいく。右目から新たにこぼれた涙は、哀《かな》しみの色彩《いろ》に染まっていった……。


流れる風はまだ冷たく、「球春」といえど、春の訪れは少し遠い甲子園。まだ、色づく前の淋《さび》しい蔦《つた》をぼんやりと見つめていた流風の肩を誰かが叩いた。北見か誰か、チームメイトが自分を迎えに来たのだと思った流風は、頬を濡《ぬ》らす涙を掌で拭い、装った平静と共に振り返った。だがそこにいたのは……。抽選会の日、傀藤とのやり取りにフォローを入れてくれた長身の青年だった。

「あの……時の……」

「楠本です」

楠本は自らそう名乗り、彼女の緊張をほぐそうと優しい微笑みを浮かべた。その顔があまりに柔和で、油断した流風の瞳から堪えていた涙が一粒、はらりと流れ落ちた。それを、今度は乾いた手の甲で拭う流風。予想外ではなかったのか、楠本は動揺の素振りを見せずに話し始めた。

「ごめんな……？　あいつとの話、聞いてもうてん」

流風は、気にしていないという意味をこめ、軽く頭を振った。

「あの時の女の子、君やってんな」

「え……?」

楠本は傀藤と同じリトルリーグチームの主力選手で、あの夏の大会にも参加していたらしい。

「あいつ、帰りのバスの中でずっと自慢しててんで。『シルバーやで? おまえらのメダルよりカッコええやろ』って……。今度対戦する時、あいつはいい投手になってるやろうって、そうも言うてた。オレは、次に対戦の機会があるなんて正直思うてなかったけど……」

そこまで言って、楠本は表情を固く引きしめ、自らが用意していた本題に入った。

「あいつは……傀藤は本気でそんな日が来ると信じてたし、楽しみにもしてた。あの、日まではな……」

一陣の風が吹いた。さわさわと、淋しい蔦が哀しい旋律《せんりつ》を奏でる。

(あの、日って……)

流風が楠本に続きを急《せ》かそうとしたその時……。

「蒼真さんっ!　もうバスが出るよ!」

彼女を探していた星野が、その姿を見つけて大声を投げた。流風と楠本の間にも、冷たい風が走る。

「オレら、燎泉荘《りょうぜんそう》ってトコに泊まってるから」

それは、直接傀藤に逢いに来いという意味なのか、楠本はすぐに駆け出していった。

（あの日までは……）そんな意味深な言葉だけが、流風の胸を巡る。

「蒼真さん……？」

星野の呼びかけにも流風はただ、愁《うれ》いと共に立ち尽くすことしかできなかった。


小雨は、徐々にその身を肥やしてゆく。強く、激しく、白い空を鈍色《にびいろ》に染める雲が運んできた雨は、容赦なく闘いの聖地を濯《すす》いだ。

春の長雨は、まだ二回戦だという大会を、もう三日も順延させていた。甲子園球場を借りていられる期間は限られている。だから、主催者側も雨空に妥協しつつ、悪条件の中で日程を進めていかなければならなかった。泣きたいのは〝空〟ではなく、選手や主催者側だろう。そして今日、煙る景色を震わせるサイレンが、これ以上待ちきれぬというように厳《おごそ》かに鳴り響いた。

湘央高校二回戦の相手は、北海道地区代表の駒野《こまの》高校。雨足は速く、銀傘《ぎんさん》を打ち鳴らすその音はまるでファンファーレのようで……。大きな雨の粒が降る中、湘央高校は一回表の攻撃で3点を取った。裏の守り、先発を任された樋渡は視線を遊撃《ショート》へ送ってみた。それを受け止め、力強く頷く流風。いつもならそんな流風の眼差しを切って捨てるところだが、今日の流風のその力強さに、樋渡は目を瞠《みは》った。

五日前の湘央高校の初戦は、大会三日目の第二試合。相手は山口の萩《はぎ》川《かわ》西《にし》高校だった。夢にまで見た〝甲子園〟という大舞台に上がった初戦だというのに、流風の心は落ち着かなかった。

途切れた楠本の言葉。あの日、傀藤に何が起こったのか。そのことが頭の中を支配して、試合に向ける集中力が高まりきらなかった。

7対0——終わってみれば湘央高校の快勝だったが、流風の心はまったく晴れないまま、大事な甲子園での一試合を終えてしまった。

ぼんやり終わらせてしまった試合の後、流風は飯泉に呼び出された。飯泉の口から飛び出したのは思いがけない言葉だった。

「明日、一日だけ休みをやる。もやもやがあるんなら、全部吐き出してこい」

流風は、自分のことをよく見てくれている飯泉に対する驚きと感謝、それに大切な試合に集中できなかった申し訳なさとであふれそうな涙を必死で堪え、深々と頭を下げた。そして翌朝、逸《はや》る気持ちと共に、燎泉荘へと出かけた。

燎泉荘は、とても趣のある旅館だった。流風は、立派な門の前で長い溜め息を吐き、呼吸を整えた。今日は洛安高校の試合日ではないが、もしかしたら練習に出ていて不在かもしれない。それよりまず、関係者ではないから普通に訪ねていっても取り次いではもらえないだろう。三十分……一時間……。門前でぼんやりと佇《たたず》む流風。もう少し待って、逢えなかったら帰ろうと思いながらも、そのもう少しを自分の中で決められず、流風は緩やかに雲が漂う空を見上げた。

「……蒼真さん？」

かけられた聞き覚えのある優しい声音に、流風の中で滞っていた時間が、静かに流れ始めた。

「……ごめんなさい。……来ちゃいました……」

ゆっくりと立ち上がり、申し訳なさそうに頭を下げる流風に、声をかけた楠本は温かい微笑みを向ける。

「来てくれる……思うてたよ」

そして、そう言いながら楠本は、流風を旅館の裏庭へと招き入れた。

「楠本さん……」

「わかってる……。オレがあんなん言うたから、気になってんねんな」

「あの日って……。あの日に、何があったんですか？」

容赦なく雨粒を送り込む暗い空をふわりと仰ぎながら、彼女は強く感じた。傀藤はこの試合をテレビか、もしくは観客席で、観てくれている……。

「はぁっ……！」

流風は、体内を巡った古い酸素を、咆哮《ほうこう》と共に地面に吐き出した。そして、ゆっくりと上げた視線で、打席に入った打者《バッター》を鋭く捉えた。

駒野高校の攻撃、先頭打者がセーフティーバントで出塁。二番打者は樋渡の速球になんとか食らいつき、弾き返す。三遊間を抜けるかと思われた打球だが、遊撃手《ショート》の流風が右手のグラブでがっちりと捕球し、澱みないフォームで二塁《セカンド》のベースカバーに入る小岩井に送球した。二塁フォースアウト。

だがちょっとした判断ミスや手許の狂いが大ピンチに繋がる雨中の決戦――。ツーストライクまで追い込んだ四番打者に内角変化球を投じた樋渡も、雨のせいで微妙に狂った指先は思い通りの働きをしてくれず、中堅《センター》前に運ばれる。ぬかるみに弾まず埋まるボールに、野手たちも翻弄される。３対３――湘央高校は駒野高校に追いつかれた。

流風は雨の空を見上げた。灰色の雲にやむ気配はない。だが流風の心は燃えた。雨に足を取られても、身体が重くても、「甲子園」でボールを追う喜びをじっくりと噛《か》みしめていた。


燎泉荘の裏庭で、楠本は流風に、あの日のことを話し始めた。

「……クス。……オレ、洛安高校行こ、思てんねん」

シニアリーグの最終試合を終えたその帰り道。傀藤は、幼い頃からの大親友「クス」こと楠本篤希《あつき》に心境を打ち明けた。

「……もう、決めたん？」

「ん……。あとは親を説得するだけや。私学やから、半端な気持ちでは行かれへんやろ？　うちはおまえんちみたいに金持ちやないし」

「返事に困ることさらりと言うなや」

楠本がそう言うと、二人は顔を見合わせて笑った。

傀藤の親は最初こそ反対していたが、息子の熱意に負け、最終的には洛安高校への進学を認めた。甲子園に行き、その先は日本のプロ野球か大リーグ……。自信はあった。そして、三年間にかかる費用もすべて、野球で返すつもりでいた。

傀藤の話を聞いて、迷っていた楠本も進路を決めた。

「なんやクス、おまえも洛安行くんか!?」

「おまえ、オレがそうするんわかっとって話したくせに」

楠本は鼻の頭にしわを寄せ、悪戯っぽく笑う。

「バレとったか」

そう、傀藤は知っていた。楠本が進路に悩んでいたこと、それを大親友である自分にさえ相談できずにいたこと、そして、それは大親友であるがゆえに相談できなかったのだということを……。だから、あえて自分の進路の話をした。そうすれば楠本も、迷いから抜け出せると思った。

「また一緒に野球できるなあ」

楠本がうれしそうにそう言うと、傀藤は渋い顔をした。

「おまえの方が頭ええからな。ライバルが一人増えてもうたやないか。オレが落ちたら、おまえのせいやからな」

いつも笑っていて、誰にでも気さくで優しくて……。傀藤はそんな少年だった。

二月——二人は揃って合格。そして、祝福するかのように桜の花びらが舞い散ったその年の四月、希望だけを胸に洛安高校の門をくぐったのだった。

しかし、そこで待っていたのは、〝地獄〟だった……。

「おい〝6番〟！　ボール、新しいの出しとけ、言《ゆ》うたやろ！」

「〝11番〟！　ネット、はよしまえや」

傀藤にとっても、ほかの新入部員にとっても、不運だったとしか言いようがない。傀藤が洛安高校を選んだ最大の理由である名監督と名高い江嶋《えじま》が、新入部員と入れ違うように病に倒れたのだ。江嶋の入院中、監督代行を任された野球部部長の平木《ひらき》は、なんとも頼りない人物で……。

「〝5番〟！　飲み物買《こ》うてこい！」

先輩部員が新入部員を番号で呼ぶことを、注意すらしなかった。

湘央高校のように入部テストを行わない洛安高校の新入部員は、当初、八十六人もいた。つまり、〝86番〟まで存在したことになる。先輩部員が番号で呼ぶことにした要因はまず、そこにあった。八十六人、いちいち名前を覚えるのは骨だと、純白の練習着に一人ずつ数字を書かせた。1から86。それなら簡単に呼べるし、名前と顔を一致させるという面倒も省けるからだ。まるっきり人格を無視したその行為――最初に咬《か》みついたのは傀藤だった。

「オレらは囚人やない。なんで番号で呼ばれなあかんのですか!?」

明朗で優しい、そして何より正義感の強い傀藤には我慢のならないことだった。

「なんや〝17番〟、おまえかて自分で番号書いてるやん」

「そんなん、呼ばれるために書いたんちゃいます!」

楠本も含め、新入部員はただ無言で傀藤と先輩部員とのやり取りを見守ることしかできない。まさに一触即発の空気が漂う中、「……おまえ、名前は?」折れたかのように、先輩部員が尋ねた。

「傀藤です」

自分の言い分をわかってもらえたのだと思った傀藤は、凛《りん》とした口調で名乗る。「傀藤やな? よし、覚えた」そう言って微笑む先輩部員のその言葉の意味を理解するのに、そう時間はかからなかった。

「傀藤! ボール出すん遅い!」

「傀藤! ネット、邪魔や。しもとけー」

翌日のグラウンド。傀藤を呼ぶ声が、やたらと響き渡った。

「傀藤! 飲み物、用意しとかなあかんやろ!」

「傀藤……!」

「傀藤……！」

傀藤かいとうカイトウ――どんなに愚鈍な人間でもわかる。これはみせしめだ。先輩に意見し、楯突《たて》いたことに対する罰だ。

皆、わかっていた。わかっていて、助け船を出せない。なぜなら、助け船を出せば共に沈没させせられることも、わかっていたから……。

それどころか、傀藤のことを馬鹿だと思う者さえいた。少し我慢すればよいのに、「番号」でもなんでも好きなように呼ばせておけばよいのに。それができずに口答えするからそんな目に遭っているのだ……と、冷ややかな眼差しも傀藤に向けられていた。

助け舟を出せなかった仲間、それは楠本も同じだった。とうとう見かねて、傀藤の雑用を手伝おうとした。大親友にしては遅すぎた……。楠本は自身の中で恥じながら、たった一人バットケースと格闘する傀藤の背後から声をかけた。

「ハヤト……。そっち持つわ。貸して」

ゆっくりと、顔だけ振り向いた傀藤は――、

「ええんや。これは、オレとあいつらとの闘いやねん。おまえの手、借りるわけにはいかん」

変わりなく、笑っていた。

「オレは闘《たたこ》うてんねや。見とけよ？　あいつら見返すんなんか簡単や。この借りは野球で返す。わかったか？　せやから、余計なことすんなよ!?」

楠本はわかっていた。傀藤の言葉はすべてホンモノだということも、その裏に隠した他人を巻き込みたくないという気持ちも。しかし、楠本はもうその優しさを素直に受け取ることができなかった。すぐさま助けの手を差しのべなかった愚かで恥ずべき自分と、こんなふうに笑える傀藤。その差が心にのしかかり、ますます気軽に傀藤に話しかけにくくなっていった……。

だがそのことを、さらに後悔するような事件が起きた。

ある日、外出許可をもらった監督の江嶋が、入院先の病院からまっすぐ練習グラウンドへとやって来た。その時、彼が言ったのだ。

「夏の大会のメンバーは、全学年テストをして決める」

監督として普段の練習の様子を見られないから、テストで選抜するのが現段階ではベストだと熟考してのことだった。本当は、当初八十六人もいた新入部員がたった二か月あまりのうちに半分以下になってしまったことに、何かしら感じたのかもしれない。とにかく、洛安高校野球部始まって以来のことに、部員たちも驚きと戸惑いを隠せなかった。ここで奮起したのは傀藤だ。

「この借りは野球で返す」

楠本に宣言したことが現実になった。選抜テストで〝背番号1〟は、傀藤に与えられた。テストの結果だけを見れば、当然のことだった。

しかし、「あいつ、シメなあかんやろ」——傀藤に対する悪感情に、嫉妬という、新たな負の感情が上級生に加わった。そして、その悪循環は最悪の事態を招いた。

部内での暴力事件などで何か月間か対外試合禁止になるということはよくある。傀藤一人をあからさまに攻撃すれば自分たちの首をも絞める。そう考えた先輩部員は、練習中の事故——数人で監督代行の平木の気を逸らしているうちに、高速に設定したピッチングマシンで標的を狙うことにした。

気がついた時、傀藤はベッドの上にいた。見えるのは碧い空ではなく、くすんだ白い天井……。

（オレ……、なんでこないなトコに寝てんねやろ……）

ぼんやりと霞《かすみ》がかった頭で考えながら身をよじった瞬間——。

「……っ！」

経験したことのない激痛が、傀藤の左腕から全身へと放たれた。

その、鋭く抉《えぐ》られるような痛みが、記憶の扉を破る。練習中、後方から左腕に弾かれるような衝撃を受けた。だが、痛みは一瞬だけ。極限まで正座を強いられていた時の両足のように、自分の身体の一部ではないような痺《しび》れが左腕全体を覆った。逃避したくなるような不快感を抑え込み、ゆっくりと振り返った傀藤。その時、彼は二つの瞳でしっかりと見た。至近距離から狙いを定めたピッチングマシンで、故意に自分の左腕を襲撃した先輩部員……。

診断の結果、傀藤の左腕は、骨こそ見えていないものの、左上腕《ひだりじょうわん》骨《こつ》開《かい》放《ほう》骨折で全治六か月の重傷だった。

槐藤の心に、ただ無情さばかりが湧き起こった。自分がしたことは間違っていたのだろうか？　みんなのためにと上げた声は、正義でもなんでもなかったのだろうか？　これではまるで、〝ジャンヌ・ダルク〟みたいではないか。彼女は……最期《さいご》どうなった？

槐藤は、まだ感覚の戻らない左腕を憐《あわ》れむように軽くさすった。ギプス越しに、何度も、何度も……。そうしているうちに、感情がすべて抜け落ちてゆくような、奇妙な感覚に陥った。

オレハタダ……ヤキュウガヤリタカッタダケ……。


暗い灰色の雲が球場全体の空を覆う。雨は勢いを緩めつつも、変わらず選手たちに降り注ぐ。そんな雨と同様、湘央高校対駒野高校の試合は五回まで膠着《こうちゃく》状態が続いた。

3対3で迎えた六回表、湘央高校はワンアウト満塁のチャンスを作る。ここで回ってきたのは、五番・逢葉。甘く入った逢葉への初球――鋭く振り抜いたバットは白球を中堅《センター》前へ弾き返し、湘央高校は待望の追加点を上げた。そしてさらに、六番・笹原の犠牲フライで5対3。再び主導権を握り、湘央高校はこの回の攻撃を終えた。

春先の雨は冷たく、選手の体温を緩やかに奪ってゆく。守備の時間が長ければ、それだけ不利になる。サインに首を振るたび、樋渡の帽子の鐔《つば》から楕円《だえん》の雫《しずく》が滴り落ちる。

ワンアウト二塁。ようやく頷き、投球を繰り出そうとする樋渡の指先は、白球との間に流れ込んだ雨水に邪魔されその精度を失った。死球——手許でわずかに狂った軌道は、相手打者の腿《もも》を掠《かす》めた。

今日、樋渡の中では「何がなんでも遊撃《ショート》に打たせたくない」という想いは薄れていた。今日の流風の目は無視できない強さがあった。樋渡は右打者の内角に勝負のストレートを投じた。

耳を劈《つんざ》く金属音を残し、弾き返された白球は、三遊間を襲う。打球に飛びついたのは三塁手《サード》・北見。バウンドし、泥を纏《まと》った白球は北見のグラブに吸い込まれたが、この体勢ではどこにも投げられない。その時だった。

「北見くんっ！」

流風が叫んだ。レギュラー選抜テストの逆シチュエーション——北見は反動をつけてグラブを振り、泥にまみれた白球を流風に托《たく》した。左手で直《じか》に捕球し、送球体勢に入る流風。一塁《ファースト》に投げれば、タイミングは五分五分。だが白球に纏わりついた泥が、流風の指先にかすかな抵抗をみせた。

「……セーフ！」

どちらとも取れる、タイミングだった。一塁塁審の判定に一瞬の躊躇《ちゅうちょ》が見られたように。

湘央高校は表の攻撃とは逆にワンアウト満塁のピンチに陥った。

ここで、湘央高校はタイムを取る。円陣の上に、冷たい雨が降り注いだ。

「……ごめんね……」

流風はアウトにできなかった悔しさで口唇を噛みしめながら、申し訳なさそうにつぶやいた。

「……いや、三塁ベースを踏まなかったオレが悪い。完全に焦ってた。すまん……」

流風に次いで北見も謝る。練習通り、セオリー通りに動けないことがあるのは、ここが〝甲子園〟だから……。だが残念な思いに変わりはない。皆は続く言葉を失った……。そんな中で、思わぬ人物が一番に口を開いた。

「……あれはアウトだった。ツイてなかっただけのことだ。切り換える」

樋渡だった。驚いたのは流風だけではない。彼が、そんな言葉を発するなんて……。これが〝甲子園〟の魔力なのだろうか……？　いずれにせよ、この中の誰よりその口が紡《つむ》ぐ言葉の影響が大きいことを、樋渡本人も含めよく理解していた。

「ありがとう……。うん、踏《ふ》ん張ろう！」

気合いを入れて守備位置に戻る湘央内野陣。流風は試合の緊張感とともに、あらためて野球の力の素晴らしさに感動していた。

先日聞いてしまった傀藤の過去。あれから傀藤は笑わなくなったという。そしてワンマンで味方を信頼しない野球をするようになった。それで勝てるからまだいいものの、勝って晴れる傀藤の顔を見たことがないと言う楠本。野球に対して楽しみも、欲もなくなってしまったような……。

そんな傀藤の寂しい背中を憂えながら、楠本の方もまた、悩みを抱えていた。傀藤があんなる前に何かできたかもしれないのにと悔やんだ末、気軽に「ハヤト」と呼べなくなってしまった。〝大親友〟のはずだった。それが逆に大きなしこりとなって……。

流風は、この二人の心を溶かすのはやはり野球しかないと思っていた。野球で繋がっていた二人。そして、野球で繋がるはずの傀藤と野球部員。繋げられるのはきっと野球だけ。はじめは溝だらけだった仲間と自分も、どんどん繋がっていっている。流風が、湘央高校の仲間が、野球を楽しんでいる姿を傀藤や楠本に見てもらえたら、何か変わるんじゃないか。そして傀藤にもう一度、対戦したいと思ってもらえるんじゃないか。流風は今日、そのような想いでこの試合に挑んでいた。

六回裏、ワンアウト満塁――まだ中盤ではあるが、この悪天候だ。湘央高校としては、もう1点もやりたくない。その気負いが、思わぬ結果を招いた。右翼手・花村《はなむら》の掲げたグラブに一度は着地した白球が、まるで気まぐれな生き物のようにするりと逃げ出し、濡れた芝生に落ちた。場内は、駒野高校側の歓声と、湘央高校側の悲鳴で埋め尽くされる。三塁走者は打球の行方を見て、悠々と生還。焦った花村の返球が乱れる間に、二塁走者までもが生還してしまい、湘央高校は最悪の形で同点を許してしまった。

樋渡は焦る感情を鎮めようと空を仰ぎ、その頬に、額に雨の洗礼を受けた。そして迎える六番打者。湘央高校バッテリーはスクイズと読み、初球をはずす。その読みが見事に当たり、逢葉と三塁手《サード》・北見《きたみ》とで飛び出した三塁走者《ランナー》を刺した。その間に二塁走者が進塁するも、樋渡はこの打者を三振に抑えた。

試合は平行線のまま九回の攻防を迎えた。雨は小雨になったが、まだぱらぱらと降っていた。ここまでは、ほぼ互角の展開。延長に入れば後攻《こうこう》が有利になることがわかるだけに、湘央高校は十分に気合いを入れて最終回の攻撃に臨む。

九回表、湘央高校は二番・岡倉《おかくら》からの攻撃。だが好打順だったにもかかわらず岡倉に続き三番・北見も凡退し、あっという間にツーアウトとなってしまった。ツーアウト走者なし――打順は四番・片桐に回った。

雨は、気がつけばやんでいた。厚い雨雲を追い払った風が、ホームからセンターバックスクリーン方向へと流れてゆく。ネクストバッターズサークルで、片桐は粉まみれの両手を景気よく叩く。掌から拡散された白い煙は、漂う雨後の湿気を帯び、地面へと沈むように還った。

最終回、ツーアウト走者なしの状況で四番に回ってきたら、周囲も、自分も期待するシナリオはただ一つ……。左打席に入り、片桐は右手一本で軽く持ったバットをくるり、くるりと回した。一瞬、そのバットはセンターバックスクリーンを指して止まる。誰にも気づかせない〝予告ホームラン〟――。

初球は片桐の苦手の内角ストレート。だがこれは、明らかにボールとわかる軌道を走って来たため、片桐は腰を退いて見送る。二球目、今度は外角低めの変化球。これも大きくはずれてボール。駒野高校バッテリーは、最悪四球でもよいと考えての配球、作戦だったのだろう。その証拠に、続く三球目も見逃せばボールというコースだったが、片桐はバットに当て、ファウルとなった。カウント1‐2。片桐は笑った。首を左右に揺らし、軋《きし》む関節の音を楽しみながら、片桐はにやりと微笑んだ。

「……ワザとだな」

ベンチで、飯泉が愉快げにつぶやいた。

「……ワザと……ですか？」

彼の前でスコアブックに記入していた星野が、そのつぶやきを拾って聞き返した。

「片桐のヤツ、ワザとファウルにしやがったんだよ」

「そう……なんですか？」

聞き返したものの、星野にはその真意がよくわからない。そんな星野の心を知ってか知らずか、飯泉はさらに愉快げに言った。

「打つぞ。目が醒めるような一発を」

四球目。先ほどのファウルで、駒野高校バッテリーにわずかな欲が生まれたのだろう。ストライクゾーンぎりぎりのコースに、投じられた白球は吸い込まれた。好球。片桐はグリップを強く握り、抄い上げるように白球を叩いた。

打った瞬間、それとわかる打球——観客も、両チームベンチも、審判も、空に融《と》けてゆく白球を己《おの》が目で追う。大きな、大きな当たり……。その行方を追っていた二塁塁審が、掲げた右手を大きく回す。塁審のジェスチャーを確認した湘央高校応援席から大歓声が上がり、片桐の誇らしげな拳が駒野高校側スタンドを黙らせた。

「……なるほど……」

微笑みながら、星野はスコアブックに片桐の本塁打の記録を書き入れた。飯泉の言葉通り、目が醒めるような一発――先ほどの三球目、もし見送ってスリーボールにしていたら、駒野高校バッテリーは四番・片桐との勝負を避けていただろう。三球目のファウルは、四球目のあのコースを引き出すためのもの……。歓喜の声援に押されてベンチへ帰ってきた片桐は、湘央ナインの熱い歓迎を笑顔で受け止めていた。

九回裏。虎の子の1点を守り切る――最後の守りとするべく、湘央高校ナインは今試合最大級の気合いを入れる。だが、駒野高校も必死で食らいつく。ワンアウト一塁、六番打者に対するカウントは2‐2。スリーバントを警戒するあまり、樋渡が投じた四球目は大きくはずれた。ここで、湘央高校は最後のタイムを取った。

伝令に出てきたのは鳴海。彼は一言、飯泉の言葉を伝えた。

「『信じて投げろ』……だそうです」

それだけかよ――そう言いたそうに、樋渡は思わず頬を緩める。その時、小岩井が樋渡の肩を抱いた。

「信じろ。オレたちバックをな」

小岩井の言葉に、内野陣は大きく頷く。ここで無理に三振はいらない。打たせて取る作戦で行けということだろう。樋渡も、少し疲労の滲《にじ》む顔でかすかに微笑んだ。

樋渡と逢葉は、じっくりと時間をかけてサインの交換を行う。何度目かのやり取りで、マウンド上の樋渡はようやく頷いた。

右打者内角へのストレート――樋渡はかなりの覚悟をもって首を縦に振った。「信じて投げろ」飯泉の言葉、「信じろ。オレたちバックをな」小岩井の言葉、そして気魄《きはく》あふれる今日の流風の姿が、樋渡に逢葉のサインを受け入れさせた。勝負を懸けた一球――樋渡はセットポジションからの投球とは思えぬダイナミックな腕の振りを見せた。コースは、サイン通り。だが、打者の読みも、おそらくはその通りだったのだろう。樋渡に負けぬダイナミックなフォームで、バットを繰り出してきた。

バットと白球が出逢う。鈍いとも鋭いともいえる音を残し、突っ走る打球。双方入り乱れた大歓声の中――、

「蒼真っ!」

打球の行方を追って振り返った樋渡が、腹の底から叫んだ。その声は、球場内を巡る様々な音に掻き消されたが、気持ちは流風の胸にダイレクトに響いた。三遊間への、直線的な当たり。流風は、これ以上は無理というほど身体を開き、向かってくる白球に飛びついた。ライナーで打球を捕まえた確かな感覚が、流風の右手から脳に伝わる。これでツーアウト。そして、ぐいと上体を起こし、流風は本能のままに立ち上がる。睨み据えた先には、鋭い当たりに思わず飛び出した一塁走者《ランナー》の姿があった。直前のダイブの影響で、流風

の左手に黒い泥が纏わりついている。拭う暇なく流風はそのままの左手をグラブに突っ込み、白球を握りしめた。慌てて踵《きびす》を返す一塁走者の背中を一瞬睨み、流風は体中に散らばるすべての神経を左手の指先のみに集中させた。

「終わりや。帰るで」

中央特別自由席の銀傘から滴り落ちる雨の余韻に視線を移して、傀藤が言った。

「え……」

身を乗り出していた楠本は、訝《いぶか》しげに声を上げた。だが、傀藤はそんな楠本に何を言うでもなく、言葉通りに立ち上がる。そして、今、まさに一塁《ファースト》へ送球しようとするグラウンド上の流風に冷めた一瞥をくれ、歩き出した。

「傀藤？」

楠本も立ち上がる。そして、傀藤の背中を追って一歩足を踏み出した刹那——湘央高校側アルプススタンドから今試合最大級の歓声が沸き起こり、甲子園球場を歓喜の色に染めた。雨粒が残した雫《しずく》が光るバックネット越しに目を凝らす楠本。その視線の先では、一塁審が固く握った右手を高々と空に突き上げていた。

「ああ……ほんまや。終わったわ……」

独り言と共にふっと頬を緩め、楠本は再び傀藤を追って歩き出した。

雨上がりの空に、二度目の湘央高校校歌が高らかに鳴り響いた。流風も胸を張って歌う。きっと観ていてくれたであろう傀藤を想い、堂々と歌う。自分の一生懸命な姿を、野球が好きなんだという気持ちを見てくれたなら……。少しは伝わると思う。思い出してくれると思う。野球が好きだった気持ちを。そして今のこの空のように、傀藤の心の雨も上がり、澄み渡ってくれたら……。そんな願いをこめて、流風は歌った。

準々決勝初日は、快晴だった。勝てば、次は洛安高校と、傀藤と対戦できる。そんな気概を持って大事な一戦に臨む流風。だが、舞台が準々決勝ということも影響してか、甲子園球場は爽やかな空とは対照的に、殺気立った空気に包まれていた。

対戦相手は地元ともいえる大阪の坂之宮《さかのみや》高校。内・外野席はすべて坂之宮高校に熱い声援を送る観客が埋め尽くし、それでも入れなかった坂之宮高校大応援団が、いくらかあいていた湘央側アルプススタンドへとなだれ込んでいた。湘央高校は完全にアウェー状態だった。

さらに湘央高校にとって坂之宮高校は、二年前の夏に対戦し、手痛い敗戦を喫した相手だった。

その時の主力選手はすでに卒業している。だが、一年生投手としてもっとも注目を浴び、激闘を演じた樋渡はリベンジに燃える。そして試合はまるで、二年前の既視感《デ・ジャ・ヴ》のような展開――。拮抗《きっこう》した実力で、スコアボードには次々と「0」が刻まれてゆく。
樋渡の、湘央ナインの脳裏によぎるのは、暑かった二年前の夏。抑えては抑えられ、真っ白な「0」が規則正しく並んだ白熱した投手戦。そして、最終回、湘央高校九回目の無得点で、裏の守備に散った無念の場面だった……。

「シビれる展開やなぁ」

この後の第二試合に登場する洛安高校の奥貫が、通路からグラウンドを覗《のぞ》きつぶやいた。

「……勝った方が、次の対戦相手になるんやな」

その言葉を受けて楠本が、もう勝った気で言った。そして、ちらりと傀藤の横顔を窺《うかが》う。湘央が勝てば、傀藤と流風との対戦が叶う。彼女と直接対決すれば……傀藤の心にも、何か変化があるかもしれない。どんな些細《ささい》な変化でも、今の傀藤の心にはそれが必要だと、楠本は信じていた。

傀藤は、相変わらずの無表情で試合の結末を見据えようとしている。春の爽やかな風が、通路奥にグラウンドの日向《ひなた》の馨《かお》りをもたらした。


樋渡の肩にかかる重圧《プレッシャー》は、二年前と変わらなかった。相手が同じ、なにより負けた学校なのだから無理もない。ただ一つ、二年前と違うのは、先頭打者を三振に仕留めたこと。だが、勝利の女神は、よほど乱戦がお好みらしい。続く二番打者に左翼《レフト》オーバーの二塁打を打たれ、ワンアウト二塁、あの夏と同じ展開へと試合が流れ始めた。迎える三番打者への攻めは、一貫して外角低めでこの打者を一塁ゴロに打ち取るが、その間に二塁走者《ランナー》の進塁を許してしまった。ツーアウト三塁。これも二年前と酷似した展開……。そして四番打者に投じた第一球――鋭く振り抜かれたバットは、樋渡のストレートをきれいに捉えた。あの夏と同じように、打球は三遊間方向に弾き返される。ホームへと走り出す三塁走者。歓声と叫喚の入り交じるスタンド。何万という眼差しが捉えるのは、たった一つの小さな白球――。

「蒼真っ……！」

樋渡が、飯泉が、北見が、小岩井が……。彼女に味方するすべての人間が一斉に叫ぶ。球足の速い打球に飛びつく流風。

「……終わりや」

誰にともなくつぶやく傀藤。そして、その後は何もなかったように自分の世界へと戻っていった。

一瞬、場内の時間が止まる。宙に浮いたままの流風の身体の先、必死で伸ばした右手のグラブをからかうように掠め、白球は外野へと逃げていった。坂之宮側の観衆が、狂喜して叫び跳ねる。その非情な歓声が降り注ぎ……流風はうつぶせに倒れたまま、しばらく動けなかった……。

……まだ。……まだ、終わったわけではない。夏が残っている。だが流風は……。勝てば、もしかしたら傀藤と対戦できるかもしれないと期待していた流風は……立ち上がれない。

二塁塁審にそっと促され、北見と左翼手《レフト》の笹原に両脇を支えられながらゆっくりと立ち上がる流風の瞳から、大粒の涙がこぼれ落ちた。

「ようやったで、坂之宮！」

観客席のあちこちで、またしても湘央を下《くだ》したことと、女子選手がいることでチヤホヤされている相手を破ったことで溜飲《りゅういん》を下げる声が聞こえる。だが、今の流風の耳には届いていなかった。彼女の中にはただ、無念しかない。傀藤との対決も実現できず、甲子園を去らねばならなくなった。自分なんかが傀藤に何かを伝えられると思っていたなんて……。うぬぼれていただけではないか……。いまだ去れないグラウンドで流風は打ちひしがれた。

その、時だった。今まさにグラウンドキーパーが整備を始めようと動き出した横を、湘央高校でも、坂之宮高校でもないユニフォームを纏った長身の人物が、まだ荒れたままのマウンドを目がけて駆けていった。突然のことに、誰もうまく対処できない。そんな中、長身の人物はマウンドにしゃがみ込み、右手でそっと黒土《くろつち》を抄った。そして、大勢の観客、関係者が見守る中、その人物は茫然と立ち尽くしたままの流風の許へと走った。

「胸、張れや」

頭上からかけられた声に、流風は思わず顔を上げる。

まさか……。そんなはずは……。だが…………。

瞳を滲ませていた涙がはらりと舞い、はっきりと視界に映る——。

「……傀……藤……くん……？」

「力、出し切ったんやろ？　胸、張れや」

傀藤だった……。傀藤は、口唇を震わせる流風の右手をつかんだ。そして、開いて上を向かせたその掌に、先ほどマウンドから抄ってきた黒土をゆっくりと降らせた。

「……夏は、マウンドへ帰って来い」

抄ったすべての土を流風へと渡した傀藤は、相変わらず冷めた表情で淡々と言葉を紡ぐ。

「あんた……こないだ旅館まで来てたんやって？　オレにしつこいけど、それやったら教えてくれや。野球のおもしろさ、いうヤツを、あんたが教えてくれや」

彼は、本当は変わりたいのだと、流風にはそう思えた。

力強く歯を食いしばり頷いた流風の瞳から、もう一粒涙がこぼれる。一度は好きだったものを嫌いになり、それでもそこから逃げ出せず、ただ義務のように〝野球〟とつきあっている傀藤の心を救うには、とてつもなく果てしない作業が必要な気がした。それでも、野球を続けている、捨てられないということは、きっとそこに救いがあるはずだ。傀藤の根底にはきっと、あの夏の、チェンジアップをくれたあの時の心が残っている……。

流風は、右手の黒土に視線を落とした。そうだ……まだ終わったわけではない。最後の夏が残っている——。

「……夏に……夏に逢おうね……。またここで……………」

きっとまた、つらく険しい道が待っているだろう。だが、流風は誓った。傀藤に托されたこの黒土を、〝甲子園〟のマウンドへ返しに来ようと……。そして今度こそ、最後の夏こそ、傀藤と対戦するのだと……。流風は、大好きな空を仰いだ。そこは碧く広く、流風の心を優しく包んでくれた。

——その後、洛安高校は圧倒的な強さを見せ、選抜優勝を果たした……。

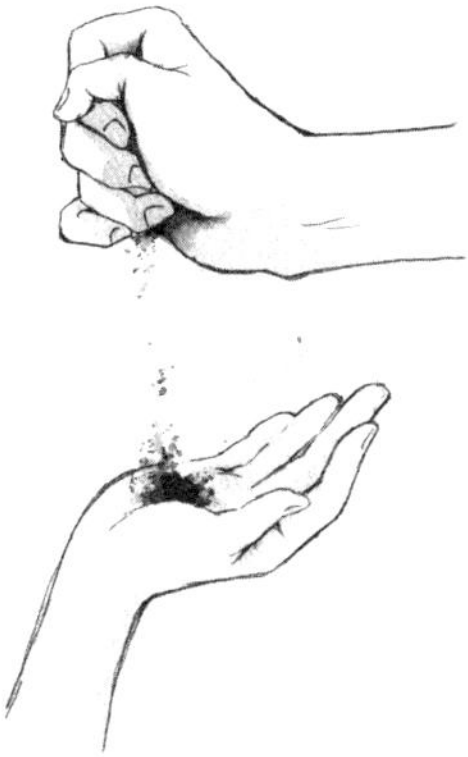

四章　もう一度、空へ

新学期——今年もまた、大勢の入部希望者が湘央《しょうおう》高校グラウンドにあふれる。二年前から慣例となった入部テストは今年も行われ、いい加減な気持ちの者、不純な動機の者は容赦なく落とされた。そして昨年同様、女子は一人も残らなかった。
男子部員の中で流風《るか》は、夏の甲子園へ向けてますます練習に励んだ。

「泥棒っ！」

甲走《かんばし》る台詞《せりふ》が、道行く人の足を止めた。ロードワークに出ていた流風も、例外ではなく立ち止まる。その流風の横を、野球帽を目深《まぶか》に被《かぶ》り、サングラスをかけた、いかにも怪しい男が走り抜けた。その後ろから、女性の悲鳴を聞きつけた近くのコンビニの店員が、防犯用のカラーボールを片手に駆けてくる。

「貸してくださいっ！」

一連の流れで状況を把握した流風はそう叫ぶと、コンビニ店員の返事も待たずその手から奪うようにカラーボールを取り上げた。大きさはちょうどよい。流風は一瞬の迷いもなく投球動作に入り、逃げていく怪しい男の背中目がけてカラーボールを投じた。「ストライク！」球審がいたら、そうコールされたであろう素晴らしい直球が、怪しい男の背中にめり込む。弾《はじ》けたカラーボールは、その役割を果たすべく蛍光塗料を男の背中に撒《ま》き散らした。その衝動に怯《ひる》んだ男は、盗んだ白いバッグを取り落とし、それを拾い上げる余裕もなく逃走した。

滞っていた人波が、何事もなかったように再び流れ始めた。流風は、白いバッグの持ち主の許《もと》へと足を向けた。

「あの……」

バッグを渡そうと声をかけた流風は気づいた。この女性はどうやら目が不自由なようだ。

「どこも……怪我《けが》はありませんか？」

驚かせないように、流風は小さな声で尋ねた。その女性はぴくりと細い肩を震わせる。突然触れるのは失礼かとも思ったが、流風は女性の白い手を取り、バッグの持ち手を握らせた。

「……取り返して……くださったんですか……？」

怯《おび》えたような、安堵《あんど》したような声と共に、女性はバッグを取り返してくれた人物を探す。そして彼女の白い手は、流風の手に辿《たど》り着いた。

「ありがとうございます！　ありがとうございます！」

その手の感触に、今度は心底安心したのだろう。女性は流風の左手を両手で強く握り、何度も頭を下げた。だがふと、彼女は言葉を途切らせた。そして、触れた手の感触をゆっくり確かめ、流風を見上げた。

「……失礼ですが……女の方、ですよね？」

「え？　ああ、はい」

「……野球……されてます？」

探り探り尋ねる女性の鋭さに、流風は驚き、感心した。

「はい。……よくわかりましたね」

流風の言葉に安堵した女性は、うれしそうに話を続けた。

「わたしの知り合いにも野球をやっている人がいるんですけど……手の感触がよく似てたものだから……」

流風は、自分が紛れもなく野球選手なのだと言われた気がしてうれしく思った。


「ありがとうございました。助けてくださった上に病院まで送っていただいて……」

盲目の女性は、見えない相手に深々と頭を下げる。そして、

「あの……ご迷惑でなかったら、お名前を教えていただけませんか？」

ためらいがちにそう尋ねた。

「蒼真《そうま》です」

「ソウマ……さん……」

どこかで耳にした名だと思い巡らせる盲目の女性。そんな女性を柔らかい表情で見つめた後、「あたしはこれで失礼します。お大事に」

流風はそう言って、ロードワークへと戻っていった。

（まるで……旋風《かぜ》のような人……）

そう思い、盲目の女性は流風が残した気配だけを追った。

それからしばらくして、近所のスーパーへ牛乳を買いに出かけた時だった。流風は先日の盲目の女性の姿を見かけた。ごく自然に声をかけようとした流風だったが……女性と一緒にいる人物を見て驚いた。

「……樋渡《ひわたし》くん……」

盲目の女性に肘《ひじ》を貸していたのは樋渡司《つかさ》だった。

「蒼真……」

樋渡も驚いた様子で言葉を詰まらせた。

「ソウマ……？　あっ！」

盲目の女性は今そこにいる人物が、バッグを取り返してくれた「ソウマさん」であることと、どこでその名を聞いたのかを同時に思い出した。

「蒼真さん！　先日はありがとうございました」

彼女は流風に向かって深々と頭を下げた。その様子に、樋渡が呆《あき》れたように溜《た》め息《いき》を吐《つ》いた。

「……おまえら、知り合いなのか？」

樋渡は流風ではなく、傍《そば》にいる盲目の彼女に優しく問いかけた。

「え、えっとね……ええと……」

「瞳子《とうこ》？」

心配をかけたくなくて、引ったくりに遭《あ》ったことを隠していた瞳子は、流風に思わず頭を下げたことを後悔した。だからといって恩人を無視することもできなかったのだが……。

「あっ……あのね、樋渡くん」

「おまえには聞いてねぇよ」

瞳子に代わって口を開いた流風に、樋渡は冷たく放つ。敏感な瞳子の耳は、その声音の変化を瞬時に察知した。

「……司、蒼真さんはチームメイトでしょ？　どうして、そんな言い方するの？」

瞳子は選抜のラジオ中継を聴いていたのだ。その時、実況アナウンサーがしつこいくらいに「女子選手・蒼真流風」のことを話していた。それを、思い出したのだった。

「……関係ねぇよ。瞳子、もう行くぞ」

答えるのも面倒だと言わんばかりに冷たく言い、樋渡は瞳子の腕を取って歩き出した。

「……司、蒼真さんと仲悪いの？」

つかまれた腕が痛い。瞳子は、そのわけを知らなければならないと直感的に思っていた。だが、樋渡は何も答えず歩き続ける。「答えたくない」というより、「答えられない」のではないか。そう感じた瞳子は、ふいに足を止めた。合わせて、樋渡も立ち止まる。

「……もしかして……わたしのことが原因……？」

「いや、そんなわけないから。あいつとは、気が合わないだけだ……」

彼女につらい過去を思い出させてしまった後悔と、図星を衝《つ》かれた動揺とで、樋渡は固く口唇を噛《か》みしめた。

「そう……」

瞳子は、そんな樋渡の変化に敏感に気づいていた。

昔も今も、瞳子は優しい樋渡しか知らない。そんな彼が、荒《すさ》んだ心を持ってしまったのは自分のせいだと、彼女は小さな胸を痛めていた。

もう一度あの人、蒼真さんに逢《あ》いたい。そして、樋渡のことを知って、理解して欲しい。そうすれば、樋渡も、そして瞳子自身も救われるのではないか……。そう思った彼女は翌日、流風とはじめて逢った病院への道へと足を向けた。待っていれば逢えると踏んだ瞳子の読みは見事に当たり――、

「こんにちは……」

ロードワーク中の流風が、ためらいがちに瞳子に声をかけてきた。

「こんにちは、蒼真さん」

流風の声は涼やかで耳に心地よくて、すぐに彼女だと知れた。見えない相手に微笑《ほほえ》みを向け、瞳子は話を切り出した。

「少し……お時間もらえますか？」

声だけで自分を特定したことに驚いていた流風は、瞳子の言葉でさらに驚きが上塗りされた。だが危険な目に遭ったこの場所へ一人で足を運び、自分を待っていたであろう瞳子の頼みを断ることなど、もちろん流風がするはずがなかった。


「わたし……自己紹介まででしたよね？　白石《しらいし》瞳子です」

場所を静かな公園へ移した後、瞳子はそう言って頭を下げた。

「……司、樋渡司とわたしは幼なじみなんです」

流風の気配を感じる左側に意識と身体を向け、瞳子は語り始める。流風は透き通るような瞳子を見つめ、彼女の話に耳を傾けた。

「昨日のこと……司に代わって謝ります。ごめんなさい……」

「いえ、そんな……」

だが、彼女の話は昨日のことではないと流風はなんとなく感じていた。

「司は……本当はすごく優しい人なんです」

そう言って瞳子は本題へと話を移した。

瞳子は活発な女の子だった。ままごとやお人形遊びより、野球やサッカーの方が好きだった。だから、遊び相手は自然と男の子ばかりだった。逆に樋渡は内気で人見知りな性格だった。そのせいか、三軒隣のお姉さん・瞳子の後ばかり追っていた。

三月末生まれの瞳子と、四月の初めに生まれた樋渡――生まれた日は一週間も変わらないが、学年でいうと瞳子は一つ上になる。そのお姉さんの後を追い、樋渡は〝野球〟に出逢った。自分から何かやりたいと思ったのは、樋渡にとってはじめてのことだった。すぐに地元の少年野球チームへ入団する。そんな彼を心配し、瞳子も追うように入団した。それが、すべての始まり――野球に出逢ってから、樋渡はどんどん明るく、活発になっていった。瞳子もどんどん野球に魅了され、二人は同じ目標を持って練習に励んだ。

悲劇は、ある日突然訪れた。その日、少年野球チームのメンバーの一人が、硬球を持ってきていた。軟式ボールしか知らない子供たちは、プロ野球選手が使っている硬球に興味津々の様子。「これで試合してみようぜ」誰かが声を上げた。もちろん皆、賛同する。樋渡も瞳子も例外ではなかった。

「……事故……だったの……」

当時を思い起こすように目を閉じ、瞳子は少しだけ顎を上げた。

「司は投手《ピッチャー》で、わたしは遊撃《ショート》を守ってた。うまかったのよ？　でも……」

はじめて触れる硬球。その慣れぬ手触りや感覚が招いた不運な事故……。右打者でチームの四番を務める六年生の男子が放った打球は、遊撃方向へ飛び――。

「右の目に当たったの……」

瞳子は、掌《てのひら》でそっと右目を覆いながらつぶやいた。

「当たりどころが悪かったのね。しばらくして、右の目が見えなくなったの」

そして、右目の分まで働いた左目の視力も徐々に低下してゆき――やがて、後を追うように見えなくなった。

「……司、野球してる時、楽しそう？」

ふいにぶつけられた質問の答えを、流風は真剣に考えた。言われてみれば、樋渡が心底楽しそうに野球をする姿は見たことがない。

「司はわたしの目が見えなくなった時に言ってくれたの。プロ野球選手になって、この目を手術するお金を用意するって……。今はそんなこと言わないけど、そのせいで、そればかり考えて野球を楽しめないいんじゃないかって……時々思うの」

ふと、流風の脳裏にあの時のことが甦った。関東地区大会の準々決勝――六回に自分を襲ったイレギュラーバウンド。直後に響いた樋渡の叫び。今になって思えば、あれは「瞳子――っ！」そう、叫んでいたのではないだろうか……。彼の苦い記憶を、生涯消えることのない記憶を刺激したのだと、流風は感じていた。

「あなたに冷たい態度をとるのも、きっとわたしのせい……。司はね、わたしが女の子だからあの事故が起きたと思ってるの。だから女の子が、あなたが野球をするのが怖いのよ……」

樋渡の心に澱《おり》のように沈む翳《かげ》が今、流風の目の前に現れた気がした。彼は、流風を憎んでいたのではなく、見るたびにつらい過去を思い出して遣《や》りきれなかったのだ。流風の心は衝撃を受けた。自分の存在が、樋渡の傷を広げていたのだ。

「わたし、あなたに司を助けて欲しい」

「えっ……？」

戸惑う流風の表情が見えない瞳子は、次々と言葉を送り出す。

「司の野球を続けている理由が、わたしの手術費を稼ぐためでも、それでも野球を捨てないでいてくれるなら構わないと思ってた。でも……」

ため息を生み出し、涙声を伴いながら、

「それじゃ、彼は不幸でしかない。だから……。司には野球が好きだったあの頃の彼に戻って欲しいの」

その手助けをして欲しい——瞳子の想《おも》いがストレートに流風の胸を刺す。

「で、でも、あたしには、助けるだなんてそんなこと……」

「目が見えなくなって、失ったものはたくさんあったわ。でも、得たものも、見えないからこそわかることも同じくらいあるの。わたしは不幸じゃない。不運だっただけ……。なのに、司はわたしのことを不幸だと思ってる。野球のせいで不幸になったと、そう思ってるの。女の子が野球をするのは、できるのは幸せなことなんだって彼に教えられるのは、あなたしかいない……」

瞳子の温かな手が、流風の手を正確に捉えた。

「図々《ずうずう》しいお願いだってことはよくわかってます。でもあなたならきっと……。きっと司を救ってくれる……」

瞳子は、流風の手をつかんだ自分の手に、もう片方の手を添えた。胸が軋《きし》む音を立てた。

「否《いな》」とは言わせぬ瞳子の強い気持ちが、流風の中へと流れ込む。

(野球のおもしろさ、いうヤツをあんたが教えてくれや)

(野球が好きだったあの頃の彼に戻って欲しいの……)

東西屈指の投手たちは、同じ闇の中でもがいているのかもしれない。自分はそこにさす一筋の光になれるのだろうか。答えなんか見つけられないかもしれないが……。流風は瞳子の切実な願いにただ頷《うなず》いた。

そんな流風に、心の試練は突如訪れた。


「蒼真のヤツ……なんだってこんなところに」

ある日の放課後、訝《いぶか》りながら、飯泉《いいずみ》は体育倉庫の中をぐるりと見渡した。手には流風の名前で書かれた手紙を持っている。考えてみれば、ここへ足を踏み入れるのははじめてだ。野球部より早く上がるのか、体育館を使用する部の生徒たちの姿はすでになく、その静けさが、なんとなく胸騒ぎを伝えた。

「……森宮《もりみや》さん……？」

そしてその直後、流風は薄暗い体育倉庫を覗《のぞ》き込んだ。目を凝《こ》らすと、中で揺れる人影が見えた。「マネージャーを続けるべきかどうか迷っています」流風の持つ手紙には、そう書いてあった。そのことで相談がある、と。流風は愛乃《えの》と思われる人影に駆け寄った。

「……え……？　監督……？」

だが、その人影の正体は愛乃ではなく、飯泉だった。

「こんなところに呼び出して……話ってなんだよ」

先に切り出した飯泉の言葉に、流風はきょとんとした表情を返す。

「あたしは……森宮さんに呼ばれて――」

「何――？」

飯泉自身が感じた胸騒ぎが一際大きく頭をもたげた瞬刻――軋む音を立て、両開きの体育倉庫の扉が左右同時に閉ざされた。まるで、自動ドアのように……。そして、突然のことに茫然《ぼうぜん》とする二人の耳に、内と外を遮断する甲高い施錠の音が響いた。

「誰だっ！」

飯泉は叫び、扉へと走る。だが、内側の声はしっかり遮断されてしまっていた。

「……監督」

その背中を、不安げな面持ちで見つめる流風。飯泉は冷たい扉を睨《にら》み据えたまま、

「閉じこめられたらしい」

飯泉は他人事《ひとごと》のように言った。流風はまだ状況が呑み込めない。そんな流風に、飯泉はこう尋ねた。

「おまえ、心当たりあるか?」

流風は思いきり頭を横に振った。だが、校内の全員が流風のことを知っているし、流風のことをよく思っていない人物もいる。今までは遠くから誹謗《ひぼう》中傷するだけに留《とど》まっていたものが、自分を陥れるために行動に移した……。流風は梶《かじ》のことを思い出した。あんなふうにまた自分が誰かを追い詰めているのだろうか。流風は突然恐ろしくなった。

「……また……また、あたしのせいで……」

「まあ、今はそんなこと気にしてる場合じゃねえな」

閉ざされた無機質な扉をしばらく見つめた後、飯泉は雑に積まれてあるブルーのマットに腰を下ろした。

「おまえ、携帯持ってるか?」

流風はうつむいたまままもう一度首を横に振った。

「——おまえも持ってねぇのか」

飯泉は、この日、長い夜になることを確信した。

「監督……巻き込んでしまって……すみません……」

自分をよく思っていない人物の嫌がらせだと確信した流風は、そう言って頭を下げる。

「いや……案外、オレたち二人に恨みがある人間の仕業かもしれねぇぞ?」

「監督。犯人を探すのはやめてください」

「え……?」

「もう、嫌なんです……。知りたくないいんです……。明日、ここから出られればそれでいいんです……」

「……そうだな」

飯泉は言いながらすでに日焼けした左腕の時計に視線を移した。

「十時か……」

朝一番にここへ来るのは、おそらくバレー部の生徒だろう。朝練が始まる時間は七時——これは、学校の決まりで全部活共通の時間だ。単純に考えれば、それまでは出られないということ。飯泉はマットの上で一つ身を震わせた。ここはやけに冷える……。

「……すみません、監督……うちの母、看護師なんです。今週は夜勤で……家にいたら帰らないあたしを探してくれると思うんですけど……」

「なんで謝るんだよ。余計な心配かけずに済んでよかったじゃねぇか」

同様に震える流風に、飯泉は彼らしい言葉を投げた。こんな状況にあっても、そんなふうに思考が流れてゆく流風を、飯泉はいじらしく思い、また憐《あわ》れにも思った。

腕時計の針が、日付が変わったことを告げた。おそらく、いつもはもう就寝している時間なのだろう。流風は寒そうに座ったまま、一つ小さな欠伸《あくび》をした。飯泉は、自分が座っていたブルーのマットを一枚、取り出したマットの山の前に敷き、ソファーのような形に仕立てた。そして、敷いたマットに座り、今まで座っていたマットの山を背もたれ代わりにする。

「蒼真、おまえもここへ座れよ」

これで少しは身体を休められると思った飯泉は、マットを叩《たた》きながら促した。

「少し寝ろ。疲れてるだろ？」

そうは言っても、こんなところで眠れるはずもないと飯泉は思ったが、練習の疲れからか流風はゆっくりと頭を垂れる。

「……負けるなよ、蒼真」

寝入り端《ばな》の彼女に聞こえないようにつぶやき、飯泉は自分のジャージを脱いで流風の肩に羽織らせた。そして、その頭を預ける肩を貸せるように、そっと傍らに身を寄せた。月のない夜――天井近くに設《しつら》えられた明かり取りの窓から見えるのは、永遠に続きそうな闇の空……。夜明けはまだ遠い。飯泉はその漆黒の空から離せない目を、無理やり閉じた。


「――だから、出られなかっただけだって、何度も言ってるでしょう!?」

校長室で飯泉は、左手で乱暴に頭を掻《か》きながら何度も事実を繰り返す。だが、二人を発見したバレー部顧問の瀧田《たきた》も、同席した校長も、渋い表情を崩さなかった。

「確かにそうかもしれませんが、問題は、野球部のあなたと蒼真さんがなぜ二人きりで体育倉庫にいたのかという点なんですよ」

「それは――」

本当のことを話せば、犯人を探さなくてはならなくなる。だが昨夜、犯人探しはしないと流風に約束した。流風と自分のためとはいえ、繊細な流風の心を裏切ることは自分はしてはいけない……。飯泉は何も言えず、拳を握りしめた。……その時。

「校長……蒼真さんが……」

生徒指導室で流風と話をしていた教頭が、困却の表情とともに入室してきた。

「蒼真さんがどうしたのかね?」

教頭はちらりと厳しい顔の飯泉に視線を移し、言いづらそうに吐き出した。

「……蒼真さんが……自分が体育倉庫へ飯泉先生を呼び出した、と言っています……」

飯泉は、流風が自分を庇《かば》っているのだと瞬時に察した。自分たちを閉じこめた犯人をつき止めたくなくて、きっと堂々巡りの自問自答の末、そうするしかないと思ったのだろう。

「違います!」

飯泉は、眼前のローテーブルを両手で叩きながら立ち上がった。

「蒼真は本当のことを話したらオレの立場が悪くなると思って、そんな嘘《うそ》をついたんですよ!」

甲子園のマウンドに立たせてやると言った、その約束が果たせなくなることは心残りだが……。後悔は微塵《みじん》もない。

「体育倉庫に呼び出したのは、オレの方です」

飯泉は、居並ぶ色眼鏡たちを納得させる一世一代の大法螺《おおぼら》を吹き始めた。

人の口に戸は立てられぬ、とは、よく言ったものだ。瀧田がバレー部員に箝口令《かんこうれい》を敷いたとしても、「ここだけの話」「ほかの人には内緒ね」と、体育倉庫での出来事は瞬《また》く間に広まり、噂《うわさ》には尾鰭《おひれ》がつく。体育倉庫で抱き合っていた、二人はキスをしていた、などと事実とかけ離れた話だけが一人歩きする。誰かがそうしなくても、自分たちを閉じこめた人間が悪意に満ちた噂を流すだろう……。そう予測した飯泉が取った道は――。

「オレは、蒼真に特別な感情を持っています。それを伝えるために、あいつを体育倉庫に呼び出したんです」

自分が、蜥蜴《とかげ》の尻尾《しっぽ》になることだった。

「君、自分が何を言っているかわかっているのかね!?」

頭を抱えながら、校長は机に向かって吼《ほ》える。

「わかってますよ。校長もおわかりいただけましたか? 非はすべてオレにある。蒼真は、被害者なんです」

そう言い放った飯泉の潔《いさぎよ》い表情に、色眼鏡たちは何も言えなかった。

「――そういうわけなんで、新しい野球部の監督を見つけてやってください」

来ないものと思っていた流風がグラウンドに現れた時、部員たちは一斉に彼女に群がり、取り囲んだ。

「──蒼真さん……。一体、何があったの？」

責めるふうでも、ただ真相を知りたいだけというふうでもなく──逢葉《あいば》の声色は、心底流風と飯泉の身を案じていることを感じさせた。飯泉は厳しい監督だった。だが理不尽に厳しいわけではなく、常に愛情に満ちていた。だから部員は皆、彼を尊敬しているし、噂を信じている者も一人もいない。逢葉の言葉だけでなく、部員たちの面持ちからもそのことを十分すぎるほど伝えられた流風は、思わずその場に崩れ落ちた。

「蒼真さん……」

その小さく震える肩に触れることさえ憚《はばか》られるような……。そんな流風の名を、ただもどかしく呼ぶことしかできない逢葉。どうすることもできないまま、逢葉は彼女の言葉を待った。

「ごめん……なさい………。みんなから監督を奪って………」

その台詞の後は、文字通り号泣だった。流風の体内にはどれほどの水分があったのかと思うほど、彼女は泣き続け──逢葉たちが話の続きを聞くことが叶《かな》ったのは、それから三十分ほど経《た》ってからだった。感情が昂《たかぶ》っているせいで、流風の話はどこか支離滅裂だったが……それでも、部員たちが理解するには十分の内容だった。

「なんだよ、それ……」

吐き捨てるように、北見が言った。腿《もも》の横で固く握った手が、激しく震えている。

「おまえと監督を閉じこめた犯人を探して吐かせりゃ、何もかも元通りになるんじゃねぇのかよ」

今度は小岩井《こいわい》だ。彼もまた、激しい怒りを感じている。

「――見つかると思うか？」

冷静な口調でそう言ったのは、片桐《かたぎり》だった。

「調べてくれって言っても、体裁《ていさい》第一の学校側が手を打ってくれると思うか？」

「片桐の言う通りだ」

思わず口を挟んだのは、意外にも樋渡だった。

「そんな回りくどいことより、オレに考えがある」


「――なんだね？　それは……」

校長室に押しかけた野球部員全員から一斉に差し出された〝退部届〟に、校長は面食らった表情で尋ねる。

「見ての通り、退部届ですよ」

答えたのは、樋渡だった。選抜でそこそこの成績を残した名門・湘央《しょうおう》高校の野球部員が全員で退部届を出したとしたら――。その尋常ならざる事態は当然、高野連《こうやれん》にも伝わるだろう。そして、開店休業状態の野球部の存在は、マスコミの恰好《かっこう》のネタになる。そうすれば、どうしてそのような展開になったのか調べようと第三者が動くだろう。困るのは、学校側――。

「オレたちは、こういった形の抗議しかできないんで」

樋渡は少々乱暴に退部届を校長の机の上に置く。ほかの野球部員も、重ねるように退部届を叩きつけた。

「抗議……？」

もはや、困却の色しかない校長の眼差《まなざ》しを捉え、樋渡は続ける。

「飯泉監督を辞めさせたことに対する抗議ですよ」

「君……それはだね――」

「飯泉監督は、自分を貶《おとし》める嘘をついてまで選手を――蒼真を護《まも》ろうとしたんです。そんな監督を、どんな事情か詳しく調べもしないで『簡単に』辞めさせた学校側に対する、これはオレたち野球部からの正式な抗議です」

樋渡はきっぱりと放った。

「校長先生っ！」

後方に立っていた流風が、部員をかき分け校長の前に出た。彼女は、今にもあふれそうな涙を必死に塞《せ》き止めている。

「こんなふうに疑われたり、弁解しなきゃいけないことなんて、本当に何もなかったんです！　監督は嘘をついてまで……。あんな嘘をついてまであたしを庇ってくれて……」

堪《こら》えきれず吐き出した流風は、勢いよく膝を折り、冷たい床に両手をついた。

「お願いですっ！　飯泉監督を辞めさせないでくださいっ！　お願いします――――！」

そして、床に向かって悲痛な叫びを上げた。

「お願いします――――！」

星野《ほしの》も、膝を折った。

「お願いしますっ！」

北見・小岩井・笹原《ささはら》も続く。

「お願いします――――っ！」

愛乃も涙ながらに床に手をつき、その横で片桐と鳴海《なるみ》も頭を下げた。一、二年生部員もすべて、同様に土下座へと移る。そして、最後に逢葉と樋渡がゆっくりと身体を沈ませた。

「オレたちに、飯泉監督を返してください。あの人じゃないとダメなんだ。オレたちは、あの人じゃないとダメなんです！　お願い……お願いします――……」

――それは、壮観な光景だった。何十年と教育の現場にいるが、校長はこんなに目頭《めがしら》の熱くなる経験をした記憶がない。まだまだ未熟な生徒たちでも、自分を犠牲にしてまで誰かを思いやることができるのに、自分はいつの間にか曇ってしまった眼鏡《めがね》でしか物事を見ることができなくなっていた……。校長はそんな自身を恥じ入り、そこまで生徒に慕《した》われる飯泉をうらやましくも思った。

「立ちなさい……」

校長は膝を折り、震える流風の肩にためらいがちに手を置いた。飯泉が、監督として選手のことを第一に考えていたことは知っている。今回の飯泉の告白は〝嘘〟だともわかっている。だが、それを真実として捉えたのは、そうする方が都合がよかったから……。苦悩する校長に、頭を上げた樋渡が言った。

「オレたちは、二人を閉じこめた犯人を探したいわけじゃない。ただ、飯泉監督の処分を取り消して欲しいだけです」

立ち上がり、樋渡は校長の頭上から浴びせるように言葉を繋《つな》げた。

「オレたちには覚悟があるってことを、知ってください」

残る全員も次々と立ち上がり、決意に満ちた眼差しを校長に向ける。

「失礼します」

そして一斉に頭を下げ、校長室から出ていった。

退部届の山を、その場に残して――……。

「……まさかおまえがここまで思いきったことを提案するとは思わなかったな」

逢葉は、半ば呆れたように声をかけた。

「だよな。けどおまえ、ちょっとカッコよかったぜ?」

あれほど重大なことをしでかした割にさばさばとしている北見が、からかうように言う。だが樋渡はくすりと

も笑わず振り返り、部員たちに向けて深々と頭を下げた。

「おまえらの気持ちも考えず勝手な真似《まね》をして、すまなかった――」

矜持《プライド》の高い樋渡が見せる、それはある意味衝撃的な姿だった。

「やめて……樋渡くん――」

本来、頭を下げるべきは、何度下げても下げ足りないのは、自分なのに――。流風は、常に自分の前をゆく樋渡のそんな姿を直視できなかった。だが同時に、「……司は、本当はすごく優しい人なんです」と瞳子が言ったように、今、眼前に投げ出された樋渡の姿こそ、真の彼なのだと思った。

「樋渡さんは、やっぱ男っす！　オレ、どこまでもついて行きますよ！」

頭を下げたままの樋渡に声をかけたのは、彼を尊敬してやまない鳴海だった。

「退部届を書いた時点で、みんなもう〝一蓮托生《いちれんたくしょう》〟なんっすよ！　そうだろ？　ねえ、そうっすよね!?」

「……つうか、〝一心同体《いっしんどうたい》〟の方がよくねぇか？」

意外と博学な発言をした小岩井に、一斉に視線が注がれる。

「確かに〝一蓮托生〟って言ったら、悪い結果になるのも一緒、みたいな感じだもんなぁ」

「ああ、もーっ、どっちだっていいじゃないっすか！　オレの言いたいことは伝わったでしょ!?」

解説を入れる笹原に食ってかかる鳴海。そこに笑いが起き、徐々に和やかな雰囲気へと変わる中、樋渡は流風の腕を取り、その輪から離れた。

「樋渡くん……」

「礼は言うな」

片手を挙げて流風の言葉を制し、樋渡は彼女がよく知るいつもの雰囲気で話し始める。

「借りは返したからな」

「……借り？」

「瞳子の分だ。あいつは何も言わないが、世話になったんだろ？　そのことに関しては礼を言う。けど、あいつとはもう関わらないでくれ」

流風にはわかった。自分が瞳子と会うことで、瞳子が野球をやっていた頃の楽しい記憶、そしてつらい記憶を思い出してしまうのではないかと案じる樋渡の優しい気持ちが鏤《ちりば》められていることに……。

「それから、謝るのもナシだ。あの校長は、バカでも鬼でもない。近いうちに、すべて元通りになるだろうからな」

樋渡の台詞には、妙に説得力があった。それが、マウンドに立つ彼の背中が醸し出す安定感の源なのかもしれない。

「樋渡くん……」

礼も謝罪も封じられた流風は、様々な想いをこめて、ただ彼の名を呼んだ。

三日後、樋渡の予言通り、飯泉は野球部へと戻り――すべてが元通りになった。校長から子細を聞かされ、頭を下げられた時、あの飯泉が思わず男泣きしたという。そして、退部届は一枚一枚、飯泉の手によって切り細裂《こまざ》かれ、春空に吹雪《ふぶき》のように舞った。飯泉は、その白い紙吹雪を笑顔で見上げた――……

たった三日間だけしか天下を取れなかった明智光秀《あけちみつひで》は、こんな気持ちだったのだろうか――永澤亜沙美《ながさわあさみ》は胸の中で燃え盛《さか》る炎を感じながらそんなことを思った。

飯泉が野球部から姿を消した三日間、偽《にせ》の手紙を作り倉庫に二人を閉じ込め、スキャンダルをでっちあげることに成功した亜沙美は、密《ひそ》かにほくそ笑んでいた。だが、正式な発表は何もないまま、三日後、再びグラウンドで声を張る飯泉の姿を目撃した亜沙美は言葉を失《な》くした。「なんで……」「どうして……?」その疑問は誰にもぶつけられない。下手に騒ぎ立てれば、藪蛇《やぶへび》になりかねないからだ。ただ、はっきりとわかったことは、〝成功〟だと思ったはずの計略は、ものの見事に〝失敗〟したのだということだった。

「次の作戦考えるわよ……!」

「……亜沙美、もう……やめない?」

怒り心頭の亜沙美に追い討ちをかけるように、取り巻きの一人、マキがつぶやいた。

「えっ!?」

挑むように聞き返す亜沙美。その顔は、夜叉《やしゃ》のようで――。

「もう、やめようよ……。あんなにおおごとになるなんて思わなかったし、もしあたしたちがやったんだってバレたら、最悪の場合、退学に……」

マキは〝友〟のことが心配だったのだ。もともと強気な性分だったが、ここまでなりふり構わず人を陥れようとすることは今までになかった。マキは知った。入部テストで飯泉に一蹴《いっしゅう》された、たったあれだけのことが、亜沙美にとってとてつもなく重大な出来事だったことを。そして、おそらく亜沙美が、これまでの人生で屈辱や敗北感をほとんど感じたことがなかったのだということを……。そしてその八つ当たりの矛先《ほこさき》は、自分がいるはずだった場所にいる女、流風に向けられていた。

「ビビってんなら、勝手にやめれば？」

亜沙美は夜叉の形相のまま、マキに背中を向け歩き始めた。

「ちょ、ちょっと待って、亜沙美……」

戸惑いながらもマキは、亜沙美の後を追った。

帰りの会が長引き、部活へ急いでいた流風は、階段の踊場《おどりば》で亜沙美とその取り巻きたちに出くわした。流風の選択肢は一つ——関わるまいと無視を決め込み、彼女たちの横をすり抜けようとした。その瞬間、嫌味な声が流風を制した。

「運のいい人ね」

流風はハッとした。その一言で十分彼女の真意を理解できた。

「……あなただったの――……」

無視、できなかった。自分たちはただ、運がよかったわけではない。たくさんの支えがあり、助けがあって乗り越えたのだ。それなのに――。

「それとも、校長先生が笑って許してくれるようなサービスでもしたのかしら？」

もはや隠す気など毛頭ない亜沙美は、引きつった笑みを押し出しながら言った。流風は、血が滲《にじ》む勢いで口唇を噛みしめ、亜沙美に背を向ける。だが、亜沙美の言葉の暴力は、その背中を的にして再び放たれた。

「きっとあの監督にもたっぷりサービスしてるんでしょうね。じゃないと、女のあんたがレギュラーになれるはずがないもの」

理性が――野球人としての矜持《プライド》がなければ、白球を握る大事なこの手で亜沙美を張り飛ばしているところだ。動き出してしまいそうな身体をようやく抑えたが、湧き上がる心の叫びは抑え切ることができなかった。

「監督を……野球部を侮辱《ぶじょく》しないで！」

普段温厚な分、この時見せた流風の顔は、亜沙美に負けぬ夜叉の如き形相だった。流風は、これ以上の問答は無用だと言わんばかりに踵《きびす》を返す。一瞬怯んだ亜沙美だが、同時に闘争本能に火が点《つ》いた。そして、心の奥底から湧きあがった激しい怒りが、亜沙美の細胞を、神経を支配し――突き出した両手が、流風の背中をきれいに捉えた。

誰にも……それは、亜沙美本人にさえも止められない衝動だった。自分のものではない力によって押し出された流風の身体はバランスを失い、鳥のように宙を舞った。一瞬の後、慌ただしく痛々しい打撃音を残し、自由を失った流風の身体は為《な》す術《すべ》なく数メートル下の硬い床へと墜落《ついらく》した。

「……亜……沙美……」

見るに及ばず、階下に転がる惨劇は、マキにも容易に想像できた。目の前にいる〝友〟は間違いなく罪を犯した――。真の友なら、こんな時、己の罪を認めさせ、悔い改めさせるべきなのだろう。だが、マキはそうできなかった。なぜなら、亜沙美の悪事が露顕《ろけん》すれば、自分も巻き添えを食うことになる……。

「逃げよ……?」

やっとの思いでマキはそう、口にした。

硬く、冷たい床が、流風の意識をかろうじて現実世界に留《とど》めていた。自分の身に何が起こったのか――。今の彼女は、それすら理解できない。いや、本能が「理解する」ことを拒んでいるのかもしれない。触れる床はひやりと冷たいのに、流風の左腕は燃えるように熱かった。

「…………」

何かを言いかけるが、声が出ない。だが実際は、何を言えばよいのか、流風自身にもわからないのだ。そのうち、左腕を発信源とした不快感を伴う鈍い痛みは舐《な》めるように方々を侵食していった。じきに、思考回路もその信号によって遮断されるだろう。そうなる前に彼女の口唇が紡いだ言葉は——。

「……傀……藤…………くん……」

夢とも呼べぬ幻想《ゆめ》の中で、流風の葛藤が続いていた。「目覚めろ」「眠るんだ」どちらも、したいようなしたくないような……。流風の無意識は綱引きのように行ったり来たりを繰り返した。しかし、流風の意識は厳しい現実へ醒めざるをえなかった。

「左腕尺骨亀裂骨折《さわんしゃっこつ》ですね。これなら、固定治療で完治するでしょう」

深刻な顔で説明を聞いていた飯泉に、医者はレントゲン写真を見つめながら、事務的に淡々と言葉を連ねた。

「どのくらいで治りますか?」

飯泉は希望を求めて尋ねる。

「個人差もありますが、肘付近ですから二か月程度と見ておけばいいでしょう」

「二か月……」

ぎりぎり、夏の県予選には間に合うだろうか? 本当に間に合わせられるだろうか……。

こんなことを、何も知らず眠る流風にどう説明すればよいのか、はじめての経験に飯泉でさえ戸惑いを隠せなかった。

失意を抱えつつも、飯泉は意を決して流風の病室の扉を叩いた。控えめなノックに、確かな反応があった。

「監督……。……あたしの怪我《けが》……酷《ひど》いんですか……?」

白いベッドの上で、流風は言葉を途切らせながら尋ねた。

「………………」

相手を思いやる嘘は尊いが、自分がここで嘘をつくことは、現実から、流風から逃げることを意味していた。自分が今つけるあらゆる嘘は、相手を思いやるものではない。真実と同等になれるものではない。それでも、もう少し流風の心が落ち着いてから話せたらよかったのだが……。飯泉は、何度も口唇を噛みしめながら絞り出すように聞いたばかりの病状を告げた。

「……骨折、ですか……?」

今なら、傀藤の気持ちが真に理解できるのではないか……。飯泉の言葉を冷静に受け止めた流風の脳がそう分析する。だが、心は置いてきぼりを食らったように凍りついたままだった。

「……すみません、監督……。一人に……してもらえませんか……?」

ようやく、意思と声とを直結させられた流風は、定まらぬ焦点でそうつぶやいた。その瞳がかろうじて映すのは、洗濯の行き届いた純白のシーツ……。それは、今の自分の心とは対照的すぎて、流風は、潤いを帯びた両目を固く閉ざした。

願いとも呼べぬ、流風の悲痛なそれを受け入れるしかない飯泉は、かける言葉さえ探し出せず白い部屋を後にした。緩やかに閉ざす扉の音が合図でもあったかのように――。

「……ふふっ……はっ……はっはっはっはっ…………」

〝白〟が隔てた病室から、飯泉が人生の中で一度も耳にした記憶のない哀《かな》しい笑声《しょうせい》が聞こえた。だが、それはやがて嗚咽《おえつ》になり、

「あああああぁぁぁぁぁぁぁぁぁぁっ！」

最後は、すべてを砕く慟哭《どうこく》へと変わった。

「蒼真……」

何もできない……。飯泉は己の、人間の無力さに直面していた。


泣いているという、実感はなかった。ただ、腹の底から湧き上がる憤怒、暗澹《あんたん》――。それが、理性という名の堰《せき》を破って、流風の体外へ放出される。「なぜ？」そんな疑問詞は必要ない。どんな理由があっても、どんなに憎まれても、恨まれても、他人からこんな仕打ちを受けてよい道理はない。自分の腕が折れてよい理由などあるわけがない。

「うぅっ……っ……あっ……あああぁぁぁぁぁ………」

咳《せき》と吃逆《しゃっくり》が絡まった嗚咽が、流風の喉を焼く。その熱と左肘を襲う熱とが少しずつリンクして……。流風はあらためて、逃れられぬ現実を知った。

その後、彼女は三日間誰とも口をきかず、ただぼんやりと窓の外の景色を眺めていた。

そんな流風を、さらに絶望の底へ叩き落とす出来事が起こった。


「……森宮さん…………」

流風が入院する病院の、内科病棟の白い個室に眠る愛乃は、それに負けぬほど白い顔をしていた。まるで、人形のように生気のない肌……。その横で、愛乃の母が肩を震わせている。愛乃は部活に行く途中で倒れ、救急車で運ばれてきたのだった。急患が同級生らしいと看護師に聞いて来てみた流風は、個室の扉を開けたまま、一歩も中に入れず立ちすくんでいた。

「愛乃さんのご容態《ようだい》は……？」

駆けつけた飯泉は愛乃の顔を覗き込んで、つぶやくように問うた。愛乃の母はそれに、細い細い声で答えた。

「ご存じなかったんですか……？　この子は……愛乃は心臓に重大な病気を抱えているんですよ……？」

言うなり、愛乃の母は娘の身体に突っ伏し泣き崩れた。

「…………！」

「……許すんじゃ……許すんじゃなかった――……」

飯泉はこれ以上、何も聞けなかった。尋ねたとしても、愛乃の母は何も答えられないだろう。

大人の女性がここまで泣きじゃくる姿を見るのは、流風にとって二度目のことだった。最初は、父が亡くなった時の母の慟哭《どうこく》。……哀しい、姿だった。

「……っ」

流風は耐えきれず、その場から逃げ出した。

愛乃は、自分を助けるために野球部のマネージャーになってくれた……。

（……あたしはどうすればいいの……？　森宮さんが倒れたのは…………）

自分を助けるために……。

（……倒れたのは…………）

言葉にしたくない言葉が流風の頭の中を駆け巡る。

（……倒れたのは…………）

しかしどうしてもここに辿《たど》り着き、流風の心を支配する。

（……あたしのせい…………）

流風は廊下の片隅で立ち止まり、両手で顔を覆い、うずくまった。


「傀藤っ！　……これ、読んだか!?」

流風が怪我で休養を余儀なくされていることはスポーツ紙に載り、京都へも飛び——洛《らく》安《あん》高校の選手、奥貫《おくぬき》の手によって傀藤のもとに、もたらされた。

「これっ！　これって、湘央高校のあのコやろ!?」

〝湘央高校のあのコ〟――選抜でのあの出来事は、洛安高校野球部員の間でも話題になっていた。他人に興味を示さない傀藤が、大勢の見ている中、話題の女子選手の許へ駆け寄り、堂々とその手を取ったのだから、騒ぐなという方が無理な話だ。面と向かって聞けぬが、あの女子選手は傀藤にとって特別な存在なのではないか。そんな臆測がなされていた。そんな中舞い込んだこの悲劇的ニュースは、他人に興味を示さなくなった傀藤が、動揺や心配で感情を動かすところを見せてくれるのではないかと、奥貫は思っていた。

「事故やって。かわいそうやなぁ……」

「傀藤……おまえやったら、彼女の気持ち、理解したれるんやないか……？」

いつもはこの手の話題をうまく収拾する役目を担う楠本《くすもと》も、そんな台詞を傀藤に投げかける。

「……ああ、わかるで？　気色悪いくらいにな」

両の目だけ笑っていない傀藤の〝笑顔〟に気圧《けお》される楠本。部員たちは、それこそ興味津々で二人の会話に耳をそばだてている。傀藤はふっと頬を緩め、目を伏せた。

「でも無駄や。今、あいつに必要なんは、上辺《うわべ》だけの励ましやない」

グラウンドの真ん中に出て、傀藤は遠く繋がる空を仰いだ。彼女の住む街は、東の方角だろうか。彼女の街の空は雨だと、朝の天気予報が告げていた……。傀藤は、見えるはずのない〝碧〟と〝灰色〟の境界線《さかいめ》を探した。

「……自分で、乗り越えるしかないんや……」

誰にも何もできない。傀藤は空に向かってつぶやいた。

その日、帰宅した傀藤は、押し入れで埃《ほこり》をかぶったままになっていた〝想い出のメダル〟を手に取った。

「チャンスは……あと一回やで……」

乱れたベッドに身体を投げ出し、傀藤は掌のメダルをそっとかざす。

「銀って、放っといたらこんな色になんねんな……」

くすんだ偽物《にせもの》の〝銀〟はまるで、「捨てた」と言い放った想い出そのもののようで——選抜開会式直後に流風から差し出されたメダルの美しさを思い出し、傀藤は一人苦笑するしかなかった。


一度転げ落ちた階段を上る一歩を踏み出すのは、至極《しごく》勇気のいるものだ。恐怖と絶望を乗り越えて、竦《すく》んだ足を動かすことは難しい。

練習中、もしくは試合中に負った怪我か、本当に不慮の事故で負った怪我なら、亀裂骨折は日頃鍛えている流風にとっては軽い怪我だった。肉体《からだ》のリハビリは、すぐにでも始められた。だが、今の流風に必要なのは、肉体ではなく、精神《こころ》のリハビリだった。

甲子園への最後の挑戦になる予選大会まで、あと少ししか残っていない。今からリハビりをして間に合うのか。以前と同じように投げられるのか。流風の心は恐怖に支配されていた。それに、人の悪意は簡単に〝自分〟を絶望へ突き落とす。そんな自分の方は友人に無理をさせているのに気づかず、倒れさせてしまう。悩んで悔やむごとにますます勇気は心の奥底で萎縮していった。答えの出ないことを逡巡《しゅんじゅん》し、流風は一日の大半を、白い天井と向かい合うように過ごしていた。

一週間が過ぎた。これほど怠惰で無為に過ごした日常を経験したことは、流風にはない。

「気分転換に、庭でも散歩してきたら？」

娘の着替えを持ってきた流風の母が、〝看護師〟ではなく〝母親〟として促した。

「……うん」

自分の勤める病院への転院を勧める母の気持ちを拒んだという後ろめたさから、流風は渋々ながらも応じる。陽射《ひざ》しを受けてのんびりと散歩なんて……本当はそんな気持ちになれなかったが、流風はジャージを羽織り、病室を後にした。

大きい病院に相応な広い中庭は、ちょっとした公園のようだった。あまり手入れが行き届いていない芝生と、ところどころ植えられた落葉樹。その下に設えられた木製のベンチ。車椅子の入院患者や、通院帰りに一服しているのであろう老夫婦の姿、パジャマ姿でサッカーボールと戯れる少年の笑顔など、その箱庭のような空間には、様々な人間模様が鏤められていた。自分は、この〝箱庭〟の一部にはなりたくない――。もともと、気の進まなかった散歩だ。流風はそのまま踵を返そうとした。そんな彼女の足許に、粗い芝生を跳ねるように鮮やかなビニール製のボールが転がってきた。

「すみませーん。ボール投げてくださーい」

小学四年生くらいだろうか、流風と同じくパジャマ姿の少年が、礼儀正しく頭を下げた。入院しているのに、なぜあんなふうに笑っていられるのか……。流風は、視線を足許のボールに落とす。いくら利き腕を負傷しているといっても、ビニールのボールをわずかな距離、利き腕ではない右手で投げ返すくらい造作もないことだ。だが――流風の身体はその動作に移れなかった。少年の顔が不思議顔に変わる。その時だった。

「――ボールくらい、取ってあげなよ」

そう言った声の主が、流風の足許のボールを拾い上げた。

「ありがとうございましたっ」

少年の礼儀正しさは、おそらくリトルリーグ仕込みだろう。弓形に投げ返されたボールを両手でしっかりと捕球し、少年は自分の世界へと戻っていった。

「……梶……さん……」

髪が伸び、眼鏡をかけていたが、少年にボールを投げ返した人物、それは間違いなく彼だった。かすかな懐顧と共に苦い記憶が甦《よみがえ》る。こんな時に再会するなんて……。

「逢いたく……なかったよね、僕なんかと」

抑えきれぬ感情が流風の顔に顕《あらわ》れていたのだろう。梶は、儚《はかな》げに微笑んだ。

「…………」

さすがに、流風も「逢いたくなかった」などと口に出せない。だが、口ほどにものを言う目が、彼女の内なる感情を梶に告げた。

「口も……ききたくないか」

「…………」

そんな空気にも自分自身にも耐えきれなくなった流風は、梶の眼鏡の奥にある眼差しから思わず目を逸《そ》らした。いたたまれない——麗《うら》らかな日和《ひより》をまるで無視した重苦しい雰囲気から逃れようと、流風は踵を返そうとした。

「僕ね、この春から、定時制の高校に通い始めたんだ」

梶は立ち去りたそうな流風に構わず話を始めた。

「こんな僕がって思われるかもしれないけど、ゆくゆくは福祉関係の仕事に就きたいと思ってるんだ。償《つぐな》いとかそんなんじゃないよ。ただ、こんな自分でも誰かの役に立てるなら……自分が存在する意味も、見つけられるんじゃないかなって」

いつ立ち去ってもいいはずなのに、流風は足をその場から動かすことができず、ただ背中で梶の声を聞き続けた。

「……時々ね、病院の小児科を回って、入院してる子供たちを相手に絵本の読み聞かせをさせてもらってるんだ。ボランティア……なんて、大層なものじゃないんだけどね」

ちらりと盗み見た梶の横顔は、木漏れ日を浴びてきらきらと輝いていた。梶の時間は、紅白戦のあの日から確実に動き出している。自分の進むべき道を見つけ、いきいきとしている……。そのことを知ったのがこんなタイミングでなければ、流風は手放しで喜べただろう。だが今は……目の前の梶に、ある種の嫉妬が生まれていた。

「これから小児科病棟で読み聞かせなんだ。蒼真さんも聞きに来ない？」

梶はごく自然な調子で彼女を誘った。即答しない流風に、梶は再び言葉を投げた。

「……ごめんね……蒼真さん…………」

たった一言の謝罪――それだけを残し、梶は白い建物へと消えていった。

読み聞かせなど……散歩以上に気が進まない。だが今の弱った流風の精神《こころ》には、自分を〝嫌っているはずの〟梶からの謝罪が心地よかったのかもしれない。

流風はゆっくりと右足を踏み出し、梶の背中を追った。

「ぼくは、片っぽうの羽が曲がってうまく飛べない。だから、いつも仲間はずれにされるんだ」

小児病棟の一画にあるラウンジに、うまい具合に抑揚をつけた台詞と共に大きな絵本を捲《めく》る梶の姿があった。読み聞かせに熱心に耳を傾ける子供たちの数は二十人……いや、もっといるだろう。大病院だが、それでもこんなにたくさんの子供が入院している現実は、流風にとってある意味衝撃的だった。

「見て見て、飛べたよ？　まっすぐ飛べたよ！　《スカイ》は、何度も何度も練習しました。

一人ぽっちで練習しました。そして、とうとう空へ旅立つことができたのです」

子供たちに向けられる梶の優しい顔は、二軍監督として流風の前に現れたあの日の彼そのものだった。あの時に戻れたら、自分の存在が梶を追い詰めずに済む道を歩めるだろうか……流風は思いを巡らせた。


「手術日が、決まったんです……」

飯泉は、愛乃の母親からそんな報告を受けた。告げられた手術日は、まだずっと先の、夏の甲子園・神奈川県予選決勝予定日と同じ日だった。

「これも……何かの巡り合わせかしらね……」

愛乃の母はしみじみとつぶやき、飯泉に淡い色合いの封筒を差し出した。受け取って見ると、愛乃らしいかわいい文字で、〈蒼真流風様〉と書かれている。

「これは……?」

飯泉が尋ねると、愛乃の母は弱々しく微笑んだ。

「この子ったら、日頃から自分に何かあったら机の一番上の引き出しに入ってる日記を読んでくれって……まるで遺言のように言っていたんです……。それを思い出して……見たら、この手紙が挟《はさ》んであって……。この日記を読む事態になったら、これを蒼真さんに渡してくださいと書かれていたんです」

娘の覚悟を想い、愛乃の母は喉を詰まらせる。母の、愛乃の想いを受け取った飯泉は、深々と頭を下げた。

——流風にもわかっていたのだ。誰に手を差しのべてもらっても、立ち上がるか否《いな》か決めるのは結局、自分自身だということが。

梶の許を逃げ出した流風は、その足で屋上へ向かっていた。嫌味なほどの晴天。春の嵐を携える雲が流れ去ったその空を、潤んだ瞳で見つめる流風。彼の——傀藤の住む街はどちらの方角だろう……。求めて、探して、流風はその場にへたり込んだ。

「夏は、マウンドへ帰ってこい」

「あなたならきっと、きっと司を救ってくれる……」

「オレはおまえを誇りに思うよ、蒼真……」

傀藤の、瞳子の、飯泉の言葉が、次から次へと流風の心に甦る。

(息が……できない——……)

流風は右手をコンクリートの床に突き、ゆっくりと、ゆっくりと立ち上がる。そこに、答えなどない。だが流風は、何かを求めるように碧い空を仰いだ。風が駆ける。湿気と熱を含んだ風が。夏はもう、すぐそこまで迫っている……。

全力疾走を何度も繰り返した後のような、そんな疲労感を漂わせながら、流風は病室へ戻った。母親の姿はなかったが、代わりに、白いシーツの上に一冊の絵本と一通の手紙が行儀よく置かれていた。

『もう一度空へ』――それは、先ほど梶が子供たちに読み聞かせていた絵本だった。溜め息が一つ、流風の口からこぼれた。美しい挿絵に心惹《ひ》かれ、彼女の指はついページを捲る。

《スカイ》という、渡り鳥が主人公の絵本――ほかの鳥に襲われ、羽が曲がってしまったスカイ。そのせいで、うまく飛べなくなってしまったスカイ。優しい鳥たちに励まされ、もう一度羽ばたく決意をしたスカイ。たった一人で飛ぶ練習をしたスカイ……。

「……スカイは、仲間のどの鳥よりも速く、高く飛べるようになりました」

流風は思わず、最後の一文を言の葉に乗せた。まるで、自分もそうなりたいと願うかのように。

（またいつか、対戦できたらええな）

傀藤の言葉が、約束が、流風の胸に甦る。

「……速く、高く飛べるようになりました」

もう一度……空を翔《と》べる？

（夏は、マウンドへ帰ってこい）

まるで、たった今耳許で囁《ささや》かれたように、甲子園のマウンドの土と共に受け取った傀藤の言葉が、流風の胸を埋め尽くした。そしてその隣に置いてあった、かわいらしい文字で「蒼真流風様」と書かれた手紙を、流風は開けた。

「梶……？」

何か、予感でもあったのだろうか……。今日に限って部活の途中で抜けてきた飯泉が、〝箱庭〟のベンチで佇《たたず》む梶の姿を見つけた。

「……監督」

立ち上がり、恭《うやうや》しく頭を下げる梶。梶が方々の病院で読み聞かせをしている話を聞いていた飯泉は、ゆっくりと上げられた彼の表情で、流風と逢《あ》ったのだと悟った。

「……悪かったな、梶。蒼真のこと、おまえに話したら——おまえなら、もしかしたらなんとかしてくれるんじゃねぇかって考えてたんだ」

飯泉は、申し訳なさそうに頭を下げる。

「そんな、謝らないでください」

梶はあらためて、自分がなぜこれほどまで飯泉という人間を敬愛するのかわかった気がした。こんなに正直で、飾らない大人はいない。少なくとも、自分の周りには……。

「僕の方こそ力になれず、すみませ——」

再び下げようとした頭を、語尾と共に止める梶。彼の視線の先には、

「……蒼真……さん………」

西陽《にしび》に見え隠れする流風の姿があった。二人の存在に気づかず〝箱庭〟の一部となる流風の足許に、鮮やかなボールが転がってくる。既視感《デ・ジャ・ヴ》に似たその風景を、梶も、はじめて目にする飯泉も、無言で見つめていた。

「すみませーん。ボール投げてくださーい」

叫んだ少年は、相手の顔を見てハッと気まずい表情を浮かべる。この人に頼んでもボールは返ってこない……そう思った少年が、自らの足を踏み出す。同時に、流風の身体がゆっくりと沈み、右手が、鮮やかなボールに触れた。少年は反射的に立ち止まる。流風は掌中の柔らかいボールの感触を確かめるよう器用に捏《こ》ね回し、そのままチェンジアップの握りへと移行させた。いつもとは逆、右足を軸にして左足を上げる。動かせぬ左腕を下に伸ばしたまま、流風は少年にボールを投げ返した。慣れぬ右手、ばらばらなフォーム、ビニール製のボール……それらしく握っても、チェンジアップなど投げられるはずがない。ピンクのボールは、ただ普通の回転をしながら少年の両手の中に吸い込まれた。しっかりと捕球したボールを見つめていた少年が、こぼれるような笑顔を流風に向ける。

「ありがとうございましたっ」

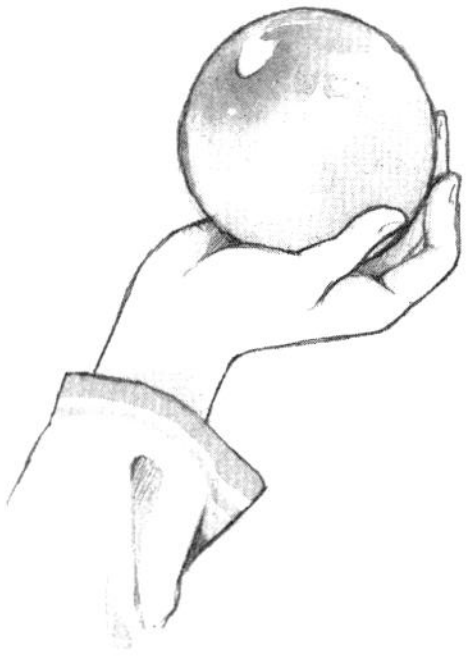

先ほどは受け取れなかった礼を、流風は、今度こそしっかりと受け止めた。

「ナイスピッチング！」

思わず飯泉は叫んだ。流風がハッとした顔で振り向く。その流風に、飯泉は左手を握り、親指だけを立てて見せた。隣にいた梶も、飯泉と同様に立てた親指を突き出した。

「…………」

一部始終、見られていたばつの悪さで、うつむいた流風だったが——粗い芝を見つめたまま、立てた親指を二人にかざした。

三日後、流風の姿はグラウンドにあった。その利き腕は彼女のものではない〝白〟に痛々しく包まれていたが、それより何より彼女の表情が凛々《りり》しくあったことに部員たちは驚き、同時に安堵もしていた。腕が細くなるからと、流風はギプスではなく、テーピングとサポーターでの固定治療を選択した。医者は事務的に「全治二か月」程度との診断を下したが、努力次第でその期間は短縮されることもある。実際、一流のプロスポーツ選手の多くがそうした努力で怪我を克服しているのだ。その事実が、流風を勇気づける。

空も、樹々《きぎ》も、風も、夏の色を纏い始める。流風の左腕も徐々に元の姿を取り戻していった。

「…………」

そんな流風の姿を、部員たち同様安堵の眼差しで見つめる人影があった。——マキだった。あの事件の日からずっと、マキは良心の呵責《かしゃく》に押し潰《つぶ》されそうだった。友の、自分の犯した罪の重さに恐怖すら感じていた。こうして誰にも見咎《みとが》められぬよう流風の様子を探る毎日も二か月が過ぎようとしている。彼女が——流風が怖々《こわごわ》白球を投げる姿を見た時、マキは思わず涙を流した。安堵と感動、懺悔《ざんげ》がない交ぜになった、そんな涙だった。

「……ごめんなさい……蒼真さん………」

ただ人知れず謝るしかない。もう一度翔び立つ彼女の美しい姿を、その瞳に焼きつけながら。

蒼真流風様

この手紙を読んでいるあなたが、どうか傷ついていませんように……。蒼真さん、わたしはずっと嘘をついていました。病気のこと……知ってしまったら、蒼真さんは絶対、わたしを説得したでしょう？　マネージャーを辞めるようにって。だから、黙っていました。ごめんなさい……。あなたは、どんな形で知ってしまったかしら……？　それだけが心配です。わたしは、病気のせいでいろんなことをあきらめてきました。バレリーナになる夢も、運動会のかけっこで一等を取る、小さな夢も……。それでも、命があるだけマシなんだって、そんなふうに自分を慰めることばかりうまくなって……いつしか、夢をみない自分が本当の自分として、わたしの中に存在していました。それで、いいと思ってた。でも……蒼真さん、あなたと出逢ってわたしは変わりたいって思うようになったの。そして……少しは、変われたんじゃないかって思っています。夢をみたことで命が失くなったとしても、わたしは少しも哀しくありません。胸を張って、素晴らしい人生だったと言えるから……なんて、遺言っぽくなってしまったけど、もしも……蒼真さんがこの手紙を読んでいる時わたしの命が消えてしまっていても、どうか、哀しまないでください。そして、自分を責めたりしないで。そのエネルギーを、夢への力に変えて欲しいの。わたしは、いつも蒼真さんが見上げる碧い空にいるから。ずっと見守っているから……。わたしを、甲子園の空へ連れて行ってください。

大好きな蒼真さんへ――森宮愛乃より

七月に入ってすぐ、飯泉は当初の予定通りレギュラー選抜テストを実施した。流風の左腕の怪我は医者の診断より二週間ほど早く回復したが、不安材料がないわけではない。それでも、立ち止まることはできなかった。

「腕の怪我、本当に大丈夫なのか？」

ベンチに深く腰を据え、テストの様子を眺めていた樋渡が、離れて座る流風に声をかけた。

「えっ……？」

空耳かと思い、反射的にそう聞き返す流風。樋渡は正面を向いたまま、言葉を続けた。

「あいつ……瞳子がさ、『甲子園に行きたい』って言ったんだ……」

「瞳子さんが……？」

樋渡は帽子を取り、照れ隠しに頭を掻《か》いた。

「あいつが何かをねだるなんて……目が見えなくなってはじめてのことなんだ」

「そう……なんだ……」

最初に吐き出した質問とは無関係とも思える樋渡の話に、それでもついていく流風。

「応援に行きたいんだって……オレと、おまえの……」

「えっ……？」

少しずつ、樋渡の言葉と真意が見えてくる。流風は、脱いだ帽子を胸許で抱きしめた。

「……ったく、簡単に言ってくれるよな。オレはともかくおまえはレギュラー取れるかどうかもわかんねえのに……」

思わず、流風は噴き出した。最後の夏になって、ようやく樋渡という人間がわかった気がする。照れ隠しの冗談。そんな冗談を自分に披露してくれるようになった樋渡と、本当の意味で〝仲間〟になれた気がした。

テスト初日、一年生投手は散々な結果に落胆していた様子だったが、同時に自分たちを打ち込んだ頼もしい上級生のいるチームに入れたことを誇りに思っているようだった。そして翌日の上級生のテスト。最初にマウンドへ上がった鳴海は選抜、春季大会と実戦を経て、心身共に一回り成長していた。二番手は樋渡。こちらは、いうまでもなく、圧巻の投球内容。十三奪三振。ヒットは、片桐に許した左翼前《レフト》一本だけだった。

そしていよいよ流風の投球。打席に立った一年生部員は度胆《どぎも》を抜かれた。先輩とはいっても、女子であることに変わりはない。悪い言い方をすれば、「ナメてかかって」いたのだ。

だが、投球練習ができない間、鍛えてきた下半身がものを言った。流風の球速は確実にアップしていたのだ。スピードガンで弾き出される球速はおそらく140㎞／h近いだろう。女子選手が投げる球としては別格であるはずだ。注目すべきは、初速と終速の数値。流風の球は、そこに開きがほとんどないため、打者の体感速度は140㎞／hと違わない。加えて、手許で伸びるように感じるため、打者は振り遅れてしまうのだ。流風のしなやかな左腕から繰り出されるスピードボールとカーブの旋律に、下級生の打者はきりきり舞いだった。

三年生部員の先頭を切って打席に入ったのは、強打者・片桐。ヘルメットを整える左手の下から、マウンド上の流風を見据えた。

気にいらない。

片桐はバットを水平に持ったまま屈伸し、二年生捕手・柴田《しばた》にぼそりとつぶやいた。

「シビれるリード、してみろよ」

「……え？」

当然の如く戸惑う柴田に、片桐は愉快げな表情を突き返した。

「わかってんだろ？」

「プレー」のコールがかかる。片桐は、片手でぐるりと回したバットの先を流風に向け、再び彼女を見据える。（――チェンジアップ、投げてこいよ）マウンドからは確認できなかったが、片桐の口唇はそんな台詞を紡いでいた。そう、気にいらない理由は流風の配球。彼女はまだ、一度もチェンジアップを披露していないのだ。おそらく、これは片桐の推測だが、一、二年生との対戦の時にマスクを被《かぶ》っていた逢葉は、わざとチェンジアップのサインを出さなかったのだ。試合形式のテストまで隠しておくつもりかどうかはわからないが、自信があるからこその封印であると片桐は見ていた。

流風は口唇をすぼめ、小さく息を吐いた。今、対峙《たいじ》している片桐が湘央高校で一番の強打者だ。気合いを入れ、流風は左足のスパイクで撫《な》でるようにマウンドの土を払った。片桐への初球——柴田は、一本指のサインを出す。流風は、力強く頷いた。流風が投じたストレートは、柴田のミット目がけて宙を走る。

「ストライク!」

見逃し。片桐は左手親指の腹で乾いた口唇を一つなぞった。片桐への第二球——柴田は再び指一本のサインを送る。流風はしっかり頷く。先ほどと同じ、内角低め。相変わらず癖のないスピードボールが、大袈裟《おおげさ》に表現すれば寸分違《すんぶんたが》わぬコースへと向かって来る。そのストレートはストライクゾーンぎりぎりと瞬時に見て取った片桐は、グリップを握る両手に力をこめた。だが、素直にバットを出しても内野ゴロが関の山だと悟った片桐は、三塁方向へ流しファウルで切り抜けた。これでツーストライクと追い込まれた片桐。自身が口にした「シビれるリード」に、それでも思わず笑みがこぼれた。

柴田はマスクを被り直し、サインを出す。指三本——流風は、大きな決意と共に頷いた。遊び球はなし、三球で決める。並々ならぬ気概を指先の神経へと送り込む流風。普段の穏やかな雰囲気が一片も感じられぬ視線の先の〝投手〟に、柴田はしばし見惚《みと》れていた。片桐への第三球――柴田は、左打者・片桐の内角へミットを構える。柴田は目を瞬かせ、流風の一挙手一投足に全神経を集中させた。大きく振りかぶる。上げた右足のスパイクから、食《は》んでいた黒土がこぼれ落ち、マウンドへと還《かえ》る。踏み込んだ右足が再び地面を食む。満を持して、しなる左腕。

（えっ……!?）

柴田は目を見開いた。チェンジアップのサインに頷いたはずなのに――その腕は、ストレートの振りだった。片桐も目を見開く。三球連続ストレート……随分、ナメられたものだと、片桐の闘志にさらなる火が点いた。片桐はバットを短く持ち替え、勝負の瞬間《とき》を待つ。

（今だ――）

鋭い感覚が、タイミングを捉える。片桐は勢いよくバットを繰り出した。

勝負の行方を一番に知ったのは誰だったのだろう……。人ではなく、〝道具〟だったかもしれない。虚《むな》しく空《くう》を切ったバット、見事にくぐり抜けた白球、白を包み込んだミット――流風の投じた勝負球は、乾いた音を響かせ柴田のミットにめり込んだ。

しばし訪れた静寂ののち、

「ストライク！」

飯泉の右手が、力強く突き上げられた。三球、三振。あの片桐が、三球三振……。周囲はその結果に驚きを隠せない。だが、切って取られた片桐は違った。

「今のは……チェンジアップ……いや、サークルチェンジか？」

スイングした恰好《かっこう》のまま、片桐は柴田に尋ねる。同様になんらかの衝撃を受けている柴田は、興奮気味に答えた。

「……はいっ……そうです！」

そんな二人の背後で、飯泉は目を細めていた。ストレートの腕の振りで投げるチェンジアップへの挑戦――流風は、とうとう自分のモノにしたのだ。

「……こりゃあ、うかうかしてられねぇな」

先に投球を終えた樋渡がベンチでつぶやく。その声を拾った星野は、

「ナイスピッチング！　蒼真さん！」

至極、誇らしい気持ちだった。

背番号	名前
1	樋渡
2	逢葉
3	岡倉
4	小岩井
5	北見
6	蒼真
7	笹原
8	片桐
9	有馬
10	鳴海
11	柴田
12	平井
13	弓削
14	関矢
15	吉野
16	花村
17	池辺
18	木戸
19	堀
20	古沢

すべてのテストが終わり、発表されたメンバーが、背番号を受け取る。エースナンバーを取れなかった流風の中に悔しさは生じたが――。

（……おかえり）

手にした〝背番号6〟を、愛《いと》おしく抱きしめた。

七月、まだ梅雨空が残る中、神奈川県予選が開幕した。

湘央高校は初戦から快勝を重ねた。雨は、グラウンドを濡《ぬ》らすことなく――いつもはずれる気がする梅雨明け発表も今年は的中したようで、決勝まで快晴が続いた。蝉《せみ》も、与えられた命を謳歌《おうか》し、生きた証《あかし》を残そうと合唱する。澄み渡る海のように深い碧を纏った空が、決勝を闘う選手たちを待っていた。

「――よく勝ち残ったな。誉《ほ》めてやるよ」

先に球場へ到着していた橘が、選手ロッカー前で偶然出逢った流風に先制パンチを繰り出す。彼に勝ちたい気持ちは、流風の中で一層強く大きくなっていた。（わたしを、甲子園の空へ連れて行ってください）――愛乃の願いが、加わったからだ。彼女を、〝空〟ではなく、甲子園のスタンドに連れて行きたい。

「橘くん……あたし、負けないから。試合にも、あなたにも」

そのカウンターがおもしろくなかったのか、橘は乱暴に帽子を被り直し、駆け去ってゆく。揺れる〝背番号5〟が、思いのほか小さく見えた。

午後一時、プレイボール。

けたたましいサイレンが、ざわつく場内を巡った。

先攻は湘央高校。是が非でも先制点が欲しかった湘央だったが鎌倉共栄《かまくらきょうえい》の安定した守備に、三人で攻撃を終了することになってしまった。

「すまん、片桐」

北見や小岩井たちは揃って頭を下げる。四番の前に走者《ランナー》を溜《た》めるのは、攻撃の基本だ。

そんな彼らに、片桐は頬を緩めて見せた。

「オレは、当たり前のように野球をやってきて……森宮みたいに病気でもなく、蒼真みたいに偏見を持たれることもなく野球をやって……それが普通だと思ってた」

十分な水分を補給しながら、片桐は言った。

「でも、今はすっげえ思うんだ。オレは、幸せなんだって。だから……おまえらと野球やれんのが楽しくてしょうがねぇんだよ。野球は、九回までやって1点でも多く取りゃ勝ちなんだ。まだ始まったばっかだろ？　くよくよすんな」

――片桐の言葉は、飯泉の決断を絶対的な誉《ほま》れに変えた。それは蒼真流風を入部させたということ。そのおかげで、ただ古くさいだけの、それが〝伝統〟だと思っていた湘央高校野球部は大きく変化した。変わるには勇気がいる。そして、その勇気はもっと讃《たた》えられるべきなのだ。

飯泉は、頼もしく成長した大切な教え子の後方で揺らぐ観客席を望む。流風がグラウンドに現れれば、すぐに矢のような野次や暴言が飛んでくるだろう。それを防ぐ楯《たて》を装備できるのは彼女だけだ。傷つきはしても、もう逃げないだろう……。飯泉は、讃えられるべき勇気の背中を、力強く押し出した。


数多《あまた》の敵意は、夏の暑さをものともしない。守備位置に就く流風を待っていたのは、想像以上に汚い野次だった。

「キャッチャー、ショートのお嬢ちゃんにマスク貸してやれよー！　顔に傷がついたら、嫁のもらい手がなくなるぞー」

誰かが放った暴言に、賛同者が拍手や指笛を送る。

……今日も暑い。これからもっと、気温が上がりそうだ……。流風は、熱を含む吐息をグラウンドへ逃がす。樋渡が、北見が、小岩井が……湘央ナインが心配そうに流風を見つめる。だが、流風は力強く上げた顔に凛々しい笑みを湛えていた。まるで、周囲の雑音など聞こえていないかのように。


一回裏、鎌倉共栄は一番から九番まですべて右打者で揃《そろ》え、それを苦手とする樋渡対策と、遊撃手《ショート》「蒼真流風」に攻撃の的を絞る作戦を仕掛けてきた。右打者が放つ遊撃手への強烈な当たりを集中的に浴びせ、早い回で流風をグラウンドから引きずり降ろそうというもくろみだ。

だが鎌倉共栄の打者は樋渡の快投の前にあえなく倒れ、結局、策は不発のまま初回の攻撃を終えた。

二回表、湘央は四番・片桐からの攻撃。相手の守備は、長打を警戒して内・外野とも少し深めのシフト。片桐の目は、つぶさにその様子を捉えていた。打ち気を逸らす変化球が二球はずれ、カウント0‐2。鎌倉共栄バッテリーは、ここでカウントを取るためのストレートを選択する。片桐は、そのストレートを待っていた。四番打者に投じてはならないコースへと迫る白球。片桐は速いテイクバックを見せた。捉えられたら強打必至の雰囲気に、守備陣は腰を落として身構える。

――が、次の瞬間、片桐はグリップを持つ右手を肘を抜くように退き、左の掌をバットに添えて滑らせた。テイクバックはフェイク――意表を衝かれた内野陣の足は、二拍ほど止まる。片桐のバットが送り出した白球は、三塁線を散歩でもするように悠々と転がり跳ねた。当然の如く、一塁はセーフ。この場面での四番のセーフティーバントに、鎌倉共栄だけでなく、味方である湘央さえも度胆を抜かれた。「勝ちたい」と、一塁塁上で控えめに握られた片桐の拳が言っていた。

俄然《がぜん》、湘央ナインは奮起する。夏の大会から五番に上がった笹原に出されたサインは強攻――これが見事中堅《センター》前ヒットを決め、そして続く六番・逢葉が相手の満塁策で出塁した。

ノーアウト満塁で打席に立ったのは、七番・二年生の有馬。だが有馬が打ち上げた白球は外野には遠く及ばず、二塁手《セカンド》の頭上へと舞い降りた。

ワンアウト満塁。次の打者は投手の樋渡だ。鎌倉共栄はスクイズで攻めてくると見て、初球は警戒心見え見えのボール球を放つ。だが樋渡は構えたまま、スクイズの気配を見せなかった。二球目は、少し甘めに内角を衝いてみる。ここでも、樋渡はヒッティングの構えを崩さない。三球目は外角への変化球。見逃せばボールというコースだったが、樋渡は送り出したバットの先に当てた。ファウル。

これで鎌倉共栄はスクイズという読みを除外した。一気に勝負を決めたい鎌倉共栄バッテリーは、樋渡への四球目、高くも低くもない確実なストライク球を選ぶ。——樋渡は、構えたまま左の肩を器用に回す。それが、三塁走者・片桐へ向けた〝スクイズ〟のサインだった。

樋渡が繰り出したバットは金属特有の甲高い音色を奏で、白球を送り出した。意表を衝かれた鎌倉共栄内野陣が出遅れる中、樋渡は白球と競うように一塁ベースへ向かって走る。押し出されるように走者《ランナー》も進み、沸き立つ歓声が、一塁ベースを目指す樋渡に三塁走者・片桐の生還を教えてくれた。

1対0。そして、一塁もセーフ。

チャンスを活《い》かし、その芽をもう一つ残した樋渡は、一塁塁上で小さくガッツポーズを作った。そのまま胸許へ留めた手は、ユニフォーム越しに首から提げたお守りを握りしめる。大会前、瞳子からもらったそのお守りは、グラウンドに立つ樋渡の心の支えだった。きっと今も、彼女はラジオ片手にスクイズの成功を我がことのように喜んでくれているだろう。はじめてねだった甲子園……絶対に、叶えてやりたい。樋渡はたった一枚の切符を絶対に手に入れると、塁上、あらためて誓った。

ワンアウト、再び満塁。九番・流風に打順が回る。鎌倉共栄の〝スクイズ〟という読みは今度こそ当たったが、流風は重圧《プレッシャー》を見事撥《は》ねのけ、この回二つ目のスクイズを成功させた。2対0。今回は読まれていた分、一塁はアウトとなり、続く一番・小岩井は惜しい当たりの遊撃《ショート》ライナーに打ち取られ、湘央高校の攻撃は終了した。

二回裏、鎌倉共栄は四番・橘からの攻撃。一発狙いで1点を返すより、「蒼真流風」を引きずり降ろす方が先だと、悠々打席に入る。

橘は、いつもより気持ち短く持ったバットを鋭く振り抜いた。橘の狙い通り、放った打球は遊撃手《ショート》目がけて飛んでゆく。強く、速い当たり——橘は一塁へ走りながら、その打球と流風の行く末を見つめる。本気で怪我をさせたいわけではないが、それしか彼女を引きずり降ろす術《すべ》がないのならしかたがない。「蒼真流風」に勝ちたい。いや、勝ちたいというより、負けたくない……。

……蒼真流風に負ける………。

ふと、そんな予感が橘の脳裏によぎった時だった。場内が、悲鳴と歓声に包まれる。流風の顔面を狙って飛んだ橘の打球——勢いに押され、流風の痩躯《そうく》は後方へと弾かれた。だが、そのグラブにはしっかりと、なだめた白球が収まっていた。

足を止め、橘は流風の堂々たる姿を見据える。その口許には、本人さえ気づかぬ笑みが刻まれていた。湘央高校側応援スタンドの一角から、一際甲高い歓声が上がった。


「どういうつもり……？　マキ」

その歓声の生み主・マキを冷めた眼差しに映すのは、永澤亜沙美——彼女が苛立《いらだ》つのは当然だ。やっと、やっと潰したと思った「蒼真流風」が、こうして決勝戦のグラウンドに立っているのだから。そして、昨日メールでこの試合の観戦を誘ってきたマキの真意もわからないのだ。

「何も……感じない？」

マキはゆっくり振り返り、亜沙美を見つめる。だが、亜沙美はただ不愉快げに強い眼光を返すだけだった。

「あなたを……責めるつもりはないの。責められる立場じゃないし……」

マキは拍手で緩く痺《しび》れる手で、風にさらわれるスカートを押さえた。

「でも……わたし、気がついたんだ。あなたに賛同して、蒼真さんを野球部から追い出そうとしたのは、間違いだったんだって……」

「マキ？」

亜沙美の顔色が変わる。だが、マキは強い意志を湛えた眼差しを向けた。

「これ以上醜い人間になりたくないの。だから応援に来たのよ。あなたも誘って……」

亜沙美は、これ以上開かないというくらい目を瞠《みは》り、マキを睨みつける。その挑発を、マキは怯むことなく受け止めた。

「――裏切る気？」

「……裏切る？」

平行線を辿るだけかもしれないとマキは思った。だが、だからこそ吐き出せることもある。

「わたし、努力したのよ？　亜沙美の考えが正しいって思えるだけの現実を見たくて、何度もグラウンドへ行ったの。蒼真さんを憎む、そうしていいだけの理由を探そうとしたわ」

だが、マキの眼前に広がるのは、期待を百八十度覆《くつがえ》す光景だった。一見、女子選手がどこにいるのかわからぬほどの迫力。違和感がないのは、流風が男子と同じだけの練習メニューをこなしているということ。そして――。

「更衣室でね……ほらわたし、蒼真さんのクラスと体育の授業が一緒でしょ？　着替える時にビックリしたことがあったの。蒼真さんの、身体……」

思わず二度見した。本来の彼女のものであろう白い肌に、無数の蒼《あお》い花が咲いている――。

身体中に刻まれた痣《あざ》を隠そうともしない流風を、皆好奇の眼差しで捉える。

「最初、女で野球部なんか入ってるから部内で暴力でも受けてるんじゃないかって思ったんだけど、練習を見てわかったの。わたしすごく恥ずかしかった。あれ……ボールが当たった痕《あと》だったんだよ……」

女子だから、人一倍ハードな練習をするのだろう。至近距離から次々と繰り出される
ノックに果敢に立ち向かう流風。グラブでは捌《さば》ききれない打球は、胸で、腹で受け止めて
いた。痛みに顔を歪《ゆが》ませても、彼女は決して弱音を吐かなかった。

「わたし、見つけたの。蒼真さんを応援したい理由を」

マキはもう、自分に嘘はつきたくなかった。

「彼女は、ただ純粋に自分の夢を追いかけてるのよ。わたしには、そんなもののないから
……ずっと、妬ましかったんだと思う。でも、だからって、必死でがんばってる人の邪魔
をするのを見過ごしてたなんて……。わたし、馬鹿だった……」

清々《すがすが》しい顔で、グラウンドと向き合うマキ。その横顔は、亜沙美に訣別《けつべつ》を告げていた。

「……勝手に……すれば？」

「……亜沙美」

「あんたたちもそうよっ！」

亜沙美は突然、応援スタンドに向かって叫声を上げた。

「ムカついてたでしょ!?　女のくせに野球部に入った蒼真流風のこと、嫌ってたでしょ!?

それが何？　甲子園に行った途端、みんな掌を返したように応援なんかしちゃって……」

腹の底が熱い。暴言を紡ぐ亜沙美の口唇は止まらず回る。

「あいつがレギュラーになれたのは、監督とつきあってるからでしょ!?　そうでなきゃ、

女が実力で試合に出られるはずないじゃない！」

ざわめきが、一瞬だけ消えた。そこだけ、切り取られた絵画のように時間が止まる。

「――自分らの先輩を、侮辱しないでもらえます？」

スタンドから声援を送る野球部員の一人が代表して冷静な声を上げた。

「あんた知らないだろ？　蒼真さんの苦労も努力も痛みも……何も知らねぇだろ!?」

負けじと声を荒らげたのはこの春入部した一年生部員・藤本《ふじもと》。彼も、入部当初は女子選手否定派だった。

「オレも、あんたと似たようなもんだったから、あんま、でかいこと言えねぇけど……。それでも我慢できねぇよ。掌返したってなんだって、みんな、今は応援したいって思ってくれてるんだ。それの何が悪い!?」

藤本の言葉に合わせ、ほかの部員たちも頷《うなず》く。照りつける太陽が、額を濡《ぬ》らす汗に反射した。

「それに、オレたちの監督はそんな人じゃない。もし、あんたが言うように、監督と蒼真さんがつきあってたとしても、監督はそんなことで優遇したりしない。蒼真さんは実力でレギュラーになったんだ。悔しいけど、あの人は本物なんだよ」

数多の冷たい眼差しを一身に受け、亜沙美はついに反撃の言葉を失くした。自分が一生かかっても手に入れられないものを「蒼真流風」は持っている――。ずっと、認めるのが悔しかったが、亜沙美は自分が彼女を嫌う理由をまざまざと思い知らされていた。

「亜沙美……」

マキがつぶやく。友として気づいて欲しい。人は変われる。過ちに気づき、自分を見つめ直した瞬間から、光のさす方へ這《は》い上がれるのだということを、亜沙美にも気づいて欲しい。

「――応援するだけ無駄よ。どうせ、負けるんだから……」

だが、友情は亜沙美には届かなかった。不吉な言葉を残して立ち去る亜沙美。刹那《せつな》、鎌倉共栄側応援スタンドから割れんばかりの拍手と歓声が上がった。


それは、二番から始まった湘央高校の攻撃が三人で終了したことを告げる合図だった。この回ラストとなった四番・片桐のホームラン級の当たりを、鎌倉共栄の右翼手《ライト》がこれ以上ないタイミングでもぎ取ったのだ。鎌倉共栄側からすれば、まさに反撃の狼煙《のろし》を上げるに相応《ふさわ》しいプレーだった。

「本気出そうぜ」

三回裏、七番からの攻撃を前に組んだ円陣の中で、橘が声を上げた。

「あの作戦は終わりだ。点取りに、勝ちに行くぞ」

二回の守備を見せつけられた監督も、「否」とは言えないだろう。2点差を追って、鎌倉共栄高校の反撃が始まった。

この回トップの七番打者は、相手の意表を衝くセーフティーバントを決める。続く八番打者は、セオリー通りバントで得点圏に走者《ランナー》を進める。樋渡の好調さを念頭に置いた攻撃だった。九番打者への投球は、内角を攻めた樋渡のストレートが風になびく打者のユニフォームを掠《かす》めてしまい、不運にも死球となってしまった。これで、ワンアウト一、二塁。打順はトップに戻り、鎌倉共栄は絶好のチャンス。一番打者は短くバットを持ち、単打狙いの構えを見せた。

ずらりと並ぶ右打者に、少々辟易《へきえき》とする樋渡。その苛立ちは、彼の指先を白く染め、乱暴に黒土へと返されたロージンバッグが物語っていた。先ほどの不運な死球の残像が拭えぬ樋渡は、外角へと変化球を投じる。一番打者が流すように押し出した打球は、一塁手《ファースト》・岡倉のグラブを勢いよく弾いた。その間に湘央は二塁走者の生還を許してしまった。

だが、欲しいところで三振を取れるのは、好投手の絶対条件なのかもしれない。ワンアウト二、三塁——樋渡はこの局面で迎えた二番打者を、三球三振で仕留めた。三番打者への初球は、膝許、自信がなければ投げられないコースへと決まる。続く二球目は、スライダーで空振りを取った。三球目は初球と同じ内角低めのストレート。だが今度は少しはずれてボールとなった。四球目、投じたコースは悪くなかったが、三番打者はうまくバットに当てた。流れる打球は再び一塁手《ファースト》岡倉目がけて宙を走る。樋渡を助けたい強い気持ちがプレーに乗り移り、岡倉は腹で白球を受け止めるという気魄《きはく》あふれる守備を見せた。前にこぼれた白球を、これまた気魄でベースカバーに入る樋渡に投げる岡倉。高々と突き上げられる一塁塁審の右手を確認した直後、彼は安堵したのかそのまま前方へ倒れ込んでしまった。

「岡倉っ！」

樋渡の叫声に引き寄せられるかのように、三回の守備を終えた湘央ナインが倒れた岡倉の許に集まる。本人は「大丈夫」だと絞り出したが、鳩尾《みぞおち》を抉《えぐ》った白球の余波は相当なものだった。

この、重度の打撲を負った岡倉に代わり湘央高校一塁《ファースト》の守備に就いたのは、〝背番号10〟を背負う鳴海皓介《こうすけ》だった。本来は先発さえも任される投手の登場に、観客は驚きを隠せない。内野の控え選手の誰よりも、攻守に優れているとはいえ、普通はこの局面でわざわざ控え投手を一塁の守備に据えることはしない。だが――これこそが〝飯泉マジック〟だ。「勝つ」という飯泉の強い想いがそうさせるのだ。そして鳴海も、熱い気持ちでそれに応えた。

八回表、湘央高校は二番・鳴海からの攻撃。背の高い彼は、打席に入るだけで相手投手に威圧感を与えられる。鳴海は大きく身体をのけ反らせてから構えた。この鳴海に投じられたストレートは明らかに〝失投〟だった。鳴海は、絞るように握ったバットを白球めがけて振り降ろす。肌を撫でる熱気も、蝉の大合唱に負けぬ歓声も、一瞬、すべての人々の感覚から消え――甲高い金属音を残して旅立つ白球の行方が、鳴海の起用を全員に納得させた。どよめきが歓喜の声に変わりゆく中、鳴海は腰許で噛みしめるような拳を揺らしながらベースを回る。2点差をつける本塁打――鳴海は、眼前に転がり込んだチャンスを最大限活かせる選手であった。

八回裏、鎌倉共栄は四番・橘からの攻撃。前の打席は惜しい飛球に倒れていただけに、今打席に期待が高まる。

樋渡と逢葉は思っていた。（内角はもう、橘の弱点ではない。どこへ投げても打たれる危険がある……）。だが、少し前までは弱点だったコースだ。逢葉は上目遣いで橘の瞳を捉え、その膝許へミットを滑らせた。送ったサインは、内角低めのストレート。樋渡にも、逢葉にも、打たれない自信があったのかもしれない。しかし――快音を残して、打球は左翼《レフト》に飛んだ。ポールの外を掠《かす》める大ファウル。ファウルではあったが苦手だったコースからの大きな当たりに、橘は高校球界屈指のスラッガーであると、湘央バッテリーはあらためて思い知らされた。外角低めに投じた二球目のスライダーも本来ならスイングを取れる絶妙のコースに決まったが――今度は右翼《ライト》のポール際を舞う大ファウルだった。

だが、これでツーストライクと追い込んだ。湘央バッテリーが勝負球に選択したのは、温存していたフォークボール――人差し指と中指がぐっと開く懐かしい感覚の握りをグラブの中で作り、樋渡は大きく振りかぶった。内野陣は一斉に腰を落とす。外野陣は打者・橘に視線を集中させる。樋渡の右腕がしなった瞬間、橘は明確な笑みを浮かべた。

白球とバットの調和《ハーモニー》が、大声援を破る。雲一つない空、その〝碧〟に向けて送り出された気高き白球は、誰にも触れることを許さなかった。読んでいたフォーク――それを見事にセンターバックスクリーンへと弾き返した橘の打球は、高校通算記録を更新する一〇八本日の本塁打だった。鎌倉共栄側応援スタンドで、メガホンの花畑が揺れる。3対2——逃げる湘央高校の尾をつかむ鎌倉共栄追撃の一発は、こうして橘のバットから生み出された。

その影響、心の動揺からか、続く五番打者に投じた樋渡のカーブは甘く入り、右翼手《ライト》の頭上を越す三塁打を許してしまった。六番打者に対しても、一瞬宿った弱気な心が、甘い投球を生んだ。快音をその場に残し、高く、高く舞い上がる白球。この一打は犠牲フライとなり、湘央高校は痛恨の1点を献上してしまった。3対3——。

さらに続く鎌倉共栄の攻撃。七番打者は、二塁手《セカンド》・小岩井と右翼手《ライト》・有馬の間に落ちるテキサスヒットで出塁し、ワンアウト一塁。ここで次の投球が……ボール一つ分、甘く入ってしまった。

打者からすれば、まさに絶好球だった。バットが作り出す風が、マスク越しに逢葉の頬を撫でる。銀色の身体が捉えた白球は、樋渡の右脇、逆シングルで伸ばしたグラブの先を嘲笑《あざわら》うかのように駆け抜けていった。中堅《センター》前に抜けると、誰もが思った時だった。痩躯《そうく》が、矢のように飛んだ。樋渡の信頼をもぎ取った流風の気魄——二遊間の当たりに伸ばした逆シングルのグラブは、逃げる〝獲物〟を捉える。宙に浮いたまま、流風は右腕を順手に戻し、叫んだ。

「小岩井くんっ！」

刹那の出来事。

流風は、グラブから器用に白球を送り出す。託《たく》された白球を、二塁ベースカバーに入った小岩井がしっかりと受け取りツーアウト。そして間髪《かんはつ》をいれず、小岩井は一塁手《ファースト》・鳴海に送球した。打者走者が一塁ベースを駆け抜けたタイミングと、ほぼ同時に見えたが――一塁塁審は右手の拳を何度も振り、アウトを宣告した。湘央高校側応援スタンドから、割れんばかりの拍手喝采が起こる。流風は、泥まみれの頬、ユニフォームと共に誇らしげに立ち上がった。

「おまえら、よく凌《しの》いだ」

ベンチ前で飯泉が出迎える。よいチームに成長してくれたと、飯泉は誇りに思った。

最終回の攻撃を前に、円陣を組む湘央ナイン。

「……1点……取ってくれ……」

容赦なく、陽射《ひざ》しは降り注いでいた。強い熱を纏う光の下、樋渡が絞り出すようにつぶやいた。

「1点あれば、それを絶対に守るから……。1点、取ってくれ……頼む……」

九回の先頭打者である逢葉は、背中に置かれた樋渡の手が、かすかに震えているのを感じた。自分のバッティングに、すべてがかかっている――逢葉は気合いの咆哮の後、ほどかれた円陣の中から、一際強く気合いを入れた。

九回表、湘央高校運命の攻撃開始早々、その六番・逢葉が大きな咆哮と共に二塁打を放った。二塁塁上、ベンチに向かって何度も拳を突き上げてみせる逢葉に、樋渡も拳を上げて応えた。続いて七番・有馬の水平に寝かせたバットも、軽快な音を立てる。近すぎても、遠すぎてもならない、絶妙な位置へ――捕手ではなく、三塁手《サード》か投手《ピッチャー》に捕らせるようなベストなコースへと、白球は送り出された。送りバント成功で、ワンアウト三塁。そして樋渡が、打席に入る。どうしても欲しい1点だったが……。樋渡のスクイズは、捕手の後方に高々と上がるファウルフライに終わった。樋渡は心底悔しげにバットの先をグラウンドに叩きつけた。

ツーアウト三塁。九番の流風に打順が回った。

「よーし、これでチェンジだぞー！」

「楽勝、楽勝！」

いったんやんでいた野次が、再びグラウンドへと飛ばされた。だが不思議と、その声は流風の耳に残らなかった。こんな局面と対峙しながら、流風は自分でも驚くほど冷静にバットを構えている。

九番だから、女子だから相手投手も気を抜いたのか、カウント1－1からの三球目、流風の思い描くコースへと甘い変化球が投じられた。素早いテイクバックから振り出されたバットが、白球を一塁線へと弾き返す。叩きつけられた打球は一塁手《ファースト》正面、平凡なゴロだと誰もが思った。――が、その打球は、ミットを構えた一塁手をからかうように地面を蹴り上げる。イレギュラーした打球は、面食らう一塁手の頭上を飛び越え、外野へと跳ねていった。

味方の歓声が轟《とどろ》く中、逢葉が、勝ち越しのホームを踏んだ。貴重な1点を手に入れた湘央高校の歓喜は、スタンドと一体となって爆発した。

最少得点差――運命の最終回、鎌倉共栄九番からの攻撃は、樋渡の気魄あふれる投球で三振に切って取った。一つストライクを取るたびに応援スタンドから割れんばかりの歓声が沸き起こる。だが、続く一番打者には左翼前《レフト》ヒットを打たれ、ワンアウト一塁。そして同点の走者《ランナー》を得点圏に送ってはならぬという気負いが、樋渡の手許を微妙に狂わせ、二番打者に痛恨の死球を与えてしまった。樋渡は、祈るように胸許のお守りを握りしめ、細く息を吐いた。鎌倉共栄、続く三番打者は送りバントの構えを見せる。ツーアウトとなっても、二、三塁で四番・橘に回したいのだろう。それもまた、得策である。そして、その重圧《プレッシャー》の中、三番打者は難しい送りバントを見事に決めた。

今試合最大の山場が訪れた。九回裏、1点差、ツーアウト二、三塁――そして迎える打者は四番・橘。逆転サヨナラを信じて疑わない鎌倉共栄側応援スタンドのボルテージは最高潮。この暑さの中、熱中症で倒れる生徒も出るのではないかと思うほどの大応援が繰り広げられる。

そこへ、わずかな打ち水を撒《ま》くようなタイムが、守る湘央高校ベンチからかけられた。公平な立場である球審が思わず驚愕《きょうがく》の表情を作り、飯泉の声に注意深く耳を傾ける。投手交代――それは、球審だけでなく、鎌倉共栄も、味方である湘央高校も予想だにしない展開だった。マウンド上へ集まる湘央内野陣。伝令役の弓削《ゆげ》が、投手用のグラブを手に走る。そして、飯泉の言葉と共に、そのグラブを茫然とする流風へと差し出した。

「『決着をつけろ』――それだけ言えばわかるって……」

弓削は、飯泉からの伝言をそのまま流風に告げる。確かに、その言葉の意味はわかったが……。

「……森宮さん、今、手術を受けてるんだそうです」

「え……？」

弓削の言葉を聞き返す流風。ほかの内野陣も同様に耳を傾ける。

「監督に聞きました。偶然、一緒だったそうなんです。決勝戦と、森宮さんの手術の日程が。同じ日に、別々の場所で闘ってるんだって、監督が言ってました。だから――」

「蒼真、交代だ」

弓削の言葉を遮《さえぎ》り、樋渡がつぶやいた。

「監督は、よくわかってる」

皆に見えるように差し出した樋渡の右手人差し指の爪際《つめぎわ》には、今にも潰れそうな肉刺《まめ》ができていた。

「おまえと心中――監督も粋《いき》じゃねぇか」

真っ先に反発すると思われた樋渡の態度に、内野陣も驚きながら微笑んだ。皆、流風と橘との因縁は知っている。そして、流風の投手としての実力を認めている。流風に白球と試合の結末を托し、樋渡はゆっくりとマウンドを降りた。

守備の変更を知らせる場内アナウンスに、どよめきが沸き起こった。伝令役の弓削が遊撃手《ショート》の守備に就き、かすかな動揺を留める流風がそのままマウンドに残る。視線の先に立つ橘は、心底愉快げな笑みを浮かべていた。

「湘央は勝つ気あんのか!?」

「決勝だぞ!?　真面目《まじめ》にやれよ！」

わずかに与えられた投球練習の最中、口汚い言葉が四方八方から投げられる。だが、今の流風の耳――いや、心には、何一つ届かなかった。

（女は、甲子園には行けねぇんだよ――）甲子園には、行った。だが、流風は橘に勝って、たった一枚の切符で甲子園へ乗り込むことこそが、幼き日の呪縛から解き放たれるただ一つの術《すべ》だとわかっていた。

どこか特異な空気の中、球審からプレー再開のコールがかけられた。

橘は少しだけ盛り上がるマウンド上の流風を鋭い瞳に映した。思わず鼻で笑う橘。（本塁打一本、これで終わりだ――）橘は、左手だけで握ったバットをゆっくりとマウンド上の流風へと向け、しばらく止めた後、じわりじわりとヘッドを空へと向けた。狙うのは、外野フェンスの向こう側。サヨナラスリーランしかない。橘と流風。二人の間を遮るものは、薄いヴェールのような熱気だけ。そして、気の早い赤トンボが、小さな群を成して捌《は》けていった。

湘央バッテリーの長い長いサイン交換を待ちながら、橘は乾いた口唇にそっと舌を這わせた。

内角はもう、橘の弱点ではない。それは、樋渡の後ろを守っていた流風にもよくわかっていた。流風は、白球を包む己の左手に視線を落とし、瞬《またた》きもせず見つめる。かすかに震えていた指先が、嘘のように穏やかになっていた。

セットポジションからの初球、流風はサイン通り右打者・橘の外角低めをストレートで攻める。橘の待っているコースと違ったのか、その球は見送ってワンストライク。湘央高校応援スタンドからは、樋渡がストライクを取った時よりも大きな拍手と歓声が上がった。逢葉は、マスク越しに一つ息を吐いた。ファーストストライクを取って、こんなに肩の力が抜けない対決ははじめてかもしれない。この状況だ。当然といえば当然だが――逢葉は、今度は竦《すく》ませた肩を下げながらゆっくりと息を吐く。そして、模索の末導き出したサインを、マウンド上の流風に呈示した。

橘への二球目は、内角低めのカーブ。流風は頷き、グラブの中で器用に白球を握った。目が外へ散らされていたせいか、これも狙い球とは違ったのか、橘は再び微動だにせず見送る。これが、いっぱいに入ってストライク。球場は、異様な空気に包まれた。観客のほとんどが、この展開を思い描いていなかったからだ。それもそのはず、眼前で通算本塁打記録を塗り替えた高校球界屈指のスラッガー・橘が、公式戦にただの一度も登板経験のない女子選手・流風にバットを振ることなく追い込まれたのだから。罵声だか歓声だかわからぬどよめきが、広いスタンドを覆うように響いた。ただ、追い込まれた打者・橘だけはまだ、その目にも、口許にもどこか余裕めいた笑みを残している。もともと、背の高い彼がさらに大きく感じる——それは、まさに王者の風格であるような気がした。

耳を擘《つんざ》く大音量の中、静かにサイン交換を行う湘央バッテリー。三球目、ここは勝負を急がず、外角へストレートを投じる。あわよくば空振りをという気負いが流風の指先に余分な力を与え、明らかなボール球となってしまった。当然、橘が手を出すはずもなく、カウント1-2。流風は足許のロージンバッグに手を伸ばし、橘はゆっくりと首を回した。

仕切り直しの四球目、逢葉は外角へチェンジアップを要求。流風は、マウンドで大きく頷く。〝サークルチェンジアップ〟——そう、右打者に一番有効だと、星野に教わったそのコースだ。橘は、自分がサークルチェンジを投げるとは知らないだろう。そう踏んだ流風にとって、勝負を決める一球であった。

グラブの中でOKサインを作る。傀藤から譲り受け、湘央野球部で作り上げたチェンジアップ……。すべてを懸けるほどの意気込みで、流風はマウンドの黒土を蹴り上げた。しなる左腕。文句なしの球筋。だが——橘はやはり、並の打者ではなかった。この極限の場面でも、決して冷静さを失わない。彼の繰り出したバットは、流風の気魄を纏う白球をファウルゾーンへと弾き返した。その打球が一塁線ぎりぎりであったため、鎌倉共栄側応援スタンドからは歓声が上がり、湘央側からは悲鳴が上がる。それを相殺《そうさい》するように、一塁塁審は斜め上に広げた両腕で懸命にファウルのジャッジを繰り返した。

どこへ投げても怖い——だが、流風はゆっくりと空を仰いだ。愛乃は今、別の場所で闘っている。それこそ、命を懸けて……。彼女が闘いに勝ち、目醒《ざ》めた時、勝利の報告をしたい。彼女からの手紙は、まるで遺書のようだったが、流風はなぜか確信を持てた。愛乃は死なない。絶対に。そして……。

(あたしは負けない。絶対に――――……)

橘への五球目、内角低めのストレート。だが、彼は余裕で見逃し、カウント2‐2。六球目、五球目と同じ、内角低めのストレートは、ファウルで逃げられる。七球目は、外角低めへストレート。これもファウル。八球目も、九球目も、低めのストレートをファウルにされた。どよめく場内。誰かが、誰にも聞こえぬ状況の中、つぶやいた。

「……気の強いバッテリーだな」

あれだけあふれていた流風に対する野次は、いつの間にか息を潜めていた。誰もが、この、いつ果てるともわからぬ勝負を食い入るように見つめる。

――無言の会話。十八・四四メートルの距離を挟み対峙《たいじ》する流風と橘。炎天の下、互いの意地だけをぶつけ合う、そんな対決が続いた。

すべてストレート。そして、まるで故意であるかのようにファウルで凌ぐ橘。息詰まる闘いは、十七球を数えていた。ここまできたら、逢葉もストレートのサインしか出さない。流風の投手としての気質を熟知しているからだ。だが、橘への十八球目、出したサインに流風はかすかに首を振った。……もう、怖くはなかった。どこへ投げても打たれるかもしれないが、流風はもう、橘を恐れてはいなかった。

両手に、鈍い痺《しび》れが走る。橘は、マウンド上の〝投手〟を睨み据えた。球速は、先に対戦した樋渡の方が断然勝《まさ》っている。だが、初速と終速に差がないせいか、流風の球は手許で圧倒的に伸びてくるのだ。立体的な球──その表現が正しいのかどうかわからないが、橘は確かに動揺していた。事実、四球目のチェンジアップは、ファウルにするのがやっとだった。瞬間、胸をよぎった嫌な予感が、橘の脳裏に拡散し、その闘志をのみ込もうとしたのだ。(蒼真流風に負ける……)橘はそんな自分を想像するのが怖かった。その結果が、今までのファウルの山。明らかなボール球も何球かあった。だが、もし手を出さず、見逃し三振でゲームセットになったらと考えると、橘はどうしてもバットを振るしかなかったのだ。本音を言えば、橘はいつだって怖かった。はじめての本塁打から数えて一〇八本──打つたびに、喜びより重圧の方が増えていった。いつ、スランプに陥り、打てなくなるともしれない、そんな重圧……。それは、本塁打を重ねても払拭《ふっしょく》できない負の感情。橘にとって、本塁打は己の存在理由を確かめる唯一の術なのだ。──だから打つ。認めたくない相手から。絶対に打つ。認めない理由を突きつけるために。

これが最後の一球になる──。そんな雰囲気が、そこはかとなく漂っていた。九回裏、1点差、ツーアウト二、三塁。打者・橘のカウントはツーボール・ツーストライク──息が、本当に息が詰まりそうな空気の中、流風はゆっくりと振りかぶった。波濤《はとう》の如《ごと》くどよめく場内。流風の後ろを守る内・外野陣も皆、ここへきてのワインドアップに驚きはしたが、

〝最後の一球〟への覚悟を決める。ストレート勝負に、終止符を打つ――そのフォームから繰り出される流風の最後の投球は渾身《こんしん》のストレートであると、橘も、味方も、観客も……球審さえもそう思っていた。

刹那の世界――。

すべてを托した白球を橘にぶつけるまでのその時間は、驚くほど静かだった。流風は、自分を包む喧噪《けんそう》から一線を画する無音の空間で左腕を振り降ろす。流風の、湘央ナインの夢を乗せた白球が、十八・四四メートルの距離を駆けてゆく。橘の、鎌倉共栄ナインの想いをこめたバットが、結末を導き出す。すべての目撃者が一斉に固唾《かたず》を呑む、その音が聞こえそうなほど研ぎ澄まされた場内に、空気を震わせる激しい音が響いた。

まるで、時間《とき》が止まったかのように……。しばらくは何が起こったのか、目にしたはずの現実を誰も理解できない、しようとしなかった。そんな中、ふと我に返った球審が、拳を作った右手を高々と空へ突き上げる。数多《あまた》の打点を叩き出してきた橘のバットは、空《くう》を切っていた。白球は、逢葉のミットにしっかりと収まっていた。

瞬間、爆発的な歓声が湘央高校応援スタンドから沸き起こる。マウンド上、最後の投球を終え、時間に取り残されたように茫然と立ち尽くす流風の許へ、逢葉が、内野陣が、湘央ナイン全員が諸手《もろて》を挙げて駆け寄った。その、煌《きら》めく表情たちが、流風に教えてくれたのだ。試合に、橘に勝利したことを。揉《も》みくちゃにされながら、途切れ途切れの視界に映る橘の横顔を潤んだ瞳で捉える流風。うれしいはずなのに、叫びたいほどうれしいはずなのに——流風は、複雑な想いを抱いていた。

対照的な未来を手にしたチーム同士が、まっすぐに整列し、向かい合う。流風より、頭一つは軽く大きい橘が、硬い表情を崩すことなく右手を差し出した。以前も同様の場面があっただけに、流風は一瞬だけ躊躇《ちゅうちょ》したが、汚れた掌をユニフォームで拭い、橘に向けてゆっくりと伸ばした。

合わされた掌は、熱戦の余韻を感じさせる温度だった。力強く握られた右手。だがそれは、優しい、優しい感触で——流風は橘の顔を見上げる。自分に向けられる橘の笑顔の中にある瞳が、はじめて、まっすぐに流風を見つめていた。

「——完敗だ」

それを認め、言葉にするまで、橘の中でどれほどの葛藤があったのか計り知れない。そこで流風は、最後の勝負にストレートを投じなかったことが自分の心でわだかまっているのだと気づいた。

「……橘くん、あたし」

「打てなかったよ。ストレートでも」

橘も、歓喜に染まっていない流風の面持ちですべてを悟《さと》ったらしく、今の偽らざる心境を語る。怖かったのは、彼女に負けることでも、その時の自分を想像することでもない。「蒼真流風」に負けた時の自分を、認めることだったのだ。だが、なんだろう……負けたのに、この心地よさは……。橘は、握手の手を放し、その右手で流風の左手を取った。そして、その手首をいたわるように握り、観客へ向けて高々と掲げてみせた。認めてやって欲しい。自分が、そうであるように――。

そんな橘の行動に、一番に呼応したのは鎌倉共栄の応援団だった。数分前までは〝敵〟だった。そして、過去の対戦成績から見ても勝てると思えた相手だ。だが、最後に登板した女子選手に、自校のスーパースター・橘が抑えられた。しかも、それが空振り三振という衝撃的な結末で。そして橘が認めた選手なら本物だと、皆思っていた。大太鼓が雷のように鳴る。それを合図に、鎌倉共栄応援団からは流風に対する拍手と声援が上がった。今度は、そんな鎌倉共栄のフェアな精神を讃える拍手が湘央高校応援スタンドから送られる。流風に対して否定的であった一部の観客も、そんな清々しい高校生たちの姿に心を打たれたようだった。

「絶対に……絶対に優勝旗を持って帰ってこいよ！　蒼真投手！」

もう誰も、〝お嬢ちゃん〟などと馬鹿にして呼ばなかった。目の前で繰り広げられた橘との激闘十八球は、深く根付いていた偏見《へんけん》を取り除く名勝負だった。自分たちが高校野球をこよなく愛するように、この女子選手もまた、野球を愛しているのだと……。今、そういったことを観客たちもようやく受け入れることができたのだった。

轟く歓声が流風の鼓膜を、心を震わせる。橘が認めてくれたように、こんなに大勢の人間が自分を認めてくれたことがどれほど素晴らしいことか、流風は噛みしめていた。甲子園出場を決めた喜びと、また別の喜びとが同時に込み上げる。流風は帽子を取り、数多の観客に何度も何度もお辞儀をした。両校の熱闘を讃える空は、果てしなく碧かった……。

〈湘央高校甲子園出場〉

傀藤がそのニュースを知ったのは、近年稀《まれ》に見る集中豪雨の影響で順延していた京都府予選決勝前日のことだった。当然、どのスポーツ紙にも流風と橘の最後の対決が大きく報じられており——流風の怪我を報《しら》せるスポーツ紙を傀藤に持ち込んだ奥貫が、今回も同様の役目を果たした。

「湘央のあのコ、怪我治ったたって聞いとったけど、あの橘を抑えるて相当なもんやぞ？」

奥貫は肩を竦ませながら傀藤の様子を窺《うかが》う。スポーツ紙の記事をまじまじと見つめる傀藤は、かすかに笑みを浮かべたように見えた。そして、雑にたたんだスポーツ紙を部室の古い木机の上へと放り投げた。

その夜、傀藤は、埃を被った銀メダルを取り出し、それを丁寧に磨いた。偽物の〝銀〟に付着した汚れはカビなのか何なのかわからないが、拭った汚れは深い翠《みどり》色だった。あまり強くこするとどうにかなってしまいそうで、傀藤はくすんだ色合いのメダルを困ったように見つめる。

「……返さんとこうかな」

汚れたメダルについて流風は文句を言ったりしないだろうとわかってはいたが、傀藤はなんとなく、彼女に格好悪い一面を見せたくないと、そんなふうに思った。

他人《ひと》は裏切る。だが、身につけた技術は裏切らない。名門・洛安高校野球部に入部してから、人間の持つ黒い部分に触れた傀藤の心には、自然とその概念が生まれた。彼はあの日の宣言通り自身の投球を支える、落差の大きい縦に落ちるスライダーを修得したが、代わりに野球を楽しいと思える心を失った。それを——甲子園という夢の舞台で「蒼真流風」との対戦が叶ったら、その失ったものを取り戻せるかもしれない……。決勝戦の朝、傀藤は約束のメダルをバッグに忍ばせた。

見据えるのは、甲子園のマウンドのみ。傀藤は、投げては二安打完封、打ってはスリーランホームランと文字通りのワンマンショーで決勝を制し、甲子園への切符を手に入れた。選抜優勝投手の圧巻の投球は、全国の新聞に堂々と載るだろう。ニュースでも報じられ、流風の耳にも入るはずだ。その瞬間に見せるであろう彼女の喜ぶ顔を思い描き、傀藤はふっと頬を緩めた。夕空に、風が吹き抜けた。その風は暖かく、最後の夏が始まったのだと、そう、告げられた気がした。

五章

約束のマウンド

八月八日、いよいよ全国高校野球選手権大会の幕が開けた。愛乃《えの》の手術は、無事に成功していた。流風《るか》たちがその吉報を聞いたのは、神奈川県大会決勝の翌日。順調に回復すれば、甲子園決勝の一日くらいは観戦の許可が下りるとの話で、そのことが見舞いに訪れた湘央《しょうおう》ナインの闘志に火を点《つ》けた。

〝聖地〟には相変わらず独特の雰囲気、緊張感が漂っている。流風は、自分に向けられる様々な眼差《まなざ》しを正面切って受け止めた上で、腕を振り、腿《もも》を上げ、堂々と行進した。剝《む》き出しの腕が、容赦ない陽射《ひざ》しの歓迎を受ける。じりじりと焼ける小麦色の肌を、一雫《しずく》の汗が撫《な》でた。

湘央高校の初戦は、四日目の第四試合。相手は、沖縄代表の恩海《おんかい》高校。前の試合が延長、乱打戦などで時間が押し、湘央高校が登場する第四試合の開始時刻は十七時十分、ナイトゲーム必至の状況となった。湘央高校には、設備の整った夜間練習場がある。だから、照明の下でのプレー自体は問題ではない。だが流風は、〝碧《あお》〟の見えない空が苦手だった。苦手とはいえ、弱気になったわけではないが……。流風は、夕暮れに向かい白く移りゆく空を仰ぎ、なぜだか騒ぐ胸を強く押さえた。

しかし大舞台を何度も経験している樋渡《ひわたし》の投球は堂々たるもので、五回の攻防を終えるまで一人の走者も出していない。さらに湘央高校は、恩海高校から3点を奪っていた。

五回裏、湘央高校の攻撃が終わり、グラウンド整備と同時に外野の照明が点灯される。今大会初のナイトゲーム――淡いカクテル光線の下、スコアボードに刻まれる一つの〝0〟が、球場内をどこか揺々《ようよう》とさせた。

ところどころ波打っていたグラウンドが、滑《なめ》らかな羊羹《ようかん》を思わせる色と艶《つや》を取り戻す。美しい円の中心、小高いマウンドに立つ樋渡に、一際大きな拍手が送られる。樋渡は、その過度な干渉を振り払うように右肩を大きく回した。

流風は、ふと空を見上げる。とりどりの色彩《いろ》が生み出す光が網膜に降り注ぎ、思わず逸《そ》らした視線の先の〝背番号1〟が滲《にじ》んだ。

六回表、恩海高校の攻撃は七番打者から始まる。樋渡は冷静に、相手打者を見据えた。

……初球だった。配球もよい。球速も申し分ない。何が悪かったのか、この試合を終えて振り返っても、きっと誰にもわからないだろう。そんな時、目撃者は口を揃《そろ》えて言うのだ。

『甲子園には〝魔物〟が棲《す》んでいる――』

淡い光が、繰り出された銀色のバットに反射する。内野陣は、確実に弾《はじ》き返された白球に目と意識を集める。赤い縫い目までも判別する勢いで、〝打球〟となった白球を睨《にら》み据える。自然と、悲劇の映像がノンストップで上映された。生卵を床に落としたような、頭と耳の奥を不快にさせる音が響く。

「樋渡くんっ――――！」

間髪《かんはつ》をいれず、流風が叫んだ。樋渡の軸足を襲った打球は、そこで勢いを失《な》くし、整備された黒土《くろつち》の上を力なく転がった。動かない流風に代わり、三塁手《サード》・北見《きたみ》が白球に駆け寄る。素手でつかみ上げたが、北見は一塁《ファースト》へは投げられなかった。すぐさま、試合が中断される。マウンドに倒れたまま微動だにしない樋渡は、瞬く間に人山に囲まれた。

騒然とする場内――マウンドを包む人山には入れず、流風は少し離れた場所で自身の震える足に支えられて立っていた。白い担架《たんか》が運び込まれる。激痛に顔を歪《ゆが》める樋渡の身体がゆっくりと預けられ、彼を案じる多くの眼差しの中、担架はグラウンドの外へと消えた。

「平気……。平気だって。な？」

立ち尽くし、どこを見つめているかわからない流風に駆け寄り、声をかける北見。この暑さの中、小刻みに震える流風の口唇をくぐり、弱々しい言葉がこぼれた。

「……骨……折れたよ……？」

「えっ!?」

不吉な台詞《せりふ》に、思わず聞き返す北見。

「聞こえたでしょ……？　あの……音……」

北見はもどかしげに首を傾《かし》げる。あの大音量の中、何が聞こえたというのだ。……だが、グラブを着けたままの右手をそっと左の肘に宛《あ》てがう流風の姿に、北見は彼女の言葉は間違っていないと理解した。まだ昼の熱を持った風が、液体のような感触で頬を撫でる。それはまるで、この滞った時間のような、鈍い肌触りだった。

搬送された時間が遅かったため、樋渡は今夜一晩、大事を取って入院することとなった。右足腓骨《ひこつ》亀裂骨折――その疑いが強いというのが、医者に告げられた樋渡の診断結果だった。……あれは自分が小学四年生、瞳子《とうこ》が五年生の時だった。幼き日の過ち、消えない傷。瞳子は、肉体の痛みと共に視力を失くした。自分は、肉体の痛みとともに――。

「……完全試合への挑戦権を失う、か。安いもんだな」

そして完全試合への挑戦権とともに、最後の夏も……。「安いもんだ」と言ったものの、ここが自室であったなら、樋渡は声を上げて泣いたかもしれなかった。

「いいかな……？」

聞き慣れた声がして、病室の扉が開いた。

「……っ！」

現れた瞳子の姿に、樋渡は思わず息を詰まらせた。彼女が甲子園へ応援に来るのは決勝戦と、二人の間には交わした約束があった。

「ごめんね、司《つかさ》……」

樋渡が言おうとした「ごめん」は、先に瞳子の口からこぼれ落ちた。

「驚かせたかったの。だから、おばさんに無理言って連れて来てもらったの……。ごめんね」

「……瞳子」

ゆっくりと上体を起こした樋渡は、瞳子の手を引き、ベッド脇の丸椅子に座らせた。

「オレの方こそ……。おまえとの約束、守れそうにない……」

「司……」

光を失った彼女の美しい瞳から大粒の涙がこぼれた。

「わたしは……何をしてあげられる？　司に、何をしてあげられるの……？」

瞳子の涙が行き場を失くしている。樋渡は人差し指の先で、ためらいがちに涙を拭った。

「オレこそ。甲子園で結果出して、プロへ行って――。契約金で、おまえに目の手術を受けてもらおうと思ってたのに……。その夢はもう、叶《かな》わないかもしれねぇよ……」

視覚が働かない代わりに、瞳子の耳には樋渡の涙の流れる音が聞こえる気がした。

「司……」

「…………」

確かに、彼は泣いていた。

それがわかった瞳子は、ゆっくりうな垂れ、そして、

「やっぱりか……」

と、ようやく聞き取れる声でつぶやいた。

「え……？」

瞳子のかすかな声に、樋渡は顔を上げた。

「本物だった司の夢さえ、単なる義務になってるんだね……。わたしのせいで……」

樋渡は困惑した。瞳子は何を言い出そうとしているのだろうか。

「とう……」

「わたしたちもう、幼なじみを卒業する時が来たのよ……。もう一緒にいない方がいい」

瞳子の伝えたい想《おも》いが、痛いほど樋渡にぶつかってきた。

樋渡は己の頬を濡《ぬ》らした一筋の涙を乱暴に拭い、大きく息を吐《つ》いた。

「瞳子。あの日オレが打たれなかったら、あんな事故は起きなかった」

今でも、樋渡の心にトラウマとして残る――それが、彼が右投手でありながら右打者を苦手とする所以《ゆえん》だ。

「司……。だからそのことで……」

「あの日からオレは、プロへ行くためだけに野球をやろうって決めた。おまえの手術のためだ。オレがおまえを不幸にしたんだから当然だ。オレが治す。野球は手段だ。だから野球が楽しめなくなってもそれは当然なんだ」

瞳子は、義務感に覆い尽くされたその言葉に思わずうつむいた。

「……でも、蒼真《そうま》と出逢《であ》ってオレの中に少しずつ変化が生まれた」

「……え？」

「野球は楽しいんだって……それを思い出させられた。オレがあいつを嫌ってたのは、そんな自分を知るのが怖かったからだ」

「司……」

「目が見えない、それを不幸だと決めつけていたのは、結局、オレが楽になりたかったからだ。不運な事故を自分の〝罪〟として背負う方が、ずっと楽だったから。それに、野球を続ける理由が欲しかったからだ……。甲子園で優勝し、プロ野球選手になる。その王道を進むもっともらしい理由づけに瞳子を利用したんだ」

そこまで言い、樋渡は驚かせないよう緩く瞳子を抱きしめた。

「え……？」

瞳子の息遣いが聞こえて、樋渡は、小さく波打つその肩を抱く腕に少し力をこめた。

「何もかも、間違ってたんだ。野球が好きでも瞳子はオレを責めたりしないって、そんなこと当たり前なのに……。信じられなかったんだ。だけどオレは本当は責任を取りたかったわけじゃない」

気づかなければ、自分の怪我《けが》にただ絶望するだけで本当に夏の終わりを迎えていただろう。樋渡は、その淵《ふち》から救ってくれた瞳子に、すべての想いをぶつけた。

「おまえは特別な存在……だから、どんなことをしてでも、おまえの目を元に戻してやりたい。責任とか義務とか、そんな安っぽい感情なんかじゃねぇよ。オレは……瞳子、おまえを愛してる……」

「つ……かさ……」

樋渡の告白は、瞳子がずっと抱えてきた重石《おもし》を完全に取り除く力を持っていた。自分の存在が彼の未来を塞いでいると、瞳子はずっと思っていた。義務でも責任でも、彼が傍《そば》にいてくれるならそれで構わないと思う自分にうんざりしながらも、彼の温かい手を放す勇気が持てなかった。

樋渡は今、いつもの冷静さとは無縁だった。部長先生や家族を外で待たせていることも、ここが病室だということも、何もかも忘れ——樋渡はただ、愛《いと》しい瞳子を抱きしめていた。

「幼なじみは卒業、な?」


——翌朝。正確にいうと昼前に、樋渡は宿舎へと戻って来た。ギプスと松葉杖《づえ》——傍《はた》から見ると痛々しいその姿に、誰一人言葉をかけられない。そんな中、樋渡は照れ笑いを浮かべながら言った。

「オレがいなくても勝てるじゃねぇか」

試合は、投手を鳴海《なるみ》に交代し、続行した。序盤に重ねた得点が物を言い、湘央高校は初戦を突破できたのだ。だが、発破《はっぱ》をかける樋渡の言葉も、消沈する湘央ナインを前に湿気《しけ》てしまう。特に、流風と鳴海の投手陣の落胆は激しいものだった。

「鳴海」

左手の杖で鳴海を招いた樋渡は、その杖先で鳴海の腿を軽く突いた。

「おまえにできるのは、オレの代わりを務め上げることだろう？　決勝まであと四つ、おまえの肩にかかってんだよ。しっかりしろ！」

それは、樋渡の涙の叫びだと皆思った。一番悔しくて遣《や》りきれないのは、樋渡自身なのだ。その彼が、こんなふうにチームを想う発言をしてくれている――。

「オレ、やります！　樋渡さん以上に活躍してみせます！」

鳴海の闘志に、強い火が灯《とも》る。そして、ナインの心にも、新たな結束が生まれた。

だが、ただ一人その輪に入れぬ者がいる。

「――蒼真、二人で話せるか？」

当然の如《ごと》く察知していた樋渡は、流風を宿舎の外へ連れ出した。

樋渡の右足を覆い隠すギプスの白が、流風の目に沁《し》みる。泣いては駄目だとわかっていても、流風の涙腺は暴れ出そうとした。そして、それを堪《こら》えようとするたび、鼻の奥がつんと痛んだ。きっと、酷《ひど》い顔をしている――流風は両手で顔を覆い、乱暴に擦《こす》る。樋渡はそんな流風を背中で感じながら、慣れぬ足取りで人気《ひとけ》のない場所を探した。

ようやく見つけた静かな空間で、樋渡は首に提げていたお守りをはずした。

「これ、もらってくれないか？」

差し出されたお守りは縒《よ》れて形が変わっていたが、そうなった経緯がわかりすぎる流風は受け取るのをためらう。樋渡はそのお守りを持ったまま松葉杖で身体を支え、再び口を開いた。

「オレは今まで、正直おまえのこと嫌いだったよ。けど今はおまえのこと、大切な仲間だと思ってる。……信頼している」

樋渡は言った。そして

「これからも、信頼させてくれ――」

重苦しい霧のような何かに潰されかけていた流風の心が、樋渡の一言であがき始める。夢は、自分一人でみるものではない。確かに、始まりは一人きり、孤独な旅路であったとしても、歩き続けるたびに増えるものがある。それは、自分の実力と、かけがえのない仲間――同じ夢を抱く人間同士が出逢い、集まった夢が、いつしか大きな大きな夢へと生まれ変わるのだ。そこには、愛乃や瞳子のようにグラウンドに立てない者たちの想いも含まれている。

「樋渡くん、あたし……」

ぎこちない足取りで歩み寄り、樋渡は流風の首に瞳子から贈られたお守りをかけた。

「おまえには、たくさんの仲間がいる。オレにも、たくさんの仲間がいる。誰かが抜けた穴は、別の誰かが埋めるしかないんだ。オレが開けちまった穴は、鳴海とおまえに埋めて欲しい」

「……あたし、……がんばる」

それは、流風の心の霧を完全に晴らす、決定的な言葉だった。

悔やむのも、泣くのも、すべて終わってからでよい。流風は胸許《むなもと》で揺れるお守りをそっと握りしめ、自分の心に強く誓った。もう決して、立ち止まりはしないと。聖地の罠《わな》は人の心を成長させる、不思議な力を秘めているのかもしれない。様々な想いをのみ込み、昇華しながら、暑い夏は続いてゆくのだった。

二回戦、三回戦――湘央高校はエース・樋渡を欠いたハンディをものともしない闘いぶりを見せ、準々決勝へと駒《こま》を進めた。いずれの試合も、闘志漲《みなぎ》る鳴海が先発完投、打線の十分すぎる援護もあり、周囲の心配はやがて安堵《あんど》へと変わっていった。だが、本当の意味での正念場はここからだ。八強に名乗りを挙げるチームは、生半可な気持ちで勝てる相手ではない。先の二試合で鳴海のことも研究されているだろう。――そうして迎えた準々決勝、絶対的エース・傀藤《かいとう》擁する洛安《らくあん》高校の前評判通りの勝ちっぷりと比べるとやや不安を残すものの、湘央高校は1点差のゲームをなんとかものにし、一番乗りで準決勝進出を決めた。

〝痺《しび》れる展開〟というのは、こういう場合に用いるのだろう。頂《いただき》を競う舞台まであと一つ。その切符を懸けて闘う相手は、大阪代表・坂之宮《さかのみや》高校。二年前の夏、今春と苦汁を飲まされた因縁の相手だった。「二度あることは、三度ある」で返り討ちにされてしまうのか、「三度目の正直」で今度こそリベンジを果たせるのか――。迎えた準決勝は、湘央高校にとってまさに正念場であった。

蒸し暑さと観客の妙なテンションとが混じり合い、グラウンド上の流風を取り囲む。

「性懲《しょうこ》りものう、まぁた来たんかい！」

「坂之宮も、毎度毎度、難儀なチームの相手でご苦労さんなことやで」

電波に乗って全国各地に飛ばされるかもしれない野次。だが、湘央ナインはもう、なんの心配もしていなかった。それを裏付ける、流風の表情。野次の出所であるバックネット裏をまっすぐに見つめながら、彼女は威風堂々と微笑《ほほえ》んでみせた。歩んで来た道程《みちのり》に、恥ずべきことなど微塵《みじん》もない。流風を包む澱《よど》んだ空気は一瞬にして晴れ、試合開始を告げるサイレンが観客席の悪意を遮断した。


完全アウェー状況の中、試合は進んでゆく。立ち上がりの印象では投手戦になると思われた準決勝第一試合だったが、双方のバットが火を噴《ふ》く乱打戦へと発展した。湘央高校は、片桐の本塁打を含めて7得点、坂之宮高校は6得点と、ほぼ互角の展開。1点差のまま試合は九回を迎えた。

二年前と今春は、樋渡が背負っていた重圧《プレッシャー》。その見えない重石が鳴海の肩を襲っている様が手に取るようにわかる樋渡は、もどかしい想いでベンチに座っていた。坂之宮最終回の攻撃は一番という好打順から始まる。これは屈辱の敗北を食らった過去の二戦同様の展開だった……。こういった展開が往々にして起こる甲子園。これが「甲子園には魔物が棲んでいる」と形容される一つの理由なのだ。

九回表——坂之宮高校期待の先頭打者を、鳴海は渾身《こんしん》のストレートで三振に切って取る。続く二番打者は左翼《レフト》オーバーの二塁打を放った。今春の選抜と同じ展開に、ベンチの樋渡は思わず立ち上がる。勢いあまったその右手から松葉杖が逃げ出し、ベンチの床を打ち鳴らした。

次に迎えた三番打者は一塁手《ファースト》への緩い当たりだったが、それが災いして走者《ランナー》が進塁。ツーアウト三塁で、鳴海は四番打者と対峙《たいじ》することとなった。選抜で樋渡からサヨナラヒットを放った坂之宮の四番打者は、今大会すでに二本の本塁打を記録している。湘央高校は、温めていた最後のタイムを取る。心を一つにすべく集まった内野陣の上空で、気まぐれな風がその流れを変えた。

「樋渡だったらどうするか、なんて、考えなくていいんだぞ？　鳴海」

一番に声を上げたのは捕手・逢葉《あいば》だった。この試合に限ったことではないが、呈示するサインに首を振る鳴海を見るたび、逢葉は感じていたのだ。まるで、樋渡の球を受けているようだ、と。彼の分までがんばるというより、彼の代役を演じているような、そんな印象だった。それは、後ろで守っている内野陣も感じていた。

「逢葉の言う通りだよ。おまえらしく投げりゃいいんだ」

北見が声をかける。

「ここまで来れたのは、おまえの力が大きいんだ。おまえが決めたことに、誰も文句はねぇよ」

小岩井《こいわい》が、鳴海の背中を叩《たた》く。そんな中、流風だけはここまでチームを支えてきた鳴海の逞《たくま》しい右腕に視線を留めていた。目を凝《こ》らすと、よく見える。鳴海の右腕は小刻みに震えていた。それは緊張から来るものではなく、疲労からくる痺れなのだろう。それでも鳴海は〝勝負〟を選ぶ。それがわかっている流風は、亮《あきら》かな声で言い放った。

「死ぬ気で守るから――」

皆、一斉に流風へと視線を送る。鳴海の心情を一番感じ取っていたのは同じ投手の流風だった。鳴海は自分が選択しようとしていた道は間違いではなかったのだと、大きく頷《うなず》いてみせた。

「勝負。オレらしくって言ったら、それっきゃないでしょう？」

鳴海は、右手の白球を勢いよく左手のグラブに投げ入れる。

「逢葉さん、オレらしい配球、頼みます。もう、首振ったりしませんから」

そして、いつもの人懐っこい笑顔でタイム解除を示した。

風は、ホームからバックスクリーンへ向けて流れていた。

「春と、同じやな……」

この後の準決勝第二試合で佐賀代表・呼子西《よぶこにし》高校と対戦する洛安高校の選手が、通路奥から息詰まる展開の試合を観戦していた。つぶやいた傀藤の言葉が、楠本《くすもと》の耳に届く。

「〝春と同じ〟やったら、この試合……」

湘央が負ける――。そんな不吉な台詞《せりふ》は言わせないとばかりに、傀藤は鋭い眼差しを楠本に投げつけた。

ツーアウト三塁――攻撃側にとっては最大のチャンスであり、守備側にとっては最大のピンチである状況に、両校応援席も声と音で闘い続ける。逢葉が選んだ初球は、右打者の外角ストレート。約束通り、首を横には振らない鳴海。一つ肩で息をして、投球フォームへと移行した。……ボール。四番打者は冷静に見送る。外角狙いではないのか、初球狙いではないのか、変化球を待っているのか――逢葉は勢いよくマスクを揺らし、自身の心に生じた迷いを振り払った。信じるしかない。自分を。鳴海を。逢葉はまっすぐにマウンド上の鳴海を見つめ、ゆっくりとサインを出した。

二球目は真ん中、低め狙いのチェンジアップ。これは、器用な鳴海が流風から盗んだ球種だ。今では独特の抜き加減の握りを覚えたこの球で、鳴海は空振りを奪った。カウント1‐1。逢葉は、掌に滲む汗をユニフォームの左袖で拭う。呼応するように、マウンド上の鳴海も足許のロージンバッグに手を伸ばした。待っている球は真ん中なのか、変化球なのか……それとも、今の空振りで狙いを変えるのか。逢葉は再び真ん中に構える。出したサインは、低めのストレート。鳴海は最後の力を振り絞り、四番打者に立ち向かう。

低めの絶好のコースだった。だが、見送られたボールに、球審は「ストライク」のコールをくれなかった。次がはずれたら、気力・体力ともに四番との勝負は厳しくなる。逢葉はここで、外角へのスライダーを選択した。初球のストレートとほぼ同じコースへと向かう白球は、打者が繰り出したバットの芯をうまくはずし、打球は一塁線へ切れた。飛んだコースがライン際だったことと、球足が速かったため、湘央側アルプススタンドからは甲高い悲鳴が、坂之宮側アルプススタンドと、内・外野応援席からははち切れんばかりの大歓声が起こった。まるでその観客を黙らせるかのように、一塁塁審は広げた両手を斜め上方へ向け、懸命にファウルのジェスチャーを見せる。耳を擘《つんざ》く大音量が、少しずつ溜め息へと変わった。

あと一球——決着に懸けるのは、右打者内角のストレート。逢葉は〝鳴海らしい〟勝負球を選んだ。鳴海はマウンド上で大きく頷く。そして、右腕が持っていかれそうなほど、全身全霊を小さな白球にこめた。

力《りき》み、疲労、重圧……。原因は複数あっただろう。リリースの瞬間、鳴海は人差し指と中指にかすかな違和感を覚えた。投じられた白球は、逢葉が構えたミットよりボール半個分ほど真ん中寄りに向かってくる。打者が、素早くテイクバックに入る。その気配を受けた逢葉は、祈るような想いで白球の到着を待った。一刹那《いっせつな》、すべての音が消えた。いや、次に訪れる大音量がそう錯覚させたのだ。逢葉の祈りは届かず、空気を震わせ送り出された銀色のバットは〝ボール半個分〟の恩恵をものにすべく白い球を弾き返した。三遊間——。飛んだコースは、過去二試合と同じだった。

「蒼真——っ！」

ベンチから上体を乗り出し、叫ぶ樋渡。抜けたら同点——。

傀藤はただ、その目に焼きつけるように、ボールの行方を見据えていた。


あの夏は、尊敬する先輩・安曇《あずみ》が、この春は自分が、頂点を目指す白球《〝権利〟》にあと一歩及ばなかった。時には、その過程に裏切られ、涙を飲むこともあるだろう。だが、そこで立ち止まってしまったら、空の碧さには近づけない。飲んだ涙を糧として翔《はばた》けば、きっと、今以上に〝碧〟を知ることができる——。


流風は、一片の迷いもなく跳んだ。自分の体感が記憶する、これ以上ないタイミングで。

ある者は叫び、ある者は息を呑み、ある者はうつむき、ある者は顔を覆い、「捕れ——」ある者は祈るようにつぶやき、拳を握った。止まらない時間の流れに沿って繰り広げられた光景は刹那の出来事であったはずだが、何万という人間の目には、まるで永遠とも思える映像として届けられる。左利きの遊撃手が目一杯伸ばした右手のグラブが、坂之宮の晩夏に引導を渡した。

流風は腹這《はらば》いに倒れたまま、手応えのあった右手を高々と掲げる。アピールを受け、二塁塁審が空気を叩くようにアウトを宣告した。歓声や悲鳴や怒号が飛び交う中、三度目にしてようやくつかんだ白球《〝権利〟》を包むグラブで勢いよくグラウンドを叩《たた》く流風。勝利の歓喜に踊る控え選手の揺れる背番号を見送りながら、樋渡は一人、力のあり余る右手で大きなガッツポーズを作った。

細めた目で湘央高校の勝利を見届けた傀藤は、思わず握りしめていた拳をゆっくりとほどく。こんなに真剣に他人の試合を見たのはどのくらいぶりだろう。そして、これほどまで交わした約束を守りたいと思ったことも、傀藤の記憶にはなかった。

まだどこか喧々《けんけん》とする雰囲気を背負い、整列する両校ナイン。当然の悔心《かいしん》が滲むものの、力を出し尽くした清々《すがすが》しさを徐々に取り戻す坂之宮高校の主力選手たちが、最後の殊勲者・流風に、次々と手を差しのべる。今大会五回目の校歌を誇らしげに歌う湘央ナインに降り注ぐ声にはまだ、棘《とげ》が含まれている。勝利の数だけ、その棘に刺された。そして、自分に送られる棘が仲間の心までも攻撃している現実に、流風は胸を痛めていた。

再会しなければ、捨てた己の感情《こころ》を思い出すことも、また、そうした自分に気づくこともなかっただろう。湘央高校の校歌を聞きながら、そんな感傷に似た想いを回想とともに巡らせていた傀藤。流風は、一足先に約束の舞台に立った。遂げられぬと思っていた奇蹟《きせき》の約束を果たすため、自分にできることはただ一つ……。

入れ代わるよう、グラウンドへ赴《おもむ》く傀藤と、通路奥へ向かう流風。最後の対戦相手になるはずの二人の間で交わされたのは、一筋の視線のみ。だが、互いの心にはしっかりと通じるものがあった。流風の退場とともに、球場内の空気が緩やかに浄化してゆく。そして、春の王者・洛安高校を迎え入れた瞬間、そこは、甲子園の本来あるべき姿に戻っていた。

唯一、春夏連覇の権利を持つ洛安高校の対戦相手は、佐賀代表の呼子西高校。前評判は決して高くなかったが、甲子園ではノーエラーと守備力は抜群だ。何より、ここまでの四試合、すべて逆転での勝利を記録している。甲子園で進化を見せる、奇蹟のチーム――高校野球ファンやマスコミからは、〝ミラクル・呼子西〟と讃《たた》えられていた。だが、集まったファンのほとんどが、奇蹟の終焉《しゅうえん》を予感していた。それもそのはず、対戦相手の洛安高校・傀藤は、過去四試合すべて一人で投げ抜き、うち三試合完封という圧巻の投球を披露している。そして、打線も本塁打六本を含む好調さを見せ、まさに「向かうところ敵なし」といった印象だったからだ。高校野球ファンは、ここから始まる洛安高校の軌跡に想いを馳《は》せていた。その期待が場内を埋め尽くし、あふれそうになったその時、決戦の時を告げるサイレンが響いた。

久々に現れた〝怪物〟に、甲子園の観客は酔いしれる。二回戦で、一試合最多奪三振数の大会記録〈二十二〉に並び、過去四試合での奪三振数は〈六十〉と、大会記録の〈八十三〉に限りなく近づいている傀藤。準決勝でのファンの楽しみの一つは、傀藤がここでどこまで三振を奪えるかだった。だが、準決勝第二試合には、思わぬ展開が待ち構えていた。

一回表、傀藤は呼子西の先頭打者を三振に切って取る、幸先《さいさき》のよい立ち上がりを見せる。

ここから、大会屈指の左腕・傀藤の奪三振ショーが始まるのだと、観客は心を弾ませた。だが初回、打線は三者凡退に封じたものの、三振はその一つだけであった。さらにスコアボードに〝0〟を刻んでゆくも、二回、三回も三振は奪えなかった。攻撃面でも洛安高校は、得点圏に走者《ランナー》を送りながらもあと一本が出ず、同じく〝0〟が刻まれた。

試合が動いたのは四回。ここまで、一試合平均十五個の三振を奪ってきたエースが、今日は三回までわずか一つという過度な期待が招いた不安が洛安内野陣を襲う。変化球を引っかけた、なんでもない打球を今大会ノーエラー、鉄壁の守備を誇っていた二塁手《セカンド》・奥《おく》貫《ぬき》が、一歩踏み出す判断を誤り、グラブで弾いてしまった。

ノーアウト一塁。奥貫は何度もマウンド上の傀藤に片合掌《がっしょう》で詫《わ》びを入れる。傀藤は、苛《いら》立《だ》ちを含む背中でそれを黙殺した。微妙に狂った空気は、重みと存在感を醸し出す。

その歪みは、三振を量産してきたバッテリー間にまで及んだ。捕手・高杉が送るサインに、なかなか頷かない傀藤。頭を振る〝拒否〟の数は六回で無理やり止められたが、それは傀藤の妥協だった。取れぬ三振、二塁手のエラー、もどかしいサイン……。傀藤のフラストレーションは、爆発寸前だった。

野球は九人でやるもの？　冗談じゃない。投手《じぶん》さえしっかりしていれば、残りの八人はロボットでも勝てる——。

傀藤はいつも横柄な態度でグラウンドに立っていた。そんなエースから滲み出る高慢さは、チームに何か喉に詰まらせているような心地の悪さを蔓延《まんえん》させていた。だが傀藤が先発した試合では、洛安高校は負けなかった。その現実が、ますます彼を高慢にし、そして孤独へと追い込んだ。「野球が楽しい」なんて、幻想だ。実際、感情が伴わなくても試合には勝てる。そして、ストイックな男は、自分でも気づかぬうちに周囲にもそうあるべきだと望むようになっていた。

エラーをした奥貫に腹を立てているわけではない。ただ、傀藤の中で二塁《セカンド》へ打たせてはならないという決意が固まっただけだ。それが、食い違うサインに明確に顕《あらわ》れた。彼自身は、ロボットではなく生身の人間だ。芳《かんば》しくない展開が、その指先を微妙に狂わせることになる。あれほど首を振り、妥協したサイン通りにすら走らない白球——、傀藤の投球はバットにもあるとするならそのスイートスポットへと吸い込まれるように向かった。

奇蹟《ミラクル》ではない、ここまで来たのは実力だと言わんばかりに振り抜かれたバットが、呼子西の夢を乗せた白球を高々と舞い上がらせる。碧いキャンパスに白い放物線を描きながら旅立つ打球は、何人《なんぴと》も介入できないセンターバックスクリーンへと消えていった。

爆発的歓声が、場内を包む。無理もない、今まで堅実な野球を続けてきた呼子西の初本塁打は、比類なき大投手・傀藤から放ったものなのだから。喧々囂々《ごうごう》とする場内で一線を画するように、洛安ナインを取り巻く空気は静かに凍りついてゆく。

傀藤が打たれた。あの、傀藤が……。

練習試合も含め、エースナンバーを背負ってからの傀藤が被弾したのはわずか二本。その二本も、大量リードしている油断が与えたもので、こんなふうに大舞台で先制点となる当たりは許したことがなかった。その傀藤が、バックスクリーンへのツーランホームランを打たれたのだ。ノーマークだった、八番打者に……。

その後も今までの彼とは別人のような投球内容でピンチを作ってしまったが、なんとか2対0のまま試合は最終回まで進んだ。

九回表、最終回のマウンドに立つ傀藤は、ゆっくりと空を仰いだ。細めた目に、白い光芒《こうぼう》が飛び込む。

傀藤はふと、試合中よく空を仰いでいた流風の姿を思い出した。……そして、知る。甲子園の空は、こんなにも碧かったのだと。いや、本当は知っていたのかもしれない。この、空の碧さを。だが、そんなふうに感じることを、そんな自分を、傀藤は拒んでいたのだ。空が碧かろうが、頬を撫でゆく風が心地よかろうが、勝敗にはなんの関係もない――。だが、彼女は……蒼真流風は、この景色を、そして野球を、いつも楽しんでいたのだろう。

傀藤は己の矜恃《きょうじ》のすべてで、今試合五個目となる三振を奪う。九回の守備を終えベンチへ引き揚げる時、傀藤は振り返り、スコアボードの〝0〟を見つめた。その時また、今までまったくなかった思いがふっと浮かんできた。

(この〝0〟はオレが刻んだものか？　……いや違う)

この〝0〟は、いや、今まで記録された〝0〟は、すべて仲間と共に刻んだものだ。自分一人の力で勝てた試合など、あるはずもない……。

そう、思った瞬間、傀藤の胸中に空と同じ碧い色が湧きあがった。傀藤はもう一度空を仰ぐ。そして空から戻した視線を、今から向かうベンチへと送った。

最終回の攻撃を前に組まれる円陣。そこには心を閉ざしたあの日から仲間の輪に加わることのなかった傀藤の姿もあった。勝利に必要な点は〝3〟――。不可能ではないが、今、春の王者・洛安が追い詰められているのも事実だ。どことなく皆、暗い雰囲気の中、傀藤が、思いがけぬ台詞を吐いた。

「……頼む。3点、いや、2点取ってくれ……」

円陣の中に、動揺が走る。

頼む？　――あの傀藤が、そんな台詞と共に頭を下げた？

「傀藤……？」

「オレは今まで、ずっと一人で野球をやってきた。けど……、けど……」

涙なく彼は泣いているのだと、洛安ナインは愕然《がくぜん》とした。彼が封印してきた人間らしさが、失いかけた頂点を前にあふれ出そうとしている。

「よしわかった。傀藤、わかったで。3点取ったる。せやから、そんな顔すんな」

チームで一番小柄な奥貫が、大言を吐いた。彼は、自分のエラーがすべての元凶だと、責任を感じていたのだ。一人出れば、奥貫にも打席が回る。それもまた〝甲子園の魔物〟の戯心《ざれごころ》――。

「今まで、随分おまえに助けられたからな。今度はオレらが助ける番や。絶対、おまえを決勝のマウンドへ上げたるからな」

ずっと傀藤の球を受けてきた捕手・高杉《たかすぎ》が、その背中を叩きながら力強く言った。円陣を作る洛安ナインの心が、はじめて本当の意味で一つになろうとしていた。


「蒼真、最終回だぞ。試合、観《み》なくていいのか?」

宿舎の大広間――湘央ナインは、勝者が明日の対戦相手となる準決勝第二試合をテレビ観戦していた。そこに流風の姿はなく、監督の飯泉《いいずみ》が中庭で一人佇《たたず》む流風を見つけ、その背中に声を投げた。

「……監督」

宿舎へ戻ってからずっと、甲子園へと繋《つな》がる碧空《へきくう》を見つめていた流風は、陽《ひ》に焼けた頬をふっと緩めた。

「すみません……あたし、ただのファンになっちゃうんで……。冷静に、観られないんです」

「……そうか」

選抜大会での洛安高校のエースと流風との何かしらのやり取りは、飯泉も目撃している。短くそう言い、近くの花壇に腰を下ろした。

「それに……決勝の相手は洛安だって、信じてるんです」

飯泉が洛安と呼子西の試合中継を観戦したのは途中からだったが、流れは完全に呼子西のものだ。だが、流風の〝断言〟ともいえる台詞に、飯泉も思わず賛同する自分に気づく。あのまま試合は終わらない――。なぜか、そんな気がした。

「手強いぞ？　洛安は」

勢いの呼子西より、地力《じりき》に勝る洛安の方が、監督としては迎えづらい。だが、頂点を競う相手としてはこの上ない存在であることも、飯泉の心を掻《か》き立てた。

「知ってます。六年前から」

傀藤は、好敵手《ライバル》であり、目標であり、友であり、……大切な人である。だが、最後の感情は、グラウンドには連れて行かない――。流風は、抜けるような夏空に、六年越しの夢をみた。約束は叶《かな》う。必ず。瞳を閉じ、微笑む流風。刹那、中庭に星野の声が響いた。

「監督、試合が終わりました。明日の対戦相手は……」

九回表、ツーアウト走者なし。打席に入った洛安高校の九番打者・白井《しらい》が放った打球は、三塁手《サード》へのゴロだった。しっかりと捕球する三塁手――その瞬間、誰もが洛安高校の敗北を覚悟した。最後の瞬間《とき》を拒むように目を閉じる傀藤。だが……。視覚を封じた傀藤の聴覚が、劇的に変わる観客の声を捉えた。

歓声と悲鳴が見事に交錯する中、呼子西・三塁手《サード》の送球は一塁手《ファースト》の目一杯伸ばしたグラブを掠《かす》めもせず、そのままカメラマン席へと飛び込んでいった。

テイクワンベース――白井は二塁塁上から、三塁側味方ベンチに向かって両腕を突き上げる。まるでタイムリーでも放ったかのような狂喜ぶりに、洛安ナインも大きく応えた。まだ、終わっていない——。転落を覚悟して踏み出した先には、まだ地面があったのだ。

ネクストバッターズサークルで祈るようにバットを額に押し当てていた奥貫は、ゆっくりと立ち上がる。そして、抜けるような碧空を振り放《さ》いた。ここで本塁打を放てば同点——。そんな夢のような考えを浮かべ、奥貫は一人微笑む。……傀藤が嫌いだった。自分にないものをすべて兼ね備えている傀藤。そんな男のために、今は打ちたいと思っている。自らの野球人生で一度も放ったことのない〝本塁打〟を。その己の考えに思わず微笑んでしまったのだ。奥貫は、いつもは短く持つバットをグリップエンドぎりぎりに握り直す。初球は、大きく右に切れるファウル。二球目は、選んでボール。三球目は、見送ってストライク。奥貫と洛安高校は、再び追い詰められた。

「奥貫っ！　打ってくれ！」

洛安ベンチから傀藤の声援が上がった。今までの彼の言動にも十分驚いていた奥貫だったが、今度もまた、驚愕《きょうがく》の表情を向ける。あそこにいるのは誰だ……？　ああ、傀藤か。あれが〝本物〟の傀藤だ。心の氷山を融《と》かした本物の——。

「うぉおおお————っ！」

奥貫は吼《ほ》えた。己を鼓舞するために。そして、カウント1‐2からの変化球を、気持ちごと弾き返した。空気が凝結《ぎょうけつ》する。その中をもがくように進んでいく、奥貫の打球。星の煌《きら》めきにも似た白い球は、内野に近い位置で守っていた外野手の頭上を越え、太陽の光をふんだんに浴びた翠《みどり》の絨毯《じゅうたん》に着地した。二塁走者・白井は、一心不乱に本塁を目指す。1点は揺るぎない、大きな打球。奥貫は一塁ベースを回ったところで、自身の放った打球を目測する。両手に今までにない手応えを感じた。奥貫は前傾姿勢で足の回転を速めた。フェンスには及ばなかったが、絶妙なコースへ飛び、落ち、転がっている白球――フェンスを越えるだけが本塁打ではない。奥貫は二塁ベースを蹴った。そしてまた、奥貫は考える。自分がレギュラーに選ばれた理由はなんだ？　守備力と、走力……だが自分は、その〝守備〟でミスを犯した。手痛いミスだ。それを取り戻すために必要なもの――三塁を回った。奥貫は、三塁コーチャーに一瞥《いちべつ》もくれず、がむしゃらに走った。土煙が舞う。目指す本塁が、陽炎《かげろう》に揺れた。……馬鹿だと、皆に叩かれるだろう。だが己のような脇役が主人公《ヒーロー》になるためには、〝無謀《むぼう》〟というトンネルをくぐるしかない。奥貫は競泳選手のスタートのように両手を伸ばし、同点のホームへと飛び込んだ。

歓声が、頭上で渦を巻いた。うつぶせに倒れたままの奥貫には、球審の声が聞こえない。だが、その指先には確かな手応えがあった。奥貫は、たゆたう土煙の中ゆっくりと顔を上げる。そんな彼の耳が、自分の名を連呼するアルプスの声を捉えた。夢見心地で立ち上がり、今度は自分の足でしっかりとベースを踏んだ奥貫は、ベンチ前で味方の手荒い祝福を受ける。彼の人生初の一発は、ランニングホームランだった。歓喜の輪の只中《ただなか》で、奥貫は自身の偉業を噛《か》みしめる。この〝2点〟を価値あるものにするために――。

「絶対、勝とうな！」

奥貫は叫んだ。それに応えるように、ナインは一斉に咆哮《ほうこう》を上げた。

「監督、試合が終わりました。明日の対戦相手は洛安です」

星野の声が、中庭に響いた。流風は、わかっていたといわんばかりにゆっくりと空を見上げ、再び〝碧〟を取り込む。約束の扉は開かれた。あとは……。流風は、ポケットから小瓶を取り出し、掌でそれを見つめる。黒土《くろつち》が、春に傀藤が手渡してくれた甲子園のマウンドの土が、瓶の中でさらりと揺れた。

傀藤は、劇的な逆転勝利の余韻《よいん》で目覚めた。奥貫の、人生初のランニングホームラン、その後の、怒濤《どとう》の攻勢――。野球がおもしろいのは、こんなにも愛される競技なのは、劇的な展開が多く見られるからではないだろうか。

3対2。同点に追いついた後、連続ヒット三本で、洛安高校は逆転サヨナラ勝利を手に入れた。勝利への1点を叩き出したのは、四番の楠本だ。だが、ヒーローは彼だけではない。同点のランニングホームランを放った奥貫もそうだし、そのお膳立てをした九番・白井の気魄《きはく》もそうだ。二番・三番のヒットも、勝利のためになくてはならないものだった。やはり野球は九人でやるものなのだと、清々しい朝にあらためて感じた傀藤。昨日までの連投が嘘《うそ》のように、身も心も軽やかだった。

甲子園球場の正面入り口には、決勝戦の対戦カードが記された看板が掲げられていた。歴史の、偉業の目撃者となるべく集まった高校野球ファンの列ができ、球場の外壁を覆う蔦《つた》は幾年《いくとせ》も前から不変の深翠《しんすい》を湛《たた》えている。暦の上ではもう秋だが、甲子園はまだまだ、夏の太陽と空をいただいていた。傀藤は、空を仰ぐ。今日は、人生で最高の一日になる——

——そんな予感がした。


両雄を迎え入れた甲子園は、今日も変わらず壮大で美しかった。ここがなぜ、〝聖地〟と呼ばれているか、踏み入ることを許された者なら、その理由は嫌というほどわかるだろう。外界とは、一線を画する風の流れ。集中的に注ぐ光。絵画の如《ごと》き、紺碧《こんぺき》の空……。この夏最後の戦士を、憧れの地は優しく包んだ。だが、優しかったのは〝聖地〟のその姿だけだった。


夏の陽射しのもと、スコアボードに両校のスターティングメンバーが掲示された瞬間、凄《すさ》まじいどよめきが球場内を巡った。先攻・湘央高校の先発を示すナンバー〝1〟が、流風の名の下に点灯されたからだ。

「湘央は、端《はな》から勝負を捨ててとるみたいやのう！」

バックネット裏から上がった野次を皮切りに、観客席からは次々と同様の野次が放たれた。球場内のざわめきは、両校の練習中にも途絶えることはなく——試合開始前には、静《せい》粛《しゅく》を促す異例の場内アナウンスが流れた。

昨晩、集まった旅館の大広間で、突然流風が声を張った。

「監督とみんなに、お願いがあります」

「……なんだ?」

その〝お願い〟の内容を知っている気がしたが、飯泉は話の続きを促す。そして、飯泉が心のどこかで待っていた〝お願い〟を、流風は強い眼差しと意志で紡いだ。

「明日の決勝戦、あたしに投げさせてください」

深々と下げた頭の上に、いくつもの視線が集まる。温かいものだった。飯泉同様、彼女がそう言い出す瞬間《とき》を待っていたかのようだった。だが——いくら待っていたといっても、優勝を決める一戦だ。情だけで先発投手を選べるものではない。飯泉は翌朝に答えを出すと言って、その場を解散させた。

決戦の朝、逢葉は遮光の薄いカーテンからこぼれる光で目を覚ました。カーテンを開け、中庭に面した窓から外界の景色に目を向けた逢葉は、そこに、一人でシャドーピッチングをしている流風の姿を認めた。捕手である逢葉にとって、その姿は目新しいものでもなんでもない。だが……今朝の彼女はまるで、この世界に存在するすべての光を一身に集めているかのように、神々《こうごう》しく輝いて見えた。逢葉はこの時、流風の先発を予感した。

「おはようございます。監督」

よく、朝に顔を合わせた時、その表情を見て先発投手を決めると語る監督がいるが、至極幸運なことに、飯泉は決め手をそこに持っていく苦労をした経験がなかった。だが力強い挨拶とともに現れた流風の顔を見た瞬間、飯泉は、ベテラン監督らの気持ちが本当の意味で理解できた。

燻《くすぶ》る火のように、まだどこか鬱塞《うっそく》とした雰囲気の中、両校の選手がベンチ前に並ぶ。合図の後、この夏、甲子園が見守る最後の球児らがグラウンドへと駆け出した。互いに正々堂々とプレーすることを誓い合う整列の場で、必然的に対峙した流風と傀藤。六年前のあの夏よりずっと背の高くなった傀藤を、流風は凛《りん》とした眼差しで見上げた。約束が叶う瞬間……、交わった視線はすぐにほどける。後攻めの洛安ナインがグラウンドに散り、高い空に、決戦の幕開けとなるサイレンが響いた。

一回表、傀藤は文字通りの怪物ぶりを見せつける。前日の試合でわずか六個と振るわなかった奪三振数を補うかのように、唸《うな》る剛腕は三人を連続三振に仕留めた。熱が、聖地を支配する。一方を温め抱き、一方を焼き尽くさんとする、不条理な熱――……。

その空は今日も、碧く澄んでいた。絵の具では出せない、本物の碧――決して触れることのできない紺碧の空を流れる旋風《かぜ》が舞い降り、汗ばむ頬を撫でる。瞳を閉じればもう、そこは己との闘いの世界。擘《つんざ》くような歓声も怒号も、彼女の耳には届かない。流風は、感謝していた。今日という日、この素晴らしい舞台に立てるチャンスを、力をくれたすべてのものに、流風は感謝していた。鋭く切れそうなほどに研ぎ澄まされた神経を解き放つように天を仰ぎ、灼熱《しゃくねつ》の陽射しに焼けつくマウンドの黒土にそっとスパイクを這わせた彼女は、大きく深く息を吐いた。そして、左手にそっと握っていた春の土を、夏のマウンドへ還《かえ》す。〝ここに戻ってこい〟と傀藤に渡された、小瓶の中で揺れたあの土だ。決勝という、この上ない舞台で還すことができた……。

陽炎《かげろう》を隔《へだ》てたベンチからマウンドの様子を見つめていた傀藤は、あらためて叶った約束を噛みしめる。彼にも、歓声と怒号の旋律は聞こえない。あるのは、勝ち残った者にのみ許される、真剣勝負の世界——今、彼の視線の先にいるのは、六年前に自分が認めた最高の好敵手《ライバル》だった。

見上げた〝碧〟に、よぎる想い……。流風の掌《てのひら》に、肩に、様々な気持ちが宿る。たやすい道程《みちのり》ではなかったからこそ、しなやかな左手に握られた白球の穢《けが》れなき重みが心にのしかかる。

だが彼女は、その想いすべてを心地よい重圧《プレッシャー》に変え、果てしない夢の一球を投じるべく、ゆっくりと振りかぶった。彼女の夏はまだ、終わらない。柔軟なフォームから、想いをこめた白球を投じる流風。今、この瞬間、ここに立っている奇蹟を噛みしめながら——。

流風の記念すべき初球は、ど真ん中のストレートだった。スコアボードに表示された球速に、観客がざわめく。135㎞／h——男子選手ならさほど過敏になる数値ではないが、女子選手の、流風のやることなすことすべてが観る者の興味を引いた。打席に立つ奥貫は、思わず頬を緩めた。視線の先に表示された球速と体感速度の開きがあまりに大きかったからだ。もちろん、球速は傀藤の方が数段上だ。しかしたとえるなら、〝たこ焼き〟だと思って口にしたら、実はたこ焼きに似せて作った〝シュークリーム〟だった——。そんな見た目と実質とのギャップに、奥貫の感覚は修正を必要としていた。二球目、再びストレート。今度は左打者・奥貫の内角を衝《つ》く。わずかにはずれてボールとなったが、それが三球目の外角へ走るカーブに活《い》きる。二球目で腰が引けていた奥貫は、外角へ斜落する球に中途半端なスイングを繰り出してしまった。カウント1‐2。ここで逢葉は、ストライクを取った初球と同じ、ど真ん中のストレートのサインを出した。流風は力強く頷き、振りかぶる。しなる左腕が送り出す速球は、逢葉のミットを求めて宙を走った。奥貫はそれを阻止すべくバットで迎え撃つ。軽い音と共に打ち上げられた奥貫の打球は、二塁手《セカンド》への浅いフライだった。

「ええ球、投げよるわ」

見事に打ち取られた奥貫は、ベンチに戻る早々、微苦笑とともに吐き出す。傀藤は目を伏せて笑い、そして返した。

「当たり前や。オレが、クスの次に認めたヤツなんやからな」

この試合、1点勝負になる——。傀藤は、そんなふうに感じていた。

甲子園ではじめて奪ったアウトで、わずかながら緊張がほぐれた流風。続く二番打者に対する初球も、ど真ん中のストレート。奥貫に対するその投球をネクストバッターズサークルから見ていた二番打者・原《はら》だったが、初速と終速の差がほとんどない流風の伸びる直球を、思わず見送ってしまった。体内に溜《た》まった酸素を循環させようと、すぼめた口唇から遠慮がちに二酸化炭素を送り出す原。この瞬間、彼はもう、相手が女子選手だということを忘れていた。原は、バットを短く持ち直した。カウント２-１になってからの四球目は、右打者・原のやや内角寄りのストレート。彼の打球は、詰まりながらも遊撃手《ショート》の深いところへ転がる。全力で駆け抜けた結果、原は内野安打をもぎ取った。本塁打でも、適時打《タイムリー》でも、鮮やかな安打でもないのに、一般の応援団からは原が恐縮してしまうほどの大歓声が上がった。

ワンアウト一塁。あとに控える今大会絶好調の打者は、できればツーアウト走者《ランナー》なしで迎えたかった。それに加えて、会場からの断続的に聞こえる野次。この異様な雰囲気が、流風の心に、左肩に余計な重圧を与えてはいまいか、と思った逢葉はマウンドへ駆け寄った。だが、マウンドで孤独な闘いに挑む流風は、その相手が想像以上の強敵であることに喜んでいるようだった。

昨夕、監督、部長先生、ギプスの取れぬ樋渡も含めた野球部全員で宿舎にある大浴場の風呂に入った。もちろん、流風を除いたほぼ全員でだ。飯泉は、全員が入浴可能な長方形の大きな風呂の中で、話し始めた。

「正直、〝貧乏クジ〟を引いちまったって思ってるヤツがいるんじゃねぇか？」

飯泉の話はいつも突飛で主語も曖昧だが、言わんとすることはストレートに伝わる。心で話しかけてくるからだ。

「……最初はね、正直思ってましたよ。〝貧乏クジ〟どころかとんだ疫病神だ、ってね」

真っ先に応えたのは、浴槽に浸《つ》かれぬ樋渡だった。そう〝貧乏クジ〟とは流風のことだ。

「でも、今はそうでもないですよ。むしろ、貴重な経験ができたと思ってます」

樋渡の答えに、皆、同調した。

「ぶっちゃけ、今ここにあいつが交ざってたって、なんの違和感もないっすよ」

本気か冗談かわからぬ顔つきで、北見が爆笑をさらった。その時だった。

「おまえらに、言っておきたいことがある」

前髪から滴《したた》るぬるま湯を乱暴に払い、飯泉が本題を切り出した。

「グラウンドに立っている時、蒼真は自分が〝女〟だってことを忘れようとしている──それは、おまえらも気づいてるな？」

問われ、各々顔を見合わせながら頷く。

「おまえらも、蒼真が〝女〟だということを、意識しないようにしてる──そうだな？」

続けざまの問訊《もんじん》に、全員が同様の反応を返した。

「それは理想的なことだ。オレも、ずっとそう思ってた。だがな……」

飯泉は再び顔を洗い、そして続けた。

「明日は、あいつのありのままを見てやって欲しい。明日は〝女〟としてのあいつと、一緒に闘って欲しいんだ」

高野連《こうやれん》が女子選手の参加を認めた以上、彼女が〝女〟であることを忘れる必要も、意識しないよう振る舞う理由もないのだ。自分たちが女子選手としての流風とともに闘うことこそが、頑なに流風を色眼鏡《いろめがね》で見たり拒絶する観衆の心を開くきっかけになるのかもしれない……飯泉が言いたいのは、そういうことなのだと、彼らは解釈した。

今、マウンドで次の打者に挑まんとする彼女は、紛れもなく女の子——何が悪いことがあるものか。


「蒼真さん、甲子園の歴史を変えよう！」

去り際に残した逢葉の台詞に、一瞬目を丸くする流風。だがすぐに、笑顔で頷いた。

この試合は1点勝負になる——それは、流風も傀藤と同様に感じていた。1点でも取られたら、限りなく敗北の色が濃くなる。

迎えた三番打者への初球は、外角のストレート。これがいっぱいに決まり、カウント0-1。二球目も外角へのストレート。バットには当たったが、大きく切れてファウル。そして、三球目——流風が右打者・市村《いちむら》の内角へ投じたカーブは弾き返されたが、これが遊撃手《ショート》正面のゴロとなり、6-4-3の併殺。結果、湘央バッテリーは洛安高校の攻撃を三人で切り抜けた。静かといえば、静かな立ち上がり――独特の静穏が、決勝の舞台を不《ふ》易《えき》に包んでいた。

　再び甲子園が沸いたのは、直後の二回表。洛安高校・傀藤が、湘央高校の四番・片桐を三球三振――しかも、すべてストレートという強気の投球を披露《ひろう》し、見事に抑えてしまった瞬間だ。そして荒れ狂う波濤《はとう》の如《ごと》く襲いくる大音声《だいおんじょう》が影響したのか、続く五番、六番も三振に倒れ、大記録を狙う傀藤は六連続三振という快挙を達成させた。

　二回裏、洛安高校も四番からの攻撃。バットを持ったままの両手を後方に振り上げ、背筋を伸ばす楠本。打席に立った彼は、マウンド上の流風に視線を留めた。彼女はこんな凛々しい表情《かお》をしていたのか……楠本は、グリップを持つ手に力をこめる。楠本への初球は、外角のストレート。この試合、湘央バッテリーは打者の外角への投球に重きを置いていた。相手は春の王者であるし、流風が女子選手であることも熟考した、逢葉なりの慎重な戦術であった。初球は少しはずれてボール。二球目、逢葉は同じサインを流風に送る。ストライクが欲しかった流風は、先ほどより少し内へとストレートを投じた。甘い球ではなかったが――唸る楠本のバットが流風のストレートを弾き返す。大きな当たりは、右中間、フェンスにぶつかり芝生へと転がった。クッションボールの処理がうまかったため、楠本は二塁でストップ。さすがは洛安の主砲というヒットに観客はまたおおいに沸いた。ノーアウト二塁。迎える五番打者・傀藤は流風との甲子園初対決を果たすため、ゆっくりと打席に入った。

試合前に組んだ円陣の中、傀藤は力強く言った。

「1点、取ってくれたら、今日は死ぬ気でその1点を守る」

洛安ナインは、その神々しい眼力に、今日の勝利——優勝を確信した。そして、傀藤は自身の言葉を実行すべく、1点を取る攻撃を仕掛けた。

送りバント——一瞬、意表を衝かれた流風の前へと転がる白球。素手で傀藤のうまく殺した打球を拾い上げた流風への捕手《キャッチャー》・逢葉の指示は、一塁手《ファースト》への送球。ワンアウト三塁。ここまで高い打率を誇ってきた五番打者・傀藤のバント攻撃の中に、湘央高校は彼の勝利への執念を見せつけられた。

六番打者を迎え、流風は足許のロージンバッグに手を伸ばした。スクイズか、強攻か……。今大会、一度も送りバントをしなかったエース・傀藤が、この局面で実行した。洛安ナインも傀藤の勝利に、最初の1点に懸ける想いの強さをあらためて感じたはずだ。だとすればここは、スクイズで来る——。それを念頭に置いた逢葉のサインに、流風は力強く頷いた。洛安の六番打者・高杉が動いてきたのは初球からだった。フェイクの構えからのスクイズ——彼は女房役としてどうしても傀藤に先制点を贈りたかったのだろう。だが、その気負いが力みに繋がり、打球は捕手・逢葉への浅いフライになる。サイン通り飛び出していた三塁走者・楠本は帰塁《きるい》できず、この回も湘央高校は併殺でピンチを切り抜けた。

甲子園は、渦を巻く大声援から一転、凪《な》ぐような静寂に包まれた。それは、三回表、湘央の七番打者・弓削《ゆげ》が、傀藤七つ目の三振に倒れた瞬間からだった。そして続く八番・有《あり》馬《ま》が三振に終わった時には、あれほど英雄の登場に沸き立っていた球場内は、水を打ったように静まり返った。〝怪物〟――ホンモノの怪物を見る、戦々《せんせん》兢々《きょうきょう》たる眼差しであふれていた。

だが湘央高校・九番打者「蒼真流風」が打席に入ると同時に、劇的な大音量の球場内に戻った。流風に対して投げつけられる野次や指笛も含む音声は、傀藤にかける歓声よりも遥《はる》かに大きく多く、場内を埋め尽くした。

対峙する打者と投手――流風と傀藤は、そんな声がまったく届かないところでお互いを見据えていた。

（オレ、スライダー極めよ思てんねん――）六年前、誇らしげに語った傀藤の言葉が、バットを構える流風の脳裏に甦る。傀藤は、その極めたスライダーを、自分に投じてくれるだろうか？　メランコリックな感情がよぎった中での初球、傀藤は、よりストレートに近いスライダーで、流風との対決の口火を切った。

うれしかった。ストライクを取られ、流風は、心底うれしいと感じていた。女だからといって適当な配球をしない傀藤の、洛安バッテリーの勝利に懸ける想いの強さに触れた気がして……。流風は、自分も華々しい決勝の舞台に立っているのだと、歓喜に震える両手でバットを握りしめた。二球目は、初球より遅く、大きく曲がるスライダー。左投手の傀藤の投じた球は、左打者・流風の外角へと滑走してゆく。完全に腕だけで、流風はバットを振っていた。０‐２、追い込まれた流風。考え、巡らせる間もなく――流風の内角いっぱい、抉《えぐ》るようなストレートが、彼女の思考を遮断した。

今試合九個目の三振は見逃し——観客は戦《おのの》きながらも、傀藤の偉業に大いなる喝采《かっさい》を送る。

自分は、とんでもない投手を向こうに回している……。同じマウンドに立てることの喜びと恐怖とが、流風の中でない交ぜとなる。思わず、流風は武者震いに似た身震いを覚えた。

三回裏、洛安高校は七番・間野《まの》からの攻撃。流風はうまくコーナーを衝き、この打者を投手ゴロに仕留めた。八番・水谷《みずたに》は左打者。ここで湘央は四球を与えてしまう。少しでも緊張の糸を弛《ゆる》ませたら望まぬ結果を招くのだと、流風は自らの左頬を強く張った。九番の白井には、膝許の球で挑む。ストライクゾーンぎりぎりの低めを丁寧に衝いた結果、白井をぼてぼての三塁ゴロに打ち取った。その間に一塁走者が進塁し、ツーアウト二塁——一番の奥貫を迎えた。

奥貫への初球は、内角へのストレート。スイングを奪う。二球目は、外角低めのカーブ。思いきり振り降ろした奥貫のバットは、またしても空《くう》を切る。追い込んでからの三球目、湘央バッテリーは外角への際どいストレートを選択。見極めたのか、手が出なかったのか——奥貫のバットはぴくりとも動かなかった。判定は、白球一個分はずれてボール。勝負の四球目、流風の投じたストレートは内角低め、逢葉のミットに突き刺さり、奥貫から見逃し三振を奪った。スリーアウト、チェンジ。奥貫は、堂々とマウンドを駆け降りる流風を、悔しくもあり、眩《まぶ》しくもある複雑な眼差しで見つめた。

四回表、打順トップに戻り、湘央高校は小岩井からの攻撃。なんとか突破口を見出《みいだ》そうと、小岩井はセーフティーバントを試みるが、傀藤の華麗なフィールディングの前に、敢えなく撃沈。簡単にワンアウトを取られてしまった。二番・岡倉《おかくら》と三番・北見は共に二打席連続三振――まだ四回だが、湘央ベンチは押し寄せる絶望感と必死に闘っていた。

そんな中、流風は、マウンドを預かることの重圧に、一人で立ち向かう。自分が洛安を抑えれば、きっとチームの士気も上がるはず――。

「まだ同点だよ！　みんな、声出して行こ！」

スタンドを埋め尽くす大声援に負けぬ大声を腹の底から送り出し、灼熱《しゃくねつ》の陽射しの中、流風は一番にグラウンドへ駆け出した。四回裏のマウンド。流風の足許で、陽炎が揺れる。

初回からずっと、走者《ランナー》を背負う苦しい展開だが、流風は双肩にかかる重圧を楽しんでいた。幼い頃から夢みていたこの大舞台で野球ができる自分は、なんて幸せ者なのだろう。苦しみよりも、その喜びの気持ちが勝るマウンド上の流風は、仲間の目にはとてつもなく大きく、頼もしく見えた。

この回先頭の二番・原は、小岩井と同様、意表を衝くセーフティーバントを仕掛けてくる。右打者の原は三塁線、絶妙なコースへと白球を転がしたが、反応よく飛び出した三塁手《サード》・北見のファインプレーの前に倒れ、ワンアウト。そのアウトで気を抜いたわけではないが、流風は続く三番市村に中堅《センター》前ヒットを許してしまう。ワンアウト一塁。一人走者を背負った状況で、湘央バッテリーは先ほど二塁打を打たれてしまった四番・楠本を迎えた。

　セットポジションからの初球、流風は、右打者・楠本の内角へカーブを投じる。判定はボール。二球目は真ん中低めのストレートで、カウントを1-1とした。そして三球目、流風が投じた内角へのストレートを、楠本は渾身のスイングで引っ張る。楠本のバットが弾き返した速い打球は、決勝戦、流風に代わり遊撃《ショート》を守る弓削の上方を襲う。抜ける——誰もがそう、思った時だった。ジャンプ一番、弓削はこの上ないタイミングで地面を蹴《け》り、目一杯グラブを伸ばす。そして、楠本の暴れる打球をしっかりとつかみ、ツーアウトをもぎとった。

　そして、傀藤との二度目の対決。逢葉の好リードでツーストライクと追い込んだ後の五球目、流風は、グラブの中でゆっくりとOKサインを作った。勝負球を譲ってくれた〝師匠〟に対し、はじめて投じるチェンジアップ——だが、傀藤はそれを読んでいた。恵まれた体躯《たいく》から繰り出すバットの芯が捉える。耳鳴りを残すほどの甲高い音を放ち、傀藤の打球は三塁線を鋭く破り、外野へと跳ねた。本来なら1点入ってもおかしくない場面。だが、傀藤の当たりが強すぎたこと、左翼手《レフト》・笹原へセオリー通りのクッションボールが返ったことが湘央側に幸いし、一塁から疾走してきた走者《ランナー》を三塁で止めた。

　それでも、湘央高校のピンチは続く。ツーアウト二、三塁、六番打者・高杉を迎えたところで、湘央は一回目のタイムを取った。

「県大会決勝の投球を思い出せ、です」

ベンチから駆けてきた伝令役の鳴海が、飯泉の言葉を忠実に伝える。そして、

「大丈夫っすよ。蒼真サンが打たれても、オレが抑えますから」

緊張をほぐす冗談を残し、鳴海はマウンドを後にした。右打者・高杉への初球、湘央バッテリーは鎌倉共栄《かまくらきょうえい》・橘《たちばな》へ投じたものと同じ、外角低めのストレートを選択。これがいっぱいに決まり、ワンストライク。流風は呼吸を整えるよう、肩を上下にゆっくりと動かした。二球目、今度は内角低めのカーブ。三塁に走者がいる場合、左投手は右打者の内角へはなかなか投げられないものだ。二塁にも走者がいればなおのこと。だが、流風は橘を抑えたあの瞬間の自分を信じた。高杉は内へ抉り込む球にバットを送るが、空振り。これで湘央バッテリーは高杉をツーストライクと追い込んだ。焦らず、流風はじっくりと時間を取る。そして、三球目は初球と同じ外角へのストレート――際どい球だった。判定はボール。流風は足許のロージンバッグを拾い上げ、左の掌で二・三度放り投げた。勝負の四球目、飯泉の指示通り出された逢葉のサインに、力強く頷く流風。サークルチェンジアップ――橘から三振を奪ったこの球で、流風は高杉からも値千金《あたいせんきん》の三振を奪った。

湘央側アルプススタンドから沸き起こる大歓声が、不穏なざわめきをのみ込んでゆく。今でこそ湘央への大歓声を送る彼らだが、最初は女子が野球部に入り、本気で甲子園を目指す姿に反感を覚えていた者も少なくない。それが今――声が嗄《か》れるほど「蒼真流風」に熱いエールを送ってくれていた。

傀藤の好調ぶりは留まるところを知らず、五回表の打者をすべて三振に封じ込める。早くも十四個目の三振に、観衆はただ感嘆をもらした。堂々とマウンドを降りる傀藤。このまま、決勝という舞台で完全試合達成の瞬間が訪れるのか――。甲子園の大観衆は皆、手に汗を握っていた。

だが流風も負けてはいない。五回裏、七番からの攻撃を中堅《センター》フライ、一塁ゴロ、捕手へのファウルフライに打ち取り、こちらも堂々とマウンドを降りる。

空は、変わらぬ〝碧〟を湛えている。息詰まる決戦の結末は、勝利の女神さえも知り得ない――降り注ぐ陽射しに爽やかな風が、両者に訪れた束《つか》の間の休息にそっと手を差しのべた。

グラウンド整備の様子を視界の端に、流風は紙コップになみなみと注いだ冷水をゆっくりと飲み干した。そして、頭からスポーツタオルを被《かぶ》り、そっと目を閉じる。果てしない空を自由に流れる風の音が、澄ました耳に届く気がした。――あの夏の空も、こんなふうに目に映える鮮やかな色彩《いろ》だった。十年前、父に連れられ訪れたここ、甲子園の空……。自分は、あの時感動を与えてくれた球児たちのように、誰かに何かを伝えることができているだろうか……？　流風は、自分の存在が憎しみではなく、勇気や希望を贈れるものになればと、そう願っていた。

「……星野くん」

頭から被っていたスポーツタオルを双肩に移し、流風はベンチの床に視線を置いたまま、次の攻撃の分析をしている星野に呼びかけた。

「ん？」

手を止め、耳を傾ける星野に、流風はぽつりとつぶやいた。

「あたし……誰にも負けないくらい練習してたかなぁ……」

「え……？」

それは、星野にとっては脈絡も何もない話であった。流風は続ける。

「自分ではそういうつもりでも、周りからはどう、見えてたのかなって……」

不安、なのだろう……。星野は、この苛酷《かこく》な決勝のマウンドを死守する華奢《きゃしゃ》な〝エース〟の心情を、必死に汲《く》み取ろうとした。

「蒼真さんが気にすると思って言わなかったけどさ……」

いつもの穏やかな口調で、星野は語り始めた。

「蒼真さんの球、受けてて、僕ね、腱鞘炎《けんしょうえん》になったんだよ」

今は完治したと言わんばかりに、左の手首を揺らしてみせる星野。

「僕なんかとは比べものにならないけど……。逢葉は、樋渡や鳴海の球を受け続けても、腱鞘炎にはならなかった。どういうことか、わかるよね？」

流風は、今まで一番近くで自分を支えてくれた星野の言葉に、ゆっくりと頷いた。

「何より、今、この最高の舞台に立ってることが、その練習の賜物《たまもの》なんじゃない？　野球は九人でやるものだけど、そのうちの一人でも練習を怠ったら、絶対に、甲子園は受け入れてくれないって、僕は思うんだ」

星野の言葉は、砂漠に降る雨のように、流風の心に沁みてゆく。

「ありがとう……星野くん」

流風は、あらためて自分は一人ではないと実感する。爽やかな夏風が、ベンチの中にも優雅に渡った。


グラウンドが、息を吹き返す。六回表、守備に就く洛安ナインが、向かい側のベンチから勢いよく飛び出した。ここまで、完璧に抑えられている湘央高校の攻撃は、七番・弓削から始まる。わずかな休息が与えた力はさらに大きく、傀藤は、弓削と、八番の有馬から三振を奪う。止められぬ怪物の左腕に、甲子園は再び異様なざわめきに包まれた。

そして、流風と傀藤、二度目の対決。彼のスライダーを打ちたい、自分が突破口を開きたい――グリップを握る流風の掌は、じわじわと滲《にじ》み出る汗に支配される。初球、その〝打ちたい〟スライダーが――来た。テイクバックと同時に、流風は息を止める。内から爆発させるような、音のない咆哮と共に送り出した流風のバットの先が、傀藤が投じたスタンダードなスライダーを捉えた。湘央側アルプスの大応援団の眼前に鋭く弾き返された打球に、チーム初安打の期待が膨らむ。だが、三塁線を走る流風の打球は、洛安の三塁手《サード》・市村のグラブに逆らえなかった。アルプスから、悲鳴と嘆声がもれる。この回も、湘央打線は唸る傀藤の左腕から攻略の糸口をつかむことができなかった。息つく間もなく、六回裏のマウンドに上がる流風。足許に落としたロージンバッグの白い煙が、ふわりと舞い上がった。

この回先頭の奥貫は、流風の球威をうまく利用し、投じられたストレートを内野へと転がす。北見の送球は、奥貫の足にコンマ二秒及ばなかった。一塁塁上、ユニフォームの前面を泥で飾った奥貫が大きなガッツポーズを味方ベンチに送る。一塁側の洛安高校応援団からは、爆発的な歓声が上がった。

流風にとっては、この回も走者《ランナー》を背負う苦しい投球が続く。球数は、七十球を超えていた。初回から、ブルペンとベンチを往来している鳴海も、心配そうにマウンドを見つめる。だが、その憂慮もどこ吹く風、流風はつらい表情一つ見せず、心から甲子園を、野球を楽しんでいるふうだった。

次の打者は、確実に送ってくるだろう。下手に警戒せず、湘央バッテリーはバントをさせる方向で、二番・原を迎えた。カウント1‐1からの三球目、原は予想を裏切らぬバントを仕掛ける。まるでスクイズ警戒の守備の如く飛び出し、捕球した流風は、左足を軸に身体を反転させ、迷わず二塁へ送球した。タイミングは、完全にアウトだった。だが、フォースプレーであるにもかかわらず、黒土を削りながら二塁ベースを求めた奥貫の気魄が、ここでも流風を凌駕《りょうが》する。記録は、フィルダースチョイス――自信があっての二塁送球だっただけに、流風は思わず天を仰いだ。ここで、湘央高校は二回目のタイムを要求。集まったマウンド上、真っ先に流風の肩を叩いたのは、二塁手《セカンド》の小岩井だった。

「勇気と無謀は紙一重。気にすんな」

「だな。アウトになりゃファインプレー、セーフになりゃ単なるミス、そんなもんだよ」

今度は北見が、流風の背中を叩く。

「オレら、マジ死ぬ気で守りますから！」

二年生の弓削と岡倉が、力強く頷き合う。入部したばかりの頃には考えられなかった光景が、流風に勇気を与えた。

「ありがとう。あたしも、死ぬ気で投げる。絶対に、ホームは踏ませない――」

頼もしい宣言でタイムが明ける。流風は控えめに両手を広げ、深く息を吸い込んだ。

ノーアウト一、二塁、次は三番だが、ここは確実に送ってくるだろう。バントを警戒しすぎて満塁にしてしまうのは悪い展開だが、三塁に走者《ランナー》を背負って四番の楠本を迎えるのはさすがに怖い。湘央バッテリーは、右打者・市村の内角低めをカーブで攻める。ワンストライク、ツーストライク……追い込んでからの勝負球は、内角低めのストレート。打球は三塁線を切れ、市村はスリーバント失敗に終わった。ワンアウト一、二塁。四番・楠本との対決を前に、流風は足許のロージンバッグに手を伸ばした。

アウトは一つ取ったが、ピンチには相違ない。流風は再び空を仰ぐ。……隠れる雲もなく、自在に照りつける夏の太陽が、体力を奪ってゆく――それでも、流風は幸せだった。こんなに胸が震え、高鳴る試合は、きっと、最初で最後だから……。指先に白い魔法をかけた流風は、ゆっくりと投球フォームに入る。楠本への初球は、外角低めのストレート。

思わず見送った楠本は、いったんボックスをはずした。一つバットを振りながら、楠本は不思議そうな眼差しをマウンド上の流風に向ける。そろそろ、体力的にも精神的にも疲労を覚える頃だろうに、投じられたストレートは初対決の初球より、速度を増しているような気がしたのだ。あの華奢な身体のどこに、これほどのスタミナが眠っているのだろう……。

二球目も外角で来る。楠本はそう配球を読んだ。だが、ストレートの腕の振りで外角低めへと刺さるサークルチェンジアップに、バットは虚しく空を切った。追い込んだ流風、追い込まれた楠本。そこから楠本が八球粘り、フルカウントとなった直後の真ん中低めのストレート——流風に十四球投げさせた楠本のバットが、とうとうその白球を捉えた。

流風の反応より速い打球が足許の土を蹴り上げ、外野へと抜けてゆく。二塁走者の奥貫は、絶対に自分が先制のホームを踏むのだと、己が足を信じて三塁ベースを回った。この1点は、結末を決めてしまう——グラブに打球を収めた中堅手《センター》・片桐は、ただ一点、逢葉のミット目がけて左腕をしならせる。翠を、白を、黒を眼下に従え、駆ける白球。投手としても十分やっていける強肩を誇る片桐と、短距離の選手としても活躍できる走力が自慢の奥貫との、力量対決——。

劈く歓声と悲鳴が消えた瞬間、それこそが、勝負を決する瞬間だった。漂う土煙が晴れ、現れたのは、絵に描いたような——、

「……アウト!」

補殺――きっとこの瞬間、勝利に対する気魄が勝ったのは片桐の方だったのだろう。洛安アルプス総出で吐き出された嘆声《たんせい》を、湘央応援スタンドの大歓声が覆い尽くす。振り返り、流風は脱いだ帽子に感謝をこめて片桐に振ってみせる。片桐も、照れくさそうに左手でツーアウトのサインを返した。

ツーアウト一、三塁――鳴りやまぬ歓声の中、流風は五番・傀藤との勝負を迎える。ここで打たれてしまっては、片桐の大きなプレーは水の泡……。グラブの中で、しっかりと白球を握る流風。傀藤に勝ちたい。自分を受け入れ、認めてくれた湘央の仲間と、優勝の喜びを分かち合いたい。淡い恋情も、感じた友情も……特別な感情をすべて凌駕《りょうが》し、対峙するのは、湘央高校の投手・蒼真流風と、洛安高校の打者・傀藤逸斗――。

傀藤への初球、流風が投じたのは外角へのストレートだった。手は出さない傀藤。これは決まってストライクとなる。あえて見送った傀藤は、一人小さく頷いた。二球目も、外角へのストレート。傀藤は、今度はバットを繰り出したが、三塁線へ切れてファウル。二球でツーストライクと追い込まれた。野球は楽しいもの――その感情を思い出し、その感情を思い出させてくれた仲間と共に臨んだ決勝の舞台で最高の投球を披露している傀藤は、心を溶かす一つのきっかけとなった流風との対決を、心から楽しんでいた。そして、その彼女と、彼女の最高の仲間から優勝の栄誉を勝ち取りたいと、傀藤は強く思った。

外・外で挑んだ傀藤への勝負球、逢葉は同じく外角の、今度はカーブのサインを出す。チェンジアップは、前の打席で見事に弾き返された危険な球だ。かといって、次の外角ストレートは安易には投げられない。傀藤に三球連続で通用するとは思わなかったからだ。

だが、流風はここへきて逢葉のサインを嫌う。彼女は、自分のストレートに自信があるのだろうか……そう感じた逢葉は、すかさずサインを変える。だが、流風はそれさえも嫌った。逢葉は球審に要求し、一人マウンドへ向かう。表情とは裏腹に弱気になっているのかと案じた逢葉だったが、流風は凛とした表情以上に強い気持ちを湛えていた。

「――内角で、勝負しよう」

ここへきての流風の言葉に、逢葉は一瞬息を詰まらせる。だが同時に、そのくらいの気概がないと無失点で切り抜けることは難しいのかもしれないと思った逢葉は、流風の要求を飲んだ。そして、彼女が勝負球に用いたい球も、

「サークル……チェンジだね?」

逢葉にはよくわかっていた。

短い〝作戦会議〟が終わり、グラウンドには再び激しい空気が漂う。遊び球のない勝負の三球目、打席に立つ傀藤は同様に外角ストレートが来ると踏む。満を持して送り出したバット。だが、外角でもストレートでもないと気づいた時にはもう、傀藤の手首は返っていた。内角を刺激する、サークルチェンジアップ――。自分が手ほどきしたチェンジアップをここまで進化させた流風を、三振に切って取られた傀藤は畏敬《いけい》の眼差しで見つめた。

七回表、傀藤はこの回先頭の小岩井を本日十七個目の三振で仕留める。打てる球など、一つもないのではないか……そう思いながら打席に入った二番・岡倉はたった三球であえ

なく撃沈し、傀藤はこの三振で、昭和三十三年に打ち立てられた大会最多奪三振記録〝八十三〟に並んだ。

耳から、その情報を得たのだろう。携帯ラジオを聴きながら観戦している客から、感嘆の声が上がる。そしてその観衆から「あと一つ」コールがかかる。だが、当の傀藤の耳には、届きはしなかった。彼は自分の記録には無頓着であるし、他人に干渉されることも嫌う。それゆえ、記録員を任された三年生部員は、傀藤にも、ほかの誰にも大記録達成がこのように現実味を帯びていたことを話していなかった。異様なざわめきが消えぬ中、洛安高校はここで最初のタイムを取った。

「おまえらも、薄々気づいとるんとちゃうか？」

伝令役の選手の口から告げられたのは、傀藤が本人の意識せぬところで挑んでいる大記録のことだった。

「さっきの三振でな、大会記録と並んだんや」

そして伝令役は、もう一つの快挙について話し始める。

「完全試合なんて、できるもんやない。ましてや決勝や。湘央は、そない簡単に勝たせてくれるほど甘いチームやない。投手見とったらわかるやろ？　女子選手を、あそこまで鍛え上げた湘央野球部を侮《あなど》ったら、痛い目見る――ちゅうこっちゃ」

口真似《くちまね》込みで監督の言葉を伝え、伝令役は傀藤の腰を叩いた。

「……次で、記録更新なんやな？」

傀藤は、自分の腰に手を留めたままの小柄な伝令役の肩をざっくりと抱いた。

「意外やな。おまえがそない野望持つなんか」

二塁手《セカンド》の奥貫が真面目《まじめ》に感心してみせると、傀藤はかすかに頬を緩めた。

「思い……出してくれはるやろ？　記録が残ったら、オレと一緒におまえらのことも。少なくとも、今日のお客さんは、〝洛安〟っちゅうチームのことを何年経《た》っても思い出してくれはるやろ？」

「……そういう、もんかな？」

一人で大記録を生み出せるわけではない――傀藤がそう言ってくれた気がした奥貫は、照れくさそうに頭を掻《か》く。

「そういうもんや」

傀藤もどこかはにかみながら、大袈裟《おおげさ》に小柄な奥貫の頭を撫でた。

「次の打者で、この記録に決着《ケリ》をつける。けど、そろそろ向こうの四番も黙ってへんやろうからな。完全試合は、できたらうれしいし、できひんかったらそれはそれでええ。大切なんは、おまえらと優勝することや」

「傀……ハヤト……」

楠本は懐かしさを抑えきれず、あの頃の、まだ、傀藤が傀藤であった頃の呼び名を口にした。

勝負の途中なのに洛安内野陣は皆、泣き出してしまいそうになる。彼と共にここに立っている〝今〟という瞬間《とき》を、誰もが誇りに思っていた。

「――オレは、おまえらと勝ちたい。野球の楽しさを思い出させてくれたおまえらと一緒に……蒼真に勝ちたい。あいつは……」

「クスの次に認めたライバルやから――やろ?」

奥貫が、傀藤の背中をさする。その言葉に、傀藤は白い歯を見せて笑った。清々しい表情とともに。ビッグマウスは、有言実行のオプションのようなもの。傀藤は仲間に宣言した通り、次の打者・北見を三振に仕留め、名実共に甲子園の主役となった。

沈むベンチの中、流風は声を張る。

「抑えられたら、こっちも0点に抑えればいいんだよ」

彼女の体力は、ただ限界へと堕《お》ちてゆくばかりなのに……それでも、凛とした姿でグラウンドへ飛び出す流風に、湘央ナインは至極勇気づけられた。そしてこちらも、その言葉通り六番から始まる洛安打線を三人で抑え、湘央高校は八回表、四番・片桐から始まる攻撃に期待を寄せた。

矜持《プライド》とか、面子《メンツ》とか……目に見えぬものを渇仰《かつごう》するほど無意味なことはない。そう気づいた片桐の心気《しんき》は冴《さ》え渡る。打てなければ、転がして走ればよい。小岩井ほどではないが、自分も決して鈍足ではないのだから。

さすがの傀藤も、相手の主砲が初球から仕掛けてきたセーフティーバントにうまく反応できなかった。内野陣も同じだ。スコアボードに、ヒットを表す〈H〉の文字が刻まれる。

湘央高校待望の初安打は、四番・片桐の執念が生んだセーフティーバントによるものだった。三塁側、湘央ベンチもアルプスも、一体となって拍手喝采を送る。それに応える片桐は、見せたこともない大袈裟なガッツポーズを作っていた。

四番の気魄に報いぬわけにはいかない……。笹原は、剣道の竹刀《しない》のように構えたバットを見据える。ここで送りバントをすることは相手バッテリーに読まれているだろう。だが、その中でも自分は、片桐を二塁へ進めなければならない。笹原は、時間を取って右打席に入る。グラウンドを渡る風は、一層熱を帯びていた。八回表、ノーアウト一塁……今試合はじめての、セットポジションからの投球——変わらず、傀藤の左腕は唸りを上げた。負けじと、食らいつく笹原。勢いのある傀藤の球を、フェアグラウンドへ送り出すことには成功した。だが、読んでいた傀藤は、長身であることを感じさせぬしなやかなフィールディングを披露する。まるで演舞の如く——迷わず二塁《セカンド》へ送球する。片桐のスライディング虚しく、二塁塁審の右手が高々と上がる。遊撃手《ショート》・楠本の一塁送球はセーフとなったが、傀藤の好守に観客はおおいに沸いた。

ワンアウト一塁、流れが持っていかれそうな中、打席に入った六番・逢葉は、ふっと空を仰いだ。逢葉は不安だった。七回まで、流風の球はまるで坂道を下るように、そのスピードを増している。調子が上がれば上がるほど、球速が増せば増すほど——それが、線香花火が燃え尽きる瞬間に演じる最後の晴れ姿に見えて……。だからこそ、ここで打ちたい。自分が、打たなければならない。バットを構える逢葉の決意は、並々ならぬものだった。傀藤の四球目、大きく落ちる縦のスライダーを、気魄のこもる逢葉のバットが捉えた。三塁線、踊るように跳ねた逢葉の打球は、彼の想いを乗せ、外野へと飛び出してゆく。反応よくスタートを切った一塁走者・笹原は三塁へ、打った逢葉も躊躇《ちゅうちょ》なく二塁へと駆けた。前の回まで完全試合ペースであったのが一転、ワンアウト二、三塁という、湘央にとっては絶好の、洛安にとっては緊迫の場面が訪れた。ここで、洛安高校は二回目のタイムを取る。

「――絶対、スクイズで来るやろな」

この試合はじめて迎えたピンチに、奥貫は内野の土を蹴る。伝令役の選手が「満塁策」を告げた。だが傀藤は、監督から出されたその策を拒絶した。

「スクイズ上等。余計な手間、かけんでも、刺したったらええねん。アウトはもろても絶対に点はやれへんから。おまえら、オレを信じてくれ。監督にも、そう伝えて欲しい」

伝令役は小刻みに何度も頷き、「わかった」と告げた。ここまで来たら、グラウンドに立つ選手を信じるしかない。丁寧に一礼し、ベンチに戻った伝令役からの報告を受けた監督は、

「監督の指示を拒《こば》むやなんて、前代未聞やで」

そう言いながらも、どこか満足げに微笑み、マウンド上の傀藤に了解の合図を送った。

どこへ、どんな球が来ようとも、絶対に受け止める――強い意志をこめて頷き、構える捕手・高杉。気合いと共に揺らしたマスクを、一陣の風が掠めた。

読まれている通り、飯泉が次の打者・弓削に出したのはスクイズのサインだった。たと

しかなかった。

え相手がこちらの出方を知っていても、この場面で一番得点に近いのは、やはりスクイズ

――弓削への初球だった。仕掛けてくるなら〝初球〟だと確信していた傀藤は、真ん中高めに、この試合最速のストレートを投じる。157㎞/h――風音を巻き込み、走る白球。弓削がバットに当てたのではなく、傀藤が弓削のバットに当てた――そう表現する方がしっくりとくる一場面だった。白球は、寝かせた弓削のバットの上部を掠め、捕手・高杉の真上に高々と上がる。傀藤が狙っていたのはこれだったのかと、彼の後ろを守る内野陣は思わず感嘆の溜め息《いき》をもらした。高く高く上がった捕手へのファウルフライであったため、サイン通り飛び出していた三塁走者・笹原はかろうじて帰塁。ツーアウト二、三塁で、八番・有馬へと打順が回った。

有馬は知っていた。彼女が、どれほど苛酷な日々を乗り越え、この舞台に立っているのかを。だからこそ打ちたい。流風に1点を、〝優勝〟という栄誉を贈りたい。ネクストバッターズサークルで祈る流風のために――。彼女の想いをも乗せた有馬のバット。だが、傀藤のストレートはそんな彼の想いをも凌駕する。誰も傀藤を止められない。バットは虚しく空を切る。空振り三振――有馬は、思わず天を仰ぐ。互いに遠いホームベースは、その尊く白い肌を護《まも》り続けていた。陽炎が揺れる。目の前で逃げたチャンスを見つめ、流風は容易には動けなかった。

気力が充実していても、限りある体力はもう、わずかしか残っていないのかもしれない。

左肘に伸ばしかけた右手を、流風は寸前で思い留《とど》まらせた。六回裏の最終打者・傀藤から三振を奪ったあの時、一瞬、電流のような痛みが走ったのは、夏前に負傷した左の肘だった。完治はしたはずだが、ここへきて酷使した流風の左肘は、確実に悲鳴を上げていた。だが不安は、周囲にもれてはならない……。左肘を案じる右手を止めたのは、最後までマウンドに立っていたい――そんな、想いからだった。八回裏の先頭、九番・白井を一塁ゴロに仕留めた流風は、さりげなさを装《よそお》い左肘を見つめた。見た目にはわからぬ内側で、自分の身体はもう一つの闘いを繰り広げているのだろう。

(がんばって……。あたしも、がんばるから……)

心でつぶやき、流風は大きく視線を上げる。降り注ぐ〝碧〟が、瞳に深く沁みた。

限界を見据えた流風は、ここへきて目が醒めるような投球で魅せる。言い換えれば、限界を見据えたからこそできた投球だった。この回を抑え、最終回、自分から始まる味方の攻撃にすべてを懸けよう。そしてその裏の攻撃を抑えれば……。

流風は、巡る季節の中、幾度となく目にした画面越しの世界を自分の胸に描く。優勝を決めたチームの選手がマウンドに集《つど》い、歓喜の抱擁を繰り広げる美しい場面――男女の隔てなく、その只中《ただなか》にいられたら、どんなに幸せだろうか。

〝夢〟は成長する。始まりは、甲子園――。甲子園で野球をすること、その夢を叶えた瞬間、その夢は膨らんだ。甲子園のマウンドに立ちたい……。そこに、傀藤と対戦したいというもう一つの夢。その大いなる夢が叶った今、その夢は、さらなる進化を遂げる。甲子園で優勝したい――。果てしないその夢の向こうに広がる世界は、誰にもわからない。今度こそゴールなのか、やはり通過点なのか……。わからないからこそ知りたいと、流風は強く思った。

対峙する奥貫に、流風は的を絞らせぬ配球を披露した。内へ、外へ、自在に投げ分けるその様はまるで、花から花へと舞い踊る蝶のように華麗で……奥貫に、為《な》す術《すべ》などどこにもなかった。ツーアウト。しなやかな美しさを前に、次の打者・原も翻弄される。右打者に有効なサークルチェンジアップ……わかっていてもつい手が出てしまう、「蒼真流風」の切り札――見せ場なく三振に倒れた原は、天を仰ぐ。雲一つない紺碧の空が、彼女を応援しているのか――原は、そんな錯覚を覚えた。

流れをつかんだまま、湘央高校は最終回の攻撃に入る。おそらく、これが最後の直接対決となるだろう。熱を含む陽射しの降り注ぐ中、九回の打席に立つ流風は、変わらぬ距離の向こう、マウンド上の傀藤を見据えた。よくわかる。今日の傀藤は、「野球が楽しい」と言っている。全身でそう、言っている。だが、流風も負けじとそう思っていた。野球が楽しい――互いの想いがぶつかり合い、混じり合う。勝利の先に何があるのか――それはきっと、手にした者にしかわからぬ桃源郷の如き風景……。辿《たど》り着けるのは、彼女か、彼か。全力で投げる傀藤、全霊で食らいつく流風――この勝負で投じられた球は、すべてストレート。そして傀藤の七球目、ど真ん中のストレートが、流風のバットを黙らせる。軍配は、傀藤に上がった。二十一個目の三振。その三振は、去ろうとする夏を止める――そんな大いなる予感を含むものだった。

　気持ちを切らさぬよう、胸を張ってベンチへ戻る流風を、小岩井は強い眼差しで見つめた。不思議なものだ。あれほど追い出したがっていた女子選手を、今は助けたいと思っている。彼女の首に、優勝メダルをかけてやりたい。そして、彼女をいまだ色眼鏡で見る甲子園の観衆を黙らせたい――小岩井は、グリップを握りしめる。だが、空回る気持ち。ツーストライクと追い込まれた後の四球目、傀藤のスライダーに思わず手を出した小岩井。漂う絶望感。しかし、切れのよすぎた傀藤のスライダーは捕手・高杉のミットを掠め、バックネット方向へ逃げた。がむしゃらに――走る小岩井。振り逃げが成立し、記録は三振だが小岩井は走者として生き残ることができた。小岩井は一塁塁上で、噛みしめるように拳を握りしめた。ワンアウト一塁。得点圏に走者《ランナー》を進め、三番・四番にすべてを托《たく》そうと考えた二番・岡倉だが、バント失敗でツーストライクと追い込まれた末、三振に切って取られる。その瞬間、傀藤は二つ目の偉業――一試合最多奪三振記録を〈二十三〉に塗り替えた。だがさすがに生身の人間の、高校生である彼の体力も、連投と夏の陽射しの影響で確実に失われていた。

　ツーアウト一塁。打者勝負で行ける、慌てる必要のない場面だったが、疲労が及ぼす変化が傀藤の指先を微妙に狂わせる。三番・北見に投じた五球目――追い込んでからのストレートが、北見の外腿《そと もも》を直撃した。「痛かった」のは、死球を受けた北見ではなく、与えた傀藤の方だった。ツーアウトとはいえ、二塁に走者《ランナー》を進め、四番を迎えてしまったのだから。帽子を取り、抜けるような碧空を仰ぐ傀藤。洛安高校はここで、温存する必要のない最後のタイムを取った。

「大丈夫や」

監督からの明快な指示のない中、奥貫が元気な声を上げる。

「1点取られたら2点取ったる。2点取られたら3点取ったる。おまえが点、取られたら、オレらは絶対それより1点多く取ったる。おまえを優勝投手にしてやるから！」

その言葉に、洛安内野陣は一斉に頷く。厳しい顔をしていた傀藤も、思わず頬を緩めた。

「頼りにしてるで、奥貫」

「がんばって抑えろ」――そう言われるより、ずっと気合いが入った。あと一人――四番・片桐を抑えれば、その裏にサヨナラのチャンスが待っている。ロージンバッグに伸びる傀藤の手に、気魄が注ぎ込まれた。

左打席に陣取る片桐も、負けないほどの気魄を携えていた。ここで流風に1点でも贈れたら、優勝は湘央にぐっと近づく。狙うのは初球。まだ、死球の動揺の滲む傀藤の初球に、片桐はすべてを懸けた。

すべてを懸けた片桐の一打に、取り囲む観衆は皆、凄まじい視線を注ぐ。一瞬、上空の風がやんだ甲子園球場。決意通りの初球を叩いた片桐の打球は、鋭い軌道を保ち、センターバックスクリーンを目指す。振り返る傀藤は、術なくただ、弾かれた白球の行方に目を凝らした。湘央ベンチからは、選手全員が身を乗り出し、祈るように小さな〝白〟を見つめる。歓声がその背を押すと信じる湘央高校アルプスからは怒濤《どとう》の声が、そして、大音声が逆に打球を食い止めると念じる洛安高校アルプスからは雪崩《なだれ》のような声が轟《とどろ》いた。内野席の観衆は、小さくなる白球を口を開けて見遣《みや》り、外野席の観衆は、迫りくる白球を瞠《どう》目《もく》の表情で待つ。入れば3点、抜ければ2点——誰もが〝怪物の敗北〟と、新時代の幕開けを覚悟した時だった。

洛安高校中堅手《センター》の原が深く膝を折り、咆哮と共に舞い上がる。〝あいつ〟を捕まえなければ、自分たちの夏は儚《はかな》く終わってしまう——苦しい日々が、春の覇者という重圧と闘った時間が、原に勇気と力を与えた。止まっていた風が、ふいに姿を現す。まだ、物足りない……まるで、勝利の女神がそう言っているかのように。少しだけ押し戻された片桐の打球を、最良のタイミングで迎えに行く原のグラブ。歓声と叫声が折り重なり、奏でられる旋律の中——煌めく〝白〟は、勇敢な〝茶〟に包まれ、皆の視界から消えた。

九回裏のマウンド——流風は、片桐の想いを飲み込んだ悪戯《いたずら》な風が舞う空を仰いだ。

「抜けた」と、思った。優勝をつかめる位置を、手に入れたと思った。だが、相手中堅手《センター》の恐ろしいまでの気魄に、打球も希望も摘《つ》み取られてしまった。瞬間、流風の双肩に、地球上のすべての重力が集まったのではないかと錯覚するほどの圧がかかった。延長に持ち込まなければ、優勝という誉《ほま》れに届かない。ここからは、洛安の方が心理的優位に立つ。そんな中、再び痺《しび》れを帯び始めた左肘を抱え、流風はマウンドを守らねばならないのだ。ここまできたら、誰にもマウンドを譲る気はない。限界の向こうへ——流風の、さらに孤独な闘いが幕を開けた。

洛安高校最終回の攻撃は三番・市村から始まった。最高のシチュエーションに、湘央アルプスを隔離した観客席からは雷音のような声援が上がった。2点も3点もいらない。1点——たった1点で、優勝は洛安のものになる。そして、その1点を一振りで生み出せる打者が、ここからずらりと揃《そろ》っているのだ。

場内を巡る熱気は、残夏の波をも凌駕する。息詰まる投手戦にピリオドを打つのは一発しかないと誰もが思い、そして、その一発が洛安高校主軸のバットから繰り出される瞬間を、喧噪《けんそう》の中で待ち焦がれた。そんな洛安応援席の群集心理がもたらした追い風なのか——流風の高めに浮いたチェンジアップは、市村のバットの餌食《えじき》になる。伸びる打球は、外野陣を嘲笑《あざわら》うかのように翠の絨毯《じゅうたん》に着地し、悠々と転がる。右翼手《ライト》・有馬が捕まえた時にはもう、打った市村は二塁ベースを思いきり蹴っていた。ノーアウト三塁——誰もが、思った。雌雄は決した、と。スクイズ、犠牲フライ、ワイルドピッチ……得点に結びつく展開は、いくらでもある。しかも、次は四番・楠本だ。湘央高校最後のタイムは、そんな緊迫した状況の中、取られた。

「……無責任だけど、ここは自分たちで考え、乗り切れ。自分たちで決めた結果なら、悔いはないだろう……って、それが、今回の伝令です」

飯泉の言葉を伝えにきた控え選手・関矢《せきや》が、託された作戦とも呼べぬ内容を忠実に告げる。

「いつもと、大差ねぇじゃん」

北見は思わず微苦笑を浮かべた。

「……四番、五番と歩かせて、塁、埋めるか？」

小岩井の提案は満塁策。この局面に於《お》いて、それは常套《じょうとう》手段であるかもしれない。

「そうだな……その方が守りやすいし……」

その意見に同調する逢葉。だが、

「――イヤだ」

輪の中央で否定の声が上がる。このピンチを招いてしまった流風本人だ。

「……蒼真？」

小岩井の案に乗ろうとした北見が、反対者の顔を覗き込む。

「ここで……逃げたくない」

「逃げたくないって……。だっておまえ、1点取られたら終わりだぞ!?」

「だから逃げたくないの！」

流風は、足許のスパイクに投げつけるように吼えた。

「それが……満塁策が最善なのかもしれないってわかってる。でも、気持ちで逃げたら、優勝も逃げていく――。だから、逃げたくないの！」

流風の気持ちは痛いほどわかる。だが――。

「勝つために、逃げることも大事なんじゃないかな……」

小岩井と北見の胸の内を代弁するかのように、穏やかな口調で逢葉が言った。

「……でも、オレ、蒼真さんの気持ち、わかる気がします」

再び満塁策へ流れようとする会話を食い止めたのは、流風に代わり遊撃《ショート》を守る弓削だった。

「オレ……蒼真さんの後釜《あとがま》で遊撃《ショート》守ってるから……わかるんです。蒼真さんが、樋渡さんや鳴海以上の投球をしたいって思ってるんじゃないか……って。オレが今、そうだから……」

弓削は、真剣な面持ちで告白する。彼は流風の思う通りに投げさせてやりたいと強く思っていた。

「……オレも、わかります。それに、満塁策が成功しなかったら……残る悔いは、普通に打たれるより大きいと思いませんか?」

弓削に同調したのは、同じく二年生の岡倉だ。自分が――自分たちがセオリーからはずれた気概だけの無茶苦茶なことを言っているという自覚はある。彼ら三年生にとっては最後の夏だということも、よくわかっている。敬遠することが悪いとは思わない。思わないが――。

「……くっそぉー……。そういうのもさ、オレ、嫌いじゃねぇんだよなぁ」

口唇を噛みしめ、北見がつぶやいた。

「なんつうかさ、ここまできたら〝気持ち重視〟で上等だよな。これっていう答えがねぇから、野球っておもしれぇんだよ」

一生に一度の誰もが経験できるわけではないこの晴れ舞台で、潔《いさぎよ》さを求め、己を貫き通すことが間違いだと、一体誰が決めつけ、咎《とが》める権利があるだろう……?

「……しょうがねぇなぁ」

今度は、小岩井が空を見上げ、ぼやきに似た声を発する。

「うちのお袋と姉ちゃんもそうだけど、こういう時って、女の方が腹、据《す》わってんのな。同窓会で逢うたび、あの時こうしとけばって愚痴られるのもイヤだし――」

小岩井はちらりと逢葉に視線を送る。溜め息とともに。

「了解。悔いを残さず、勝とう」

逢葉も、同じ舟に乗った。自分たちの答えを導き出した湘央内野陣は、マウンド上で大きく吼える。迷いも、何もかもを脱ぎ捨てた瞬間だった。

悩み、迷う――そんな葛藤《かっとう》に包まれていたのは、攻める洛安も同じであった。定石通りなら、ここはスクイズしかないのかもしれない。だが、

「……勝負、させてください」

楠本は、強い眼差しで監督に直訴する。湘央は、「蒼真流風」は、必ず真っ向勝負にくると、彼にはわかっていた。

「おまえの思う通りにしたらええ。監督、いうもんは、選手が成長するんにほんのちょっ

と手貸すだけや。わしはおまえを、おまえらのことを誇りに思てる」

ノーアウト三塁。スクイズでなくとも、点は取れる。だが、犠牲フライでよいと控えめなことも、フェンスオーバーを狙うなどと大きなことも言わない。文句なしのヒット――楠本は、美しいヒットを放ち、歓喜の輪に包まれる自身の姿を想像しながら打席に立つ。対峙する、視線の先の堂々たる投手を見据え、楠本はゆっくりとバットを構えた。

満塁策――観衆の大半はそれを予想し、中には悪意に満ちた野次を放つ準備を整えるものもいる。だが、流風が投じた楠本への初球に、観衆は一斉に息を呑んだ。ストレート。コースは、ど真ん中。逃げる気など、勝負を避ける気など微塵《みじん》もない――そんな渾身の投球だった。流風の額から、髪の先から舞い散る汗が、透き通る珠《たま》となり光り輝く。敬遠なし、スクイズなしの真っ向勝負が、五万人近い甲子園の観衆を黙らせた。

舞台の主役、流風と楠本の対決は、軽く十球を超えようとしていた。両手が、痺れているのがわかる。楠本は一度ボックスをはずし、ゆっくりと素振りを繰り返す。四番として、ここは何がなんでも自分で決めたい。再び打席に立ち、強くグリップを握る楠本。だが、流風の勝負球、外角への矢のようなストレートに、楠本のバットは哀《かな》しい振音だけを生み出した。体力も、精神力も……彼女のそれは、尽きることを知らないのだろうか……。自分で決めたいという気概だけが、楠本の体内に虚しく残った。

ワンアウト、依然三塁――先ほど、自分が打者としての最後であろう、傀藤との直接対決は済ませた流風。今度はその逆、相手が打者としての、最後にしたい直接対決。ややもすれば、三塁にサヨナラの走者《ランナー》を背負っていることさえ忘れてしまいそうなほど、流風は打席に立つ傀藤との勝負ただ一点に集中していた。外野へ運ばれたら終わり。流風は、外角での勝負を決める。逢葉も同様の考えを持っていたため、サインはすんなりと交換された。

初球だった。それはまるで、来る球すべてを弾き返そうとしていたかのように、一抹の迷いもないスイングで――傀藤のバットから放たれた速い打球は、三塁方向へと飛んでゆく。抜ければ、夏は終わる――蝉《せみ》の啼声《こえ》がやまなくても、揺らめく陽炎が続いても、彼と彼女の夏は終わるのだ。彼に明を、彼女に暗を残して。

だが、この夏の終焉を拒む湘央の元気印・北見が、凄まじい咆哮と共に飛び上がる。雲を、虹をつかむように――踊らせた左手のグラブは、食虫花の如く白球を飲み込んだ。重力の理《ことわり》に背くことなく着地した北見は、眼前の三塁ベースにスパイクを滑らせる。思わずベースから離れていた三塁走者は、塁審にアウトを宣告された。焦りと、優勝に対する欲望が勇み足となり、併殺という最悪の結果を招いた。三塁走者・市村は悔やむことも忘れ、ただ茫然と、護らなければならなかった三塁ベースを見つめる。だが……誰に、彼を責めることができるだろう。試合中、頭でわかっている通りに動けるなら、誰の胸にも、後悔や迷いは生まれない。ようやく、重大な失態だと認識した市村を、次の打者であった捕手・高杉が迎えに出る。試合は、夏はまだ、終わらない。

「延長や。しっかり守って、勝ちを呼ぼう!」

相手に、流れを渡してはならない。高杉は声をかけ、市村の弱気な背中を叩いた。

延長に入った十回表、五番・笹原から始まった湘央高校は、三人で攻撃を終える。再び息を吹き返した傀藤を前に、思い通りのバッティングができなかったのだ。ピンチの後に、チャンスは回ってこなかった。少しでも流風を楽にさせてやりたいという思いばかりが空回りする結果に、湘央ベンチの士気は下がる一方。

そんな中、流風だけは、まるで今から試合が始まるかのように溌剌《はつらつ》としていた。走者《ランナー》は二人出すものの、十回裏を無失点で切り抜ける。ここへきて、まだそれだけの余力があったのかと、どよめく場内。だが——。

「蒼真、おまえ……」

飯泉だけは、彼女の異変に気づいていた。次の打席に備え、ネクストバッターズサークルへと向かうその背中を呼び止める。右手にバット、あいた左手は力なく下げられている。

「……腕、どうかしたのか?」

もし、怪我の影響があるのなら、ここで代打を送らなければならない。

「大丈夫です。最後まで——行けます」

流風は予想通りの答えを返してきた。

無理にでも止めるのがよい監督なのか、選手の思う通りにやらせてやるのがよい監督なのか、飯泉にはわからない。ただ一つ、この瞬間の飯泉にわかったこと、それは——。

「おまえと心中……だな、蒼真」

彼女――「蒼真流風」は誰にも止められない、止めてはならないということだけだった。あっさりとワンアウトを取り、傀藤は打席に流風を迎える。互いに最後の対決は済ませたと思っていただけに、妙な照れくささが漂う。

対峙する二人の間には、何人も介入できない独特の空気が流れていた。自分が打てば有利、自分が打たれれば不利……互いにそう感じているからこそ、勝負にも一層力が入る。そして、早く決着を見たいと思う反面、この試合が永遠に続けばよいと……そう思っているふうにも見えた。外界の熱風とは異なり、心には穏やかな風が吹いている。まるで、会話をしているかのように……二人の勝負は続く。ワンストライク、ツーストライク……。

そんな中、傀藤も流風の異変に気づいた。左腕を庇《かば》っている――夏前の怪我の影響なのか、この試合での酷使によるものか……様々、巡らせるが、傀藤は帽子を被り直し、雑念を振り払った。同情など、必要ない。彼女が自分の意思でここに立っている限り。できることがあるとするなら、それは自分たちが次で勝利を決め、彼女に休息を与えてやる……それだけだ。振りかぶる傀藤。その休息へ誘《いざな》うべく、得意のスライダーで流風から三振を奪った。続く一番・小岩井も打ち取られ、十一回の攻撃は終了した。

十一回裏、この回で必ず決める意欲を見せた先頭打者の原も、ここへきてまだ伸びのある流風のストレートに押され、打球を詰まらせる。二塁《セカンド》フライでワンアウト。続く三番・市村の強い打球も、三塁手《サード》・北見の気魄あふれるプレーの前に敢えなく撃沈――そしてここで、流風は四番・楠本を迎えることとなる。走者《ランナー》はなくとも、1点ですべてが終わるこの場面で四番を迎えることとは、大変な重圧であるし、恐怖も感じる。さらに疲労、暑気、重圧……様々な悪条件が流風の指先に襲いくる。

その人差し指と中指が押し出したストレートが、身を躱《かわ》した楠本の背中に当たった。場内は蜂の巣をつついたような騒ぎとなった。

「こらぁっ！　ちゃんと勝負したらんかい！」

「四番を潰す気か!?」

悪意のある死球でも、それほどダメージの残る球でもない。だが、ここまで黙らされていた観衆は、待ってましたと言わんばかりにマウンド一点に向けて心ない野次を飛ばした。

逢葉は延長に入れば一イニングに一度取れるタイムを要求し、内野陣をマウンドに集めた。

「……ごめん………」

開口一番、流風は弱々しい声で集まった仲間に謝罪した。そして思わず、食い入るように見つめてしまった左手……。その様子に気づいた逢葉が、下から支えるように流風の左手を取った。

「蒼真さん――」

逢葉の右の掌に、かすかな躰震《ふるえ》が伝わる。楠本に与えた死球は偶然ではなく、必然であったのだ。彼女はもう、限界をとうに超えている――逢葉は、ブルペンへと視線を走らせる。その日が無人の空間を捉えた瞬間、彼はすべてを悟った。監督も、何もかも承知で流風をマウンドへ上げているのだ――。

「蒼真さんが、望んだこと……なんだね？」

熱を帯びた流風の左手を包むように軽く握りながら、尋ねる逢葉。彼が何を問いたいのか、それがわかり、大きく頷いた流風。そしてそれが自分のわがままだということもわかっている彼女は、集まった内野陣を順番に見つめた。

彼らは思う。自分たちには、〝甲子園出場〟という大いなる夢の先に、いつかはプロへ、という目標がある。だが、彼女には〝甲子園〟がすべてなのだ。ここに、この試合にすべてを懸けているからこそ、懸けられるからこその強い意志――そんな彼女に、彼らははじめて羨望《せんぼう》を持ち、そして儚《はかな》くも思った。

「ピンチの時こそ、笑おうぜ」

湘央の切り込み隊長・小岩井が声を上げる。その声で心強さを得た流風にも、笑顔が戻った。

流風だけではない、選手たちの疲労はピークを超えていた。続く打者、再び対峙した傀藤の打球が惜しい当たりの中堅《センター》フライに終わった時には、試合開始から三時間をとうに超えていた。


十二回表、好打順で何としてもイニシアチブを取りたい湘央高校。だが、二番・岡倉、三番・北見は打ち取られた。迎えるは湘央の主砲・片桐。彼のバットが火を噴き――打球は一塁線を疾風《はやて》の如く駆け抜け、あっという間に外野へと到達した。片桐は気魄のスライディングで二塁をものにする。塁上で憚《はばか》りなくガッツポーズを繰り返す片桐に、湘央アルプスからは割れんばかりの拍手が送られた。1点……1点でよい。彼女にその宝物を托せば、きっと死ぬ気で護ってくれるだろう。

だが、その湘央を、傀藤はそれ以上の強い気持ちで飲み込んでゆく。連投であっても延長であっても、気力は尽きることなく──五番の笹原を遊撃《ショート》フライに打ち取った。

遠い遠いホームベースの上を、どこか嘲笑に似た土埃《つちぼこり》が舞い踊る。この十八人の中に、あの栄光の〝ゴール〟に足を踏み入れることを許される人間が本当にいるのか……。形容し難い空気が流れ、やがて、熱い風にさらわれていった。

十二回裏──流風は深く帽子を被る。当然のことながら、流風にとっては未知の領域だ。この先、何が待ち構えているのか……見当もつかない。尽きそうな体力を、精神力が補う──そんな流風の球数は、百五十球を超えた。世紀の投手戦に、観衆は皆、言葉を失くしていた。

十三回表、洛安はこの回先頭の六番・逢葉にヒットを許すものの、後続をぴしゃりと抑え、湘央に勝利への1点を与えなかった。終わってはいけない勝負──そんなふうにさえ感じる決勝戦……。

「もう、ええんちゃうか!?」

十三回裏のマウンドに駆け上る華奢な投手に、野次に混ざり、どこか同情的な声が上がった。その声はすぐに、場内を包む喧噪に掻き消される。だが、〝笑った〟のだ。声が聞こえたのか——マウンドの上で、流風はふっと笑みを浮かべたのだ。必要以上に肌の手入れがされているわけでもなく、女性らしい化粧が施されているわけでもない。だが、彼女の微笑みは勝利の女神をも魅了する——そんな煌めきに満ちた美しいものだった。

この回も走者《ランナー》を二人背負う苦しい展開だったが、最後はサークルチェンジアップで相手の六番・高杉を三振に仕留め、流風は薄氷を踏む思いで切り抜けた。1点が遠い両チーム。だが、生み出すチャンスをことごとく摘み取られる洛安の方が却《かえ》って追い詰められているように見えた。

そんな印象の中、迎えた十四回表、湘央の攻撃は一番・小岩井からという好打順。だが、あっという間にツーアウトを取られてしまう。湘央は湘央で、綱引きの終盤にずるずると相手陣地へ引き込まれるように、流れが変わってゆく様が肉眼で見える気がした。

だがツーアウト走者《ランナー》なしからでも点は取れる。三番・北見は強くバットを握る。シングルヒットでよい。自分が塁に出れば、片桐がホームを踏ませてくれる——その力が引き金となったのか、北見は傀藤の五球目、逃げるスライダーをきれいに捉えた。

ツーアウト一塁。たとえ得点圏でなくても、あとアウト一つでチェンジでも、この局面で四番と対峙する傀藤の双肩にかかる重圧は相当なものだ。自然と、傀藤の左手は足許のロージンバッグに伸びる。取り上げたそれを掌で何度も握ると、霞《かすみ》のような粉白《こな》が競うように生まれた。消えぬ粉白の只中に上げた右腿が、白い空気に渦を巻かせる。漂う粉白が消えるまで待てなかった傀藤の初球――片桐のバットは、鋭い金属音と共に白球を押し返した。傀藤の左脇を掠め、速い打球は踊るように外野へと抜けていった。

二塁へ進んだ北見は塁上、一塁の片桐に向けて何度も諸手《もろて》を叩き、その対象である片桐は、噛みしめるように拳を握った。ツーアウト一、二塁。だが傀藤の気魄あふれる球に押され、五番・笹原は前の打席同様、遊撃《ショート》フライに打ち取られてしまった。

波が引くように、湘央アルプスの大声援は鳴りを潜める。明日も、この場所から選手たちにエールを送ることになるのかもしれない……。そんな空気が、そこはかとなく漂っていた。

そうはさせじと、その裏の攻撃へ入る洛安高校。下位打線、七番から始まる攻撃の中、八番・水谷が粘りに粘り、流風から四球をもぎ取った。

一球投じるたびに、様々な想い出がよぎる。つらかった過去、苦しかった練習、喜びの瞬間……。悩んだり立ち止まったりした日々は、決して無駄ではなかったのだと、仲間が、甲子園が教えてくれた。腕が、悲鳴を上げる。だが、たとえ腕が折れたとしても、今の彼女なら、決してその心を折りはしないだろう。そしてその心で――九番・白井を三塁ゴロ、一番・奥貫を浅い右翼フライに打ち取った流風。観衆からもれる何度目かの嘆声を細い背中で遮断し、ベンチに戻った流風は、味方がくれる〝1点〟を信じて待った。

延長最終の十五回表、ここで点を取らなければ、今日の湘央の勝利はない。ただ負けぬためだけに投げる虚しいマウンドに流風を上げたくない攻撃陣は、ベンチ前で組んだ円陣の中で大きな気合いを入れた。六番・逢葉から始まる、湘央高校最終回の攻撃——気合いを入れて十分に粘るものの、最後の気力・体力を惜し気もなく放出する傀藤を前に逢葉はなかなか突破口を見出せない。両腕がもげそうなほど渾身の力で繰り出した逢葉のバットは、白球との出逢いを果たすことなく、無情にも空《くう》を切る。温厚で冷静な逢葉が思わず足許にバットヘッドを叩きつけるほど、それは悔しい凡退だった。

ワンアウト——バックを守る野手陣に、人差し指を立てて合図を送る傀藤。そのしなやかな指さえも凛とした英気を湛えており、なんとしても抑えるという気概が滲み出るものだった。緩やかに傾く陽光が、広く美しいグラウンドに小さく影を落としてゆく。試合は、もうすぐ三時間を迎えようとしていた。

傀藤は強く思った。ただ、勝ちたい。純粋に、貪欲《どんよく》に。春は素直に堪能できなかった栄光の美酒、その味を知りたい。傀藤はゆっくりと振りかぶる。その〝酒〟が買えるのは、堆《うずたか》く積まれた金ではなく、己の腕だと——最大級の矜持と共に、白球を操る傀藤。彼の姿はまるで、戦場で勇ましく鉾《ほこ》を振るう毘沙門天《びしゃもんてん》の如く——えもいわれぬ神々しさに満ちあふれていた。

そんな福神に、湘央の七番・弓削の願いは叶わず、傀藤の極めたスライダーを前にバットを湿らせることとなった……。

八番・有馬は、いつもより長めにバットを持った。そして、力強い眼差しを、対峙する傀藤に向けた。並々ならぬ有馬の気魄は、ネクストバッターズサークルで見守る流風にも伝わる。流風は固く両手を組み、祈った。土壇場に生まれる希望を信じ、流風はそっと目を閉じる。そして、風の流れを感じる聴覚で静かに時を待った。

（打って……有馬くん…………）

心の中で、何度も念じる流風。この裏のマウンド、勝利への希望を抱いて上がるのと、明日の再試合への望みだけを携えて上がるのとでは雲泥《うんでい》の差がある。ただただ、祈るしかない。流風は組んだ両手を口許へ運び、ひたすら願う。

（打って……有馬くん…………）

だが――

「ストライク！」

球審の声が、大歓声の呼び水となる。本人の気魄と流風の祈りも虚しく、有馬のバットは振ることさえも許されなかった。

絡めた指は、力ずくでないとほどけなかった。眼前、今日の勝利を逸するすべてを見ていた流風は、一刹那、空へ投げた視線をすぐに取り戻す。確かに〝今日の勝利〟は失くなった。だが、負けたわけではない。こちらも、同様に抑えたらよいのだ……。そう思い取り繕ってみても、やはり落胆の色が滲む。打順が回り、自分自身で凡退を味わった方が、流風にとっては却って気持ちを切り換えるのに都合がよかったのかもしれない。

十五回裏、文字通り本日最後のイニングを迎えた両チーム。緩く組んだ円陣の中、湘央ナインはただ負けぬためだけにマウンドへ向かわねばならない流風にかけるべき声を探しあぐねていた。そんな空気だけは、いつも人一倍繊細に感じ取る流風。皆が自分に気を遣《つか》ってくれていることが心苦しい。

「幸せ……だと思わない？　あたしたち……」

だからこその台詞。

「今日だけじゃなく、明日も立てるんだよ？　決勝のグラウンドに」

ここまできたらもう、そこら中に散らばる理由という理由を掻き集め、発奮材料にするしかない。気持ちを、切らさぬために。

「そう……だな。今日で終わりだと思ってたけど、明日もまたここで試合ができるんだよな」

流風の心意気に乗る北見。

「ああ……。オレたちは幸せ者だ」

賛同する逢葉。自然と、円陣が小さく、堅くなる。頭上から射し込む清《さや》かな光が、円陣の中央から皆の足許に、夏の煌めきを残して抜けた。


この回先頭の二番・原は、バットを短く構えた。とにかく、自分がサヨナラ勝利への足がかりとならねば……そう思い、マウンド上の流風を睨み据える。だが、そんな原の気合いは空回りに終わった。消えたと思った蝋燭《ろうそく》の炎が、一瞬姿を消した直後、再び緩やかな黄橙色《オレンジ》の炎を纏《まと》うように。彼女の底はどこにあるのか、はたまた、存在し得るのか……。原は思わず畏《おそ》れを抱いた。

（あと……二人………）口唇を動かし、無音の言葉を刻む流風。左肘が、外気よりも高い熱を放っている。あと二人——抑えても、自分に明日はないかもしれない。だが、自分を受け入れ、認めてくれた仲間たちとともに優勝の喜びに浸りたい。

たとえ、明日は投げられなくても——。

「……現在《いま》を、生きる……」

ベンチで、鳴海がぽつりとつぶやいた。

「現在《いま》を生きる……？」

不思議に思った飯泉が、ちらりと視線を送りながら尋ねる。ふと、我に返った鳴海は、マウンド一点を見つめながら答えた。

「あ、いや……今、聞こえた気がしたんです。蒼真さんがそう言ったのが……」

だから明日は、あなたに托すと——鳴海は、流風の心に語りかけられた気がしていた。

「そうか……」

飯泉は、怪訝《けげん》な表情一つ見せなかった。言われてみれば、自分にもその言葉が聞こえた気がしたからだ。

「鳴海、明日はおまえが先発、と言いたいところだが、もし蒼真が投げたいと言ったら、あいつに譲ってやってくれ」

「え……？」

小さく驚く鳴海に、飯泉は笑顔を向けた。

「今、ようやくわかったんだよ……。何が大切で、何を優先させるべきなのかってことがな」

「……聞いても?」

二人の会話は、自然と周囲の耳にも届いていた。代表で、星野が続きを促す。

「夢とか目標ってものは、漠然としたものは同じでも、細かなところまで突き詰めていくと、一人一人違うだろ? それを見極め、叶えるための力を貸す――たとえそれが筋が通らない選択であっても、教え子がまっとうな夢をつかむためなら、オレは選び取るって……。そういうことだよ」


様々なドラマを巻き込み、決勝戦は続く。迎えるは、洛安高校三番・市村。華奢な身体に漲《みなぎ》るオーラが肉眼で見えるような――そんな流風は、市村から三振を奪い取る。揺れる場内。先の見えぬ地平線のように両校の対戦は、明日も、明後日《あさって》も――延々と続いてゆくのではないかと、観衆はただ固唾《かたず》を呑んだ。

十五回裏、ツーアウト走者《ランナー》なし――息詰まる残夏の熱闘を、橘は鎌倉共栄の学生寮で部員たちと共にテレビ観戦していた。投手の気持ちは計りかねる。だが、「蒼真流風」の気持ちは、なぜだか手に取るようにわかる気がした。

「――楽しんでんな、あいつ」

ぼそりとつぶやく橘に、部員たちは怪訝《けげん》な眼差しを向ける。

「……そうかあ?」

彼らにはただ、肩で息をし、何度もロージンバッグに手を伸ばす流風が、苦しみ、もがいているようにしか見えなかったからだ。自分たちを倒し、甲子園への切符をつかんだ湘央に優勝して欲しい気持ちはあるが、もう、楽にしてやりたいと洛安の勝利を望む裏腹な気持ちもある。そんな中、橘はまた一人、感慨深げにつぶやいた。

「――楽しんでるわ。あいつ」


心臓に悪いとわかっていても、途中で観戦をやめるわけにはいかなかった。決勝戦は甲子園球場で……そう、約束したのに……。「無理しないで」と泣く母には逆らえず、愛乃は自宅のテレビでこの試合を観戦していた。十五回裏、ツーアウト――毎回、毎回、心臓を押さえながらの観戦だった。本当に、痛むわけではない。だが、暴れる鼓動が手術の痕《あと》を攻撃する気がして……愛乃がそう感じるほど、決勝戦は史上稀《まれ》な熱戦を繰り広げていた。

「……蒼真さん………」

胸許からほどけた両手を組み直し、画面に向かって祈る愛乃。あと一人。彼女の夏はまだ、終わらない。愛乃はそう、信じていた。

街は、相変わらずの喧噪《けんそう》に彩《いろど》られていた。〝親友〟を演じ合っていたマキたちと衝突してから、亜沙美はずっと、一人きりでこの喧噪に身を融《と》かしている。マキは今頃、甲子園のアルプススタンドから声援を送っていることだろう。考えただけで亜沙美の中の鬱屈《うっくつ》は増すばかりだった。憂さを晴らしたくて街へ足を運んでも、亜沙美は心を満たす術をいまだ見出せずにいる。

そんな時、大きな街頭テレビの画面に、「蒼真流風」の勇姿が映し出された。自分が持たぬ青春の輝きを抱く流風の姿を認めた亜沙美。小刻みに震える紅《あか》い口唇が、

「……けろ…………負けろぉ――――っ！」

激しく、裂けた。

アルプスは、身じろぎするだけで、はち切れそうな空気を醸していた。じりじりと焼けつく陽射しに梶は、深く被った帽子を注意深く取り、手の甲で額の汗を拭った。初戦から昨日の準決勝まで、梶は欠かさず湘央高校の試合をテレビ観戦していた。予感があった。決勝戦のマウンドに立つのは、〝蒼真流風〟ではないか――。矢も楯《たて》もたまらず、新幹線に飛び乗った。徹夜で、アルプスのチケットを入手した。あと一人、彼女が最後の打者を抑えたら、今日はどこに泊まろうか……。マウンド上、取り囲む風景に負けず劣らず美しい投手を見つめながら、梶はまた深々と帽子を被った。

十五回裏、ツーアウト走者《ランナー》なし――楠本は大きく肩を回し、最後の打席へと向かった。重圧に飲み込まれそうな自分の中に、彼は大いなる矜恃を掲げてきた。どこにも負けぬ練習をしてきた。今、対峙している湘央高校さえ凌ぐ練習を。そして一度頂《いただき》に立った者は、その場所を死守せねばならない。春の覇者となり、頂に君臨した自分たちが得たその場所を狙う者たちを返り討ちにすべく、王者にはやらねばならぬことがたくさんある。勝つために爪を研ぎ、心を研いで強さを纏った人間こそが勝利の美酒を味わえるのだ。楠本は、そっと目を閉じる。相手の配球を読む必要はない。向かいくる球すべて、弾き返すまで。

その初球――流風の投じた内角を抉るストレートに反応する楠本。バットの根元に当たり、三塁側内野スタンドへ入るファウル。二球目、今度は外から内へ食い込むカーブに楠本はバットを送る。三塁線へ切れるファウル。簡単に追い込まれた楠本だが、ここではボックスをはずさず、マウンド上の流風を見据えた。あと一球。歓声とは一線を画する異様なざわめきが球場内に立ちこめる。辿り着く先がわからぬ試合をずっと観ていたいと望むのか、洛安の春夏連覇を願うのか――観衆の誰もが、船頭のおらぬ小舟の如く揺れる自身の心情をつかめずにいた。

ネクストバッターズサークルから戦況を見据える傀藤は、静かに祈っていた。再試合となれば、明日、「蒼真流風」がマウンドに立つことはないだろう。だから今日、勝ちたい。彼女がマウンドに立っている今日、これほどまでに「勝ちたい」と思える相手に出逢えたのは、素晴らしいことだ。そして、その相手に勝てれば、なお素晴らしい。〝碧〟が、瞳に沁みる。

すべてファウルで凌ぎ続ける楠本。カウント０‐２のまま、二人の勝負は十二球を数えていた。マウンド上の流風も、打席に立つ楠本も、互いに肩で息をする。明日を欲する者、今日を欲する者。――結末は、運命の十三球目に訪れた。


力を振り絞れる最後の球は、〃サークルチェンジアップ〃と決めていた。流風は、逢葉のサインに首を振り、自分の意思を導く。もう、これしかない。この球で楠本を打ち取れなければ、自分の負けだ。文字通りの一球入魂――彼女自身が勝利の女神であるような美しい立ち姿から、流れるように投球フォームへと移行する流風。後方から送り出されるしなやかな左腕が、飛鳥《ひちょう》の羽翼《はね》を連想させる。声にならぬ叫びとともに流風の指先を離れた白球は、彼女にしか生み出せぬ軌道を描き、楠本に挑んだ。

待ち構える楠本には、白球の軌道が、その残像が、まるでスローモーションの如く鮮明に見えていた。いつか投じられるであろうと予測していた、右打者に有効な〃サークルチェンジアップ〃――来るなら、今しかないと、研ぎ澄まされた楠本の心眼は、確かに感じ取っていた。

投球が止まって見えることなど、ないと思っていた。だが、楠本にはそう見えた。「打ってくれ」と、語りかける白球。軽く頷き、素早いテイクバックから身体に刻み込まれたこの上ない感覚でバットを送る楠本。入魂の白球と、渾身のバットが相見《あいまみ》え、この夏最高の旋律を奏でる。数多《あまた》の眼差しが、碧に向かって旅立つ白球に注がれた。流風の瞳も例外ではない。楠本のバットが白球を捉えた瞬間、彼女はゆっくりと振り返り、碧の中を泳ぐ白を見送った。滞空時間が長いといっても、それは永遠の中のほんの一瞬にすぎないだろう。だが、自分の手を離れ、どうすることもできない白球の行方を見つめる流風にとっては、長い、長い時間だった。打った楠本も、打たれた流風も、湘央・洛安両校ナインも、応援団も、観衆も、審判も……しばらくは夏の熱気が見せた蜃気楼《しんきろう》だと感じていたに違いない。劇的なようで、実は呆気《あっけ》ない幕切れ——白球がバックスクリーンの袂《たもと》に消えた瞬間、静かに止まっていた場内の空気が一気に循環を始めた。

地割れのような歓声が、一塁側アルプスから沸き起こる。そこから内・外野スタンドに歓喜の波が押し寄せた。まるで孤島に取り残された漂流者のように湘央ナインは、次々とその場で頽《くずお》れる。

ホームベース上には、英雄・楠本を迎える歓喜の輪が生まれていた。

——流風はまだ、白球が消えたバックスクリーン方向へ視線を留めたままだった。頭ではわかっている。本塁打を打たれてしまったのだ、と。だが、彼女の中には夏の蜃気楼が残る。流風の頭から一瞬にして、ほかの記憶が飛んだ。1点、取られてしまったが、気持ちを切り換えていこう……。流風は、痺れる左手をロージンバッグに伸ばす。歓喜の声も、落胆の声も、彼女の耳には届かなかった。

「……蒼真…………もう、終わったんだ……終わったんだよ…………」

立ち上がり、マウンドへと駆け寄った北見が、彼女の左手からロージンバッグを取り上げる。

「大丈夫……まだ投げられる。あたし、まだ投げられるよ」

夢幻の中に取り残された流風には、北見の声が届かない。

「終わったんだ……試合はもう、終わったんだよ、蒼真」

もう一人、駆け寄って来た小岩井が、流風の背中を優しい力で支えながら声を張った。

「……終わっ……た………？」

「ああ……終わったんだ……」

「おまえは、よく投げたよ……蒼真……」

北見と小岩井に両脇を支えられた流風は、熱に浮かされたようにぽつりとこぼす。

「……そう……じゃあ、整列、しなきゃね………」

自己暗示をかけるように繰り返しつぶやき、流風はふらりと一歩踏み出した。延長十五回、あと一球で引き分け再試合という瀬戸際まで闘った両チームに、観衆からは惜しみない拍手喝采が送られる。だが、それらも含む音という音すべては、紗《うすぎぬ》に覆われたような流風の表面を虚しくすり抜けていった。

なぜ、これほどまで相手チームの選手から握手を求められるのかわからない。なぜ、仲間が涙しているのかわからない。相手の校歌も耳に入らない……。儀式のように流れてゆく光景の只中に在《あ》る自分を、切り離された場所からぼんやりと眺めている――流風はそんな感覚に支配されたまま、ただ身体を動かしていた。仲間に導かれるまま然《しか》るべき場所に立ち、然るべき動作に移る。まるで、操り人形のように。「終わった」という北見と小岩井の言葉は頭の片隅にあるものの、それが何を意味するものなのか……。流風はいまだ熱に浮かされた時に似た感覚に囚《とら》われている。そんな彼女の許へ、華々しいオーラを纏った傀藤がゆっくりと歩み寄った。

「――女やのに、なかなかやるやん」

その言葉が、流風の記憶の扉を大きく開く。

視線の先にいるのは、あの夏と少しも変わらぬ、心優しき少年だった。

「おまえのおかげで、すっげえ楽しい夏やった。……ありがとう……………」

差し出された傀藤の右手。

重ねた掌から伝わる温もりが、流風を夢幻の世界から連れ戻す。

「……傀藤……くん………」

終わったのだ……。自分は、負けたのだ……。

「あたしの方こそ……すごく、楽しい夏だった。幸せな夏だった。ありがとう、傀藤くん……」

不思議と涙は出なかった。悔しさより、力を出し切り闘い抜いた充実感と清々しさが、流風の体内を満たす。流風はふと、空を仰いだ。風が渡る〝碧〟は、変わらず雄大な姿を見せていた。疲労や腕の痛みはあったが、楠本に投じたサークルチェンジは、自分の野球人生の中でもっとも気持ちのこもる、最高の一球だった。

閉会式で勝者・洛安高校の選手の胸に、栄光の優勝メダルがかけられてゆく。そのたびに贈られる拍手は、祝福に満ちあふれていた。続いて、共に死闘を演じた湘央高校の選手に、色は違えど、こちらも栄誉ある準優勝メダルがかけられる。軽く言葉を交わしながら授与されるメダル。それが、いよいよ流風の胸にかけられる、その時だった。

「蒼真ぁ――――！　よくがんばった！」

ずっと心ない野次を飛ばし続けていたバックネット裏の観衆から、そんな声がかかった。

「ほんま、ようがんばったで」

「胸、張ってええんやで！」

一人、また一人……。

「おまえは、最高の投手や！」

心の底から彼女を讃える声だった。驚いた流風は、声の主を一人一人探すように視線を上げ、スタンドを見渡す。そんな彼女に、木漏れ日のように優しく、スコールの如く爽やかな声援が注がれた。

「ソ・ウ・マ、ソ・ウ・マ、ソ・ウ・マ、ソ・ウ・マ、ソ・ウ・マ――――」

温かい声が、

（……女子マネが一人交じってんで！）（女の子はスタンドから観とったらええねん）

流風の胸に刻まれた冷たい言葉を、
（……性懲りものう、まぁた来たんかい！）
少しずつ、少しずつ、
（……湘央は、端《はな》から勝負を捨てとるみたいやのう！）
癒してゆく。

「ソ・ウ・マ、ソ・ウ・マ、ソ・ウ・マ、ソ・ウ・マ、ソ・ウ・マ――――」

〝蒼真コール〟が鳴りやまぬ中、流風は感泣《かんきゅう》を抑えることができなかった。甲子園の大観衆に認められた、歓喜の涙……。立っていられぬほど大泣きする流風を、両脇で支える片桐と鳴海。準優勝の楯《たて》をしっかりと携える逢葉。涙なく、堂々と前を向く北見と小岩井。松葉杖姿の樋渡。笹原も、有馬も、岡倉も、弓削も……力を尽くし、手にしたメダルを、その胸許に誇らしげに掲げていた。ベンチでは、号泣した後の星野が清々しい眼差しを取り戻し、グラウンドの選手を見つめている。その横で、飯泉は変わらぬ調子でつぶやいた。
「……こいつらを超えるチームを作るのは……骨だな」

あきらめなければ、夢は叶う。そう言い切れる人間は、ほんの一握りにも満たないのかもしれない。だが、たとえ夢は叶わずとも、あきらめずに走り続けた日々は、誰の胸にも光り輝く想い出としていつまでも残るだろう。数多の選手がグラウンドを賑《にぎ》わせていた華やかな開会式とは異なり、頂点を目指し闘った、たった二校だけの閉会式。どこか淋《さび》しげに映る景色の中に、流風の涙が融ける。往く夏は、彼女の胸に何を刻み、何を奪って去るのだろうか……。足早に巡る季節の中、選手が、観衆が変わっても――変わらず雄大な姿を見せる甲子園はきっと、彼女の勇姿を忘れないだろう。彼女の中で、この夏の記憶が褪《あ》せずに生き続けるように。空を仰ぎ、流風は目を閉じる。そして、感謝した。

夢を支えてくれた、すべてのものに。

幸せな夏の終わり――蒼い、瞬間《とき》の中で――……。

装画　友風子
装丁　野条友史（BALCOLONY.）